DER BETRACHTER

THRILLER

CATHERINE SHEPHERD

Copyright der Originalausgabe © 2024
Catherine Shepherd
Veröffentlichung Taschenbuchausgabe durch
Kafel Verlag,
KFL Verlag GmbH, Bonner Straße 12, 51379 Leverkusen

Lektorat: Gisa Marehn
Korrektorat: SW Korrekturen e.U. /
Mirjam Samira Volgmann

Covergestaltung: Alex Saskalidis
Covermotiv: © Butterfly Hunter /shutterstock.com
© BOONCHUAY PROMJIAM / shutterstock.com
© olesya_kozlova / freepik.com

Druck: GGP Media GmbH,
Karl-Marx-Straße 24, 07381 Pößneck

www.catherine-shepherd.com
kontakt@catherine-shepherd.com

ISBN: 978-3-944676-60-9

TITEL VON CATHERINE SHEPHERD

Zons-Thriller:

1. DER PUZZLEMÖRDER VON ZONS (KAFEL VERLAG APRIL 2012)
2. ERNTEZEIT (FRÜHER: DER SICHELMÖRDER VON ZONS; KAFEL VERLAG MÄRZ 2013)
3. KALTER ZWILLING (KAFEL VERLAG DEZEMBER 2013)
4. AUF DEN FLÜGELN DER ANGST (KAFEL VERLAG AUGUST 2014)
5. TIEFSCHWARZE MELODIE (KAFEL VERLAG MAI 2015)
6. SEELENBLIND (KAFEL VERLAG APRIL 2016)
7. TRÄNENTOD (KAFEL VERLAG APRIL 2017)
8. KNOCHENSCHREI (KAFEL VERLAG APRIL 2018)
9. SÜNDENKAMMER (KAFEL VERLAG APRIL 2019)
10. TODGEWEIHT (KAFEL VERLAG APRIL 2020)
11. STUMMES OPFER (KAFEL VERLAG APRIL 2021)
12. DIE REZEPTUR (KAFEL VERLAG APRIL 2022)
13. DAS WIEGENLIED (KAFEL VERLAG APRIL 2023)
14. DAS VERBOT (KAFEL VERLAG APRIL 2024)

Laura Kern-Thriller:

1. KRÄHENMUTTER (PIPER VERLAG OKTOBER 2016)
2. ENGELSSCHLAF (KAFEL VERLAG JULI 2017)
3. DER FLÜSTERMANN (KAFEL VERLAG JULI 2018)
4. DER BLÜTENJÄGER (KAFEL VERLAG JULI 2019)
5. DER BEHÜTER (KAFEL VERLAG JULI 2020)
6. DER BÖSE MANN (KAFEL VERLAG JULI 2021)
7. DER BEWUNDERER (KAFEL VERLAG JULI 2022)
8. DER LEHRMEISTER (KAFEL VERLAG JULI 2023)

9. Der Betrachter (Kafel Verlag Juli 2024)

Julia Schwarz-Thriller:

1. Mooresschwärze (Kafel Verlag Oktober 2016)
2. Nachtspiel (Kafel Verlag November 2017)
3. Winterkalt (Kafel Verlag November 2018)
4. Dunkle Botschaft (Kafel Verlag November 2019)
5. Artiges Mädchen (Kafel Verlag November 2020)
6. Verloschen (Kafel Verlag November 2021)
7. Düsteres Wasser (Kafel Verlag November 2022)
8. Die eiskalte Kammer (Kafel Verlag November 2023)

Wenn du lange in einen Abgrund blickst, blickt der Abgrund auch in dich hinein.

Friedrich Nietzsche

PROLOG

Die Dunkelheit kommt zuerst. So ist es immer. Es folgt die erdrückende Enge. Das raue Holz, das mir die Haut aufreißt. Immer an denselben Stellen.

Ich bin schon wieder in der Kiste gefangen. Verzweifelt höre ich, wie er etwas Schweres auf den Deckel schiebt.

Ich ziehe die Beine näher heran und unterdrücke mühsam meine Tränen.

»Du warst unartig«, schrie er, als er mich aus dem Zimmer zerrte.

Wie oft er mich bereits in die Kiste eingesperrt hat, kann ich nicht mehr zählen. Ich versuche, ruhig zu atmen und die Panik niederzukämpfen, die in mir hochsteigt. Früher habe ich noch versucht, mich zu befreien. Stundenlang trat ich gegen die Wände und hämmerte darauf ein. Aber es brachte nichts. Die Holzkiste, in die der Mistkerl mich jedes Mal hineinzwängt, ist stabil. So robust, dass vermutlich auch Raubtiere mit messerscharfen Krallen darin transportiert werden könnten. Es ist sinnlos, sich zu wehren. Am besten überstehe ich diese Tortur, indem ich einfach daliege und abwarte. Das habe ich im Laufe der Zeit gelernt.

Trotzdem ist es alles andere als leicht. Die Dunkelheit um mich herum drückt unerbittlich auf meine Sinne. Sie dringt wie ein lebendiges Wesen in meine Poren ein und flüstert schlimme Dinge. Ich fühle mich, als wäre ich unter der Erde begraben, und ersticke langsam und qualvoll. Meine Lungen schreien nach frischer Luft, doch ich atme nur staubige dicke Schwaden ein. Ich unterdrücke den Hustenreiz, denn er kostet Kraft und verbraucht den ohnehin knappen Sauerstoff. Die Erfahrung sagt mir, dass ich lange durchhalten muss. Manchmal verbringe ich mehr als einen Tag in dieser grauenvollen Enge.

»Warum hast du dich bloß so aufgeführt? Du hast alles ruiniert!«, geistert seine Stimme durch meinen Kopf.

Zum hundertsten Mal frage ich mich, was ich falsch gemacht habe. Doch ich finde keine Antwort. Ich befolge die Regeln. Ich esse, wenn es erlaubt ist, schlafe, sobald das Licht erlischt und verhalte mich ruhig. Ich hämmere nicht mehr gegen die Tür und rufe nicht länger um Hilfe. Stattdessen hoffe ich still, dass man mich findet. Wie lange bin ich schon hier? Tage? Wochen? Meine Familie und meine Freunde müssen mich vermissen. Sie haben sicher die Polizei alarmiert und suchen nach mir. Ununterbrochen male ich mir aus, dass sie mich jede Minute finden könnten. Heutzutage gibt es zahlreiche Möglichkeiten, Menschen ausfindig zu machen. Sie könnten mein Handy orten oder Suchhunde einsetzen. Meine Spur lässt sich vielleicht auch mit Überwachungskameras nachverfolgen. Ich lebe in einer Großstadt mit öffentlichen Plätzen und Geschäften, an denen möglicherweise ein Bild von mir aufgenommen wurde.

Aber warum dauert es so lange?

Hätten sie nicht längst hier sein müssen?

Die Tränen schießen mir nun doch in die Augen. Sucht mich denn niemand? Haben sie mich vergessen? Ich bin so verzweifelt, dass ich laut schluchze. Wieso hilft mir keiner?

Stunden vergehen. Meine Gedanken driften ab. Vor meinem inneren Auge erscheint meine Mutter, und ich möchte am liebsten aus voller Kehle schreien in der Hoffnung, sie könnte mich hören. Aber die Angst hält mich zurück. Er wird mich länger in der Kiste lassen, wenn ich nicht still bin. Er hasst mein Gejammer. Dann schimpft er wieder über mein schlechtes Benehmen.

Ich schließe die Augen und sende ein stummes Gebet in Richtung Himmel. Und tatsächlich scheint es zu wirken. Schwaches Licht fällt plötzlich durch die feinen Ritzen der Kiste.

Er ist wieder hier.

Er macht immer Licht an, sobald er zurückkommt.

Gleich wird er mich erlösen.

Augenblicklich beruhigt sich mein Atem. Ich recke den Hals und spähe durch die Zwischenräume der Bretter. Dort steht er und betrachtet mich – oder genauer gesagt die Kiste – mit seinen dunklen, starren Augen. Was er wohl denkt? Minutenlang schaut er herüber, scheint mein Leid fast zu genießen. Normalerweise würde er die Kiste öffnen und mich herausheben, weil meine Glieder zu steif sind, als dass ich mich bewegen könnte.

Doch heute zögert er. Sein Blick bleibt unverändert auf die Kiste gerichtet. Weiß er, dass ich ihn beobachte? Nach einer gefühlten Ewigkeit blitzt etwas in seinen Augen auf und er bewegt sich.

Mein Herz schlägt schneller vor Erleichterung. Ich warte darauf, dass er den Deckel öffnet. Ich will hier raus, mich strecken und wieder frische Luft atmen. Als endlich Licht hereinströmt, schließe ich glücklich die Augen. Ich darf jetzt nicht weinen, sonst muss ich in der Kiste bleiben. Tapfer schlucke ich die Tränen hinunter. Es dauert nicht mehr lange, rede ich mir gut zu. Gleich habe ich es geschafft.

Er stellt den Deckel neben der Kiste ab und berührt mich an den Schultern. Dankbar hebe ich den Kopf. Ich will ihm die Arme entgegenstrecken, damit er mich rasch herausheben kann. Aber nichts geht. Ich fühle mich wie festgefroren. Egal. Er ist kräftig und schafft das auch ohne meine Mithilfe.

Ich warte auf seine rauen Hände, doch er packt nicht zu. Etwas ist anders als sonst. Überrascht öffne ich die Augen. Er steht ruhig da, sein Blick ist finster und durchdringend, als würde er jeden meiner Gedanken abwägen. Plötzlich schnellen seine Finger vor und legen eine Schnur um meinen Hals. Die groben Fasern graben sich tief in meine Haut und schnüren mir die Luft ab. Ein heftiger Schmerz durchzuckt mich und vor meinen Augen erscheinen grelle Blitze. Ich versuche, meine Hände zu heben und die Schnur zu lösen, aber meine

Gelenke sind zu steif und reagieren nicht. Die Schnur zieht sich unerbittlich enger.

»Bitte«, flüstere ich heiser, mit einer Stimme, die mir fremd vorkommt.

Doch er reagiert nicht, sein Ausdruck ist unergründlich und kalt. Mein Blick verschwimmt, und langsam löst sich alles in Dunkelheit auf. Ich kämpfe verzweifelt um Luft, obwohl ich weiß, dass es aussichtslos ist. Allmählich umschließt die Nacht mich mit ihren eisigen Fingern und reißt mich hinab in einen endlosen Abgrund aus Finsternis.

1

———

S ind Sie Laura Kern?«, erkundigte sich die blass wirkende Polizistin und überprüfte den Dienstausweis, den Laura ihr hinhielt.

»Ja, das bin ich. Und das hier ist mein Partner Max Hartung«, erwiderte Laura, während sie auf Max wies und ihren Blick über die baufällige Lagerhalle gleiten ließ, die sich düster vor ihnen erhob. Es war mitten in der Nacht. Der Vollmond tauchte die Szene in ein fahles Licht, bis eine dichte Wolke ihn verdeckte und die Halle in Dunkelheit hüllte, sodass sie sich kaum noch vom umgebenden Schwarz abhob.

»Wir sind froh, dass Sie so rasch hergekommen sind. Ihre Expertise wird dringend benötigt – dies ist definitiv ein Fall für das LKA«, erklärte die Polizistin, während sie das Absperrband so weit anhob, dass Laura und Max darunter hindurchgehen konnten.

»Worum genau handelt es sich?«, fragte Laura, da sie

von der Einsatzzentrale nur vage Informationen erhalten hatte.

»Das sollten Sie sich besser selbst ansehen«, entgegnete die Polizistin mit ernster Miene und führte sie in die Halle.

Das Landeskriminalamt Berlin wurde immer dann hinzugerufen, wenn es um besonders schwerwiegende Mordfälle ging. Als Spezialermittlerin im Dezernat für Tötungsdelikte, Entführungen und erpresserischen Menschenraub hatte Laura schon vieles gesehen. Der Anblick der kleinen unscheinbaren Kiste, die im Lichtschein ihrer Taschenlampe auftauchte, löste in ihr auf der Stelle ein unbehagliches Gefühl aus.

»Ist sie da drin?«, fragte Max ungläubig, fast, als könnte er Lauras Gedanken lesen.

Die quadratische Kiste maß weniger als einen Meter in Breite und Höhe. Wie dort ein Mensch hineinpassen sollte, erschloss sich Laura nicht. Der Deckel lag lose auf und war ein Stückchen beiseitegeschoben. Mit einem Kloß im Hals warf sie einen vorsichtigen Blick hinein. Ihr Herzschlag beschleunigte sich schlagartig. Die Frau im Inneren hatte ihre Knie an die Brust gezogen und sich wie zu einer kleinen Kugel zusammengerollt. Ihr Kopf war abgewinkelt, sodass Laura ihr ins Gesicht sehen konnte. Die weit aufgerissenen Augen der Toten starrten sie an und riefen ungewollt Erinnerungen in ihr wach.

Plötzlich befand sich Laura wieder in dem alten Pumpwerk, in dem sie als Elfjährige eingesperrt worden war. Sie sah die abgebrochenen Fingernägel, die verzweifelten Kratzspuren an den Wänden und dachte an all die anderen Mädchen, die nicht fliehen konnten.

Nur Laura hatte es geschafft, dem Täter zu entkommen. Sie hatte sich durch ein enges Rohr hinaus in die Freiheit gequetscht und sich dabei an einem rostigen Eisengitter die Haut über ihrer Brust aufgerissen. Die Wunde infizierte sich später im Krankenhaus und es musste Haut von ihrem Oberschenkel transplantiert werden. Noch heute zeugten dicke wulstige Narben von ihrem einstigen Trauma. Sie waren der Grund, warum sie selbst im Hochsommer ausschließlich geschlossene Oberteile und lange Hosen trug.

Die zusammengekrümmte Gestalt in der Kiste erinnerte Laura schmerzhaft an die Enge des Rohrs, in dem sie fast stecken geblieben wäre. Sie kannte das Gefühl, keine Luft mehr zu bekommen und eingezwängt zu sein. Sie hatte damals eine gefühlte Ewigkeit gebraucht, um sich zu befreien. Doch im Gegensatz zu ihr hatte die Frau in der Kiste offenbar keine Chance gehabt.

»Alles in Ordnung?«, hörte sie Max' leise Stimme, die sie in die Gegenwart zurückholte.

»Ja«, flüsterte sie und verdrängte das Bild des Monsters, das sie mit kalten Augen anstarrte und sie wieder zu dem kleinen Mädchen von damals machen wollte. Aber Laura würde das nicht zulassen. Sie war nicht mehr hilflos und der Täter tot. Sie hatte Andreas Hobrecht sterben sehen.

»Wissen Sie schon, wer die Frau ist?«, fragte Laura die Polizistin, die mit blassem Gesicht ein wenig abseits stand.

»Nein, wir haben sie nicht angerührt. Wir wollten auf Sie warten.«

»Ist die Spurensicherung informiert?«

Die Polizistin nickte eifrig. »Die Rechtsmedizin auch.

Ich weiß allerdings nicht, ob sie jemanden schicken.« Ihr Blick wanderte zu der silbernen Uhr an ihrem Handgelenk. »Es ist drei Uhr in der Nacht.«

Laura leuchtete mit der Taschenlampe den Hals des Opfers ab. Sofort erfasste sie die bläulichen Verfärbungen, die sie an ein Zopfmuster erinnerten.

»Sieht so aus, als wäre sie mit einem Seil oder einer Schnur erdrosselt worden«, stellte sie fest.

»Das ist das Werk eines Wahnsinnigen«, brummte Max. »Er muss ihr doch sämtliche Rippen gebrochen haben, als er sie in die Kiste gequetscht hat.« Sein Blick fuhr hastig zu Laura. »Oder glaubst du, er hat sie lebendig hineingezwängt?«

»Schwer zu sagen«, erwiderte Laura und betrachtete die Finger der rechten Hand, die oben auf der linken Schulter lag. Nachdenklich schob sie die Unterlippe vor.

»Sie scheint sich nicht sonderlich gewehrt zu haben. Die Fingernägel sind unversehrt und soweit ich es sehen kann, gibt es keine Abwehrspuren am Unterarm.« Sie versuchte, auch die andere Hand in Augenschein zu nehmen, doch der linke Arm war nach unten in die Kiste gerutscht. Abermals erhaschte sie einen Blick aus den starren Augen der Toten. Laura konnte sich des Gefühls nicht erwehren, dass die Frau bereits lebendig in der Kiste gesteckt hatte.

»Wir müssen auf das Gutachten der Rechtsmedizin warten.«

Der Lichtkegel von Lauras Taschenlampe erfasste den Ellenbogen des rechten Arms, auf dem tiefe Kratzer und bläuliche Verfärbungen zu erkennen waren.

»Vielleicht hat sie sich doch gewehrt«, murmelte sie. »Wir müssen sie aus der Kiste holen, damit wir sie genau untersuchen können. Wo bleibt denn die Spurensicherung?«

Im selben Augenblick hörte sie Schritte. Dennis Struck von der Spurensicherung, ein großer kräftiger Mann, näherte sich. Als er Laura und Max erblickte, stieß er einen langen Seufzer aus.

»Ich wusste es«, sagte er und reichte Laura zur Begrüßung seine Hand. »Um diese Uhrzeit und zudem noch in einer stillgelegten Lagerhalle konnte ich ja nur auf Sie beide stoßen.« Seine Augen richteten sich auf die Kiste und er schwieg für einen kurzen Moment.

»Himmel, da steckt doch nicht etwa ein Mensch drin?«

Laura und Max mussten nicht antworten. Dennis Struck hatte die Lage längst erkannt. Er griff in die Taschen seines weißen Overalls und hielt ihnen zwei Paar Plastiküberschuhe entgegen.

»Die ziehen Sie besser an.« Er musterte die Halle mit einem kritischen Gesichtsausdruck. »Haben Sie sich hier überall schon umgesehen?«

Laura schüttelte den Kopf. »Nein. Wir sind eben erst eingetroffen.«

»Mein Partner hat die Halle von außen abgesichert«, fügte die Polizistin hinzu und deutete Richtung Eingangstor.

Dennis Struck griff abermals in seine Tasche.

»Sie ziehen sich bitte auch welche über«, bat er und drückte der Polizistin ebenfalls ein Paar Plastiküberschuhe in die Hand.

Im selben Moment trafen drei weitere Mitarbeiter der Spurensicherung ein, begleitet von einer Fotografin, die sich sogleich auf die Kiste stürzte.

Laura trat beiseite und fragte die Streifenpolizistin: »Wer hat die Tote gefunden?«

»Ein Obdachloser. Wir haben ihn gebeten, im Streifenwagen zu warten. Er schläft oft in dieser Halle und hat die Kiste bemerkt. Sie stand gestern noch nicht hier. Er hat sie aufgehebelt und die Leiche entdeckt.«

»Danke, wir reden später mit ihm. Bitte sorgen Sie dafür, dass er im Wagen bleibt und sich zur Verfügung hält. Haben Sie seine Personalien aufgenommen?«

Die Polizistin nickte. »Er hat allerdings keinen Ausweis dabei, nur sein Handy und ein bisschen Bargeld. Soll ich gleich mal nach ihm schauen?«

»Ja, bitte. Es kann noch eine Weile dauern und wir müssen ihn unbedingt sprechen«, erklärte Laura.

Sie wollte sich zuerst einen genaueren Eindruck vom Fundort verschaffen. Es war wichtig, die Atmosphäre aufzunehmen, bevor das Team der Spurensicherung das Gelände komplett durchforstete und jedes Fundstück mit einem gelben Plastikschild versah. Laura wollte sehen, was der Täter gesehen hatte, und sie wollte herausfinden, warum er sein Opfer ausgerechnet hier abgeladen hatte. Das konnte verschiedene Gründe haben. Vielleicht lag die Halle günstig für ihn oder sie hatte eine bestimmte Bedeutung. Es wäre möglich, dass er früher in dem Gewerbegebiet einer Arbeit nachgegangen war und sich hier auskannte. Genauso gut konnte es ein zufälliger Ort sein, auf den er bei der Suche nach einer Ablagemöglichkeit gestoßen war. Sie betrachtete die Kiste, die durch das Blitzlichtgewitter der Fotografin grell erleuchtet wurde.

Wie war sie hierhertransportiert worden? Der Täter konnte sie unmöglich allein getragen haben. Hatte er

Helfer oder handelte es sich womöglich um mehrere Täter? Sie suchte den rauen Betonboden ab, konnte jedoch keine Spuren entdecken. Weder die von Schuhen noch die von einem Gabelstapler oder einem anderen Transportmittel. Laura schaute sich um. Das Tor der Halle war groß genug, um mit einem Transporter hineinzufahren. Theoretisch hätte der Täter die Kiste aus dem Wagen stoßen können. Sie ging in die Knie und inspizierte die unteren Ecken. Sie schienen intakt und damit schied diese Variante vermutlich aus. Allerdings gab es auch Transporter mit einer Hebevorrichtung.

»Ich bin fertig«, verkündete die Fotografin und widmete sich einem anderen Teil der Halle.

Dennis Struck rief zwei Kollegen zu sich. »Versuchen wir, die Tote herauszuheben, ohne ihre Haut zu verletzen. Wenn das nicht funktioniert, sägen wir die Bretter durch«, sagte er und positionierte sich breitbeinig hinter der Kiste.

Er packte die Schultern, während sich ein zweiter Mitarbeiter über die Tote beugte und ihre Beine umklammerte. Der dritte Mann blieb ratlos neben Dennis Struck stehen. Er berührte zwar kurz das Bein, fand jedoch zwischen Struck und seinem Kollegen keinen Platz zum Zupacken. Für drei kräftige Männer war die Kiste schlicht zu klein, um gleichzeitig hineinzugreifen. Mit angespannten Kiefermuskeln sah er zu, wie die beiden sich abmühten. Doch der Leichnam steckte fest und bewegte sich keinen Zentimeter. Er war regelrecht zwischen den Brettern eingeklemmt. Nur der Kopf fiel nach vorn, sodass das Gesicht nicht länger zu erkennen war.

»Verdammt«, fluchte Struck. »So funktioniert das

nicht. Wir brauchen den Werkzeugkasten.« Der Mitarbeiter, der bis eben untätig daneben gestanden hatte, hastete davon.

»Wie hat er sie bloß in diese kleine Kiste gezwängt?«, fragte Max, der bislang ruhig neben Laura die Szenerie beobachtet hatte und nun von einem grellen Strahler der Spurensicherung erfasst wurde. Seine Glatze leuchtete geisterhaft auf, konnte seinen Gesichtszügen jedoch nichts von seiner Attraktivität nehmen.

»Das verstehe ich auch nicht«, erwiderte Laura. »Sie ist zwar ziemlich schlank, aber selbst wenn sie extrem gelenkig war, dürfte es sehr schwer gewesen sein.«

»Und vor allen Dingen unbequem. Ob sie überhaupt genug Luft bekommen hat? Im Grunde genommen hätte der Täter nur abwarten müssen«, meinte Max. »Sie zu erdrosseln, war völlig unnötig.«

Ein Luftzug ging durch die Halle, als der Kollege von der Spurensicherung mit dem Werkzeugkoffer zurückkehrte. Laura fröstelte unwillkürlich.

»Es ist etwas Persönliches«, flüsterte sie, und Max sah sie erstaunt an. »Ich meine, es gibt viele Möglichkeiten, aus der Distanz zu töten. Doch dieser Täter wollte seinem Opfer offenbar nahe sein. Deshalb hat er sie erdrosselt. Er braucht das.«

»Mir ist egal, aus welchen perversen Gründen dieser Mistkerl tötet. Ich will ihn hinter Gittern sehen.«

»Er mag es, wenn jemand leidet«, fuhr Laura unbeirrt fort. Sie schloss die Augen und atmete tief ein. Fast kam es ihr vor, als wollte die Frau aus der Kiste ihr etwas Wichtiges mitteilen. Aber noch bevor sie mehr ergründen konnte, krachte es hinter ihnen.

»Verdammt! Passen Sie doch auf!«, herrschte der

Mann von der Spurensicherung die Fotografin an. Der Werkzeugkoffer war ihm aus der Hand geglitten, weil sie ihn angerempelt hatte.

»Tut mir leid. Ich habe Sie nicht gesehen«, entschuldigte sich die Fotografin mit hochrotem Kopf.

»Sie wären fast über die Kiste gestolpert. Achten Sie nicht darauf, wo Sie hinlaufen?«

Die Fotografin senkte schuldbewusst den Blick. »Ich hatte die Kiste im Auge, aber auf Sie habe ich nicht geachtet. Ich wollte die Hallendecke fotografieren und habe nach oben geschaut.«

»Lass sie in Ruhe, Jörg. Es ist ihr erster Tatort«, griff Dennis Struck schlichtend ein.

Sein Kollege presste kurz die Lippen zusammen und packte kopfschüttelnd den Werkzeugkoffer.

Die Fotografin entfernte sich eilig, um sich dem Halleneingang zuzuwenden und ihre Arbeit fortzusetzen. Struck nahm die Säge und begann, die oberen zwei Holzbretter der Kiste zuerst an der rechten und anschließend an der linken Ecke durchzusägen.

»Wir versuchen es noch einmal«, sagte er und reichte die Säge an seinen weiterhin verärgerten Kollegen weiter. Dann griff er erneut unter die Schultern der Toten, während der andere Kollege die Beine fasste. Mit einem kräftigen Ruck befreiten sie das Opfer aus der Kiste und legten es auf der ausgebreiteten Plastikfolie ab. Sofort breitete sich ein unangenehmer Geruch aus. Die Frau, die eben zusammengekrümmt in der Kiste gelegen hatte, streckte nun alle Glieder von sich. Für einen Moment schien es, als wäre sie lebendig.

»Die Leichenstarre hat sich bereits gelöst«, stellte Laura fest und überlegte, wie lange die Frau schon tot sein musste. Normalerweise begann die Leichenstarre nach zwei Stunden. Nach acht bis zwölf Stunden war sie vollständig ausgeprägt und löste sich ungefähr zwei Tage später wieder. Natürlich hing dieser Prozess von den Temperaturen ab. Im Sommer und bei der Hitze, die momentan vorherrschte, dürfte er sich erheblich beschleunigen. Vermutlich war die Frau vor zwei oder drei Tagen gestorben.

»Was hat sie denn da in der Hand?« Max deutete auf den Arm, den sie bisher nicht begutachten konnten, weil er in der Kiste gesteckt hatte.

Laura kniete sich hin und nahm die Taschenlampe zu Hilfe. Zuerst dachte sie, ein Insekt hätte sich in der Kiste verfangen. Doch dann erkannte sie einen bunten Schmetterlingsflügel in den Fingern der Toten.

»Wo kommt der denn her?«, fragte sie überrascht und wartete, bis Dennis Struck mit einer Pinzette zu ihr kam und den Flügel vorsichtig entfernte. Er hielt ihn ins Licht, sodass sie ihn betrachten konnten.

»Merkwürdig«, brummte Struck. »Entweder wir finden den Rest des Schmetterlings in der Kiste oder ...« Er sprach nicht weiter, sondern zog die Augenbrauen in die Höhe.

»Oder der Täter hat ihn der Toten in die Hand gelegt«, vollendete Laura seinen Satz.

Max leuchtete die Kiste gründlich mit seiner Taschenlampe aus.

»Hier ist nichts«, verkündete er nach einer Weile. »Weder die andere Hälfte des Schmetterlings noch sonst irgendwelche Insekten. Zu welcher Art gehört denn der Flügel?«

Laura betrachtete das dunkle Auge auf dem leuchtenden Orange.

»Ich habe keine Ahnung«, gab sie zu. »Aber solche habe ich schon ganz häufig gesehen.«

»Ich auch«, brummte Dennis Struck und verfrachtete den Schmetterlingsflügel vorsichtig in eine Asservatentüte. »Das Labor wird es herausfinden.«

Laura wandte sich wieder der Toten zu. Sie trug hellblaue Jeans und ein rosafarbenes T-Shirt, das nicht besonders sauber aussah. Auch auf der Hose entdeckte sie bei genauerem Hinsehen einige Schmutzflecke. Die Tote hatte keine Schuhe an. Ihre Füße wirkten aufgequollen und gerötet. In die Fußsohlen hatten sich Splitter, offenbar von der Holzkiste, eingegraben. Manche so tief, dass Blut aus den Rissen in der Haut gequollen war. Laura tastete vorsichtig die vorderen Hosentaschen ab, doch sie waren leer.

»Kannst du mir helfen, sie ein bisschen auf die Seite zu drehen?«, fragte sie Max und überprüfte die Gesäßtaschen, als er den Körper der Toten ein Stück anhob.

»Sie hat nichts bei sich«, stellte Laura fest. »Weder ein Handy noch einen Ausweis oder ein Portemonnaie. Wir müssen die Vermisstenanzeigen aus den letzten Wochen überprüfen. Vielleicht finden wir so heraus, wer diese Frau ist.«

»Sie trägt auch keinen Schmuck. Keine Ohrringe, keine Kette, nicht mal einen Ring. Nichts, was uns helfen könnte, sie zu identifizieren«, fügte Max hinzu, der die Haare über dem rechten Ohr der Toten zur Seite geschoben hatte und es inspizierte.

Laura erhob sich und streifte ihre Handschuhe ab.

»Ich denke, fürs Erste sind wir hier fertig. Wir sprechen jetzt mit dem Zeugen. Falls Sie in der Halle noch etwas finden, geben Sie uns bitte Bescheid.«

Dennis Struck nickte und machte der Fotografin Platz, die ihre Kamera auf die Leiche ausrichtete, um jedes Detail festzuhalten. Laura begab sich mit Max zu dem Einsatzwagen, der vor der Halle stand. Die junge Streifenpolizistin lehnte an dem Wagen und öffnete die hintere Tür, als sie Laura und Max bemerkte.

»Sie können jetzt aussteigen, Herr Schuster. Die Kollegen werden Ihnen ein paar Fragen stellen und dann können Sie gehen.«

Ein vollbärtiger Mann kletterte von der Rückbank und warf der Polizistin einen missmutigen Blick zu.

»Wohin soll ich denn?«, blaffte er sie an. »Sie werden mich wohl kaum hier übernachten lassen. Die Halle ist doch abgesperrt.«

Die Polizistin kniff die Lippen zusammen und erwiderte nichts.

»Wir können Sie in eine Notunterkunft bringen«, schlug Laura vor und streckte dem Mann die Hand entgegen. »Ich bin Laura Kern und das ist mein Partner Max Hartung. Wir sind vom Landeskriminalamt und hätten gerne gewusst, wie Sie die Tote gefunden haben.«

Der Mann warf Laura einen ebenso missmutigen Blick zu wie zuvor der Streifenpolizistin und schimpfte: »Das habe ich doch alles schon erzählt. Hat sich das denn niemand von euch aufgeschrieben? Es ist mitten in der Nacht, verdammt. Was denken Sie sich eigentlich?« Er stampfte an Laura vorbei, ohne ihre ausgestreckte Hand zu beachten, blieb nach ein paar Schritten jedoch stehen.

»Wir möchten sorgfältig vorgehen, und deshalb wäre

es uns wichtig, die Informationen persönlich von Ihnen zu erhalten und nicht aus einem Protokoll«, erklärte Max freundlich. »Wie lautet Ihr vollständiger Name?«

»Detlef Schuster, habe ich auch schon gesagt«, brummte der Mann und vergrub die Finger in seinem zotteligen Bart. Er musterte Max und fuhr dann ein wenig versöhnlicher fort: »Ich wollte heute Nacht mein Lager hier aufschlagen. Ich bin jeden zweiten oder dritten Tag hier. Bis hier draußen verschlägt es fast niemanden und so habe ich normalerweise meine Ruhe.« Er verdrehte die Augen. »Wie das Leben so ist, bin ich rein und sofort ist mir die verdammte Kiste aufgefallen. Die war vorher definitiv nicht da. Ach, und bevor ich hier ankam, ist noch ein Lastwagen mit mobilen Toiletten weggefahren. Ich dachte, vielleicht ist was Brauchbares drin in der Kiste, was ich versilbern kann. Passiert einem ja nicht jeden Tag, dass ein Geschenk vom Himmel fällt. Ich habe den Deckel aufgebrochen und dabei kam mir schon dieser Gestank entgegen. Ekelhaft.« Er spuckte auf den Boden und verzog angewidert die Lippen. »Das Erste, was ich sah, waren ihre Augen. Furchtbar. Ich wusste gleich, dass sie tot ist. Zum Glück hatte ich heute ein Handy dabei. Hat mir ein Kumpel gegeben und da habe ich den Notruf gewählt. Drei Minuten später war die Polizei hier und seitdem sitze ich mir den Hintern in diesem Auto platt.«

»Können Sie den Lastwagen genauer beschreiben?«, fragte Laura.

Der Obdachlose schüttelte den Kopf. »Nein. Es war dunkel und die Scheinwerfer haben mich geblendet. Der ist rasend schnell an mir vorbeigesaust. Wollte vermutlich abhauen. Ich habe ihm hinterhergeschaut und die mobilen Toiletten auf der Ladefläche gesehen. Jetzt fragen Sie mich bloß nicht nach dem Kennzeichen. Darauf habe ich nicht geachtet.«

»Und konnten Sie den Fahrer erkennen? War es ein Mann oder eine Frau?«

»Nein, wie gesagt, es war alles dunkel, und in dem Moment wusste ich ja nicht, dass jemand hier eine verdammte Leiche loswerden wollte und mir die Nacht ruiniert.«

»Ist Ihnen sonst noch etwas aufgefallen?«

Detlef Schuster schüttelte energisch den Kopf. »Kann ich jetzt gehen?«, fragte er mürrisch.

»Tut mir leid, noch nicht«, erwiderte Laura. »Wir müssen zunächst Ihre Identität einwandfrei feststellen.«

Wenig später sah sie dem Mann hinterher, der in einem Streifenwagen zum nächsten Polizeirevier gebracht wurde. Ein eigenartiges Gefühl stieg in ihr auf und sie überlegte, ob Detlef Schuster mehr mit dem Fall zu tun haben könnte, als er vorgab.

2

Ein paar Tage zuvor

Der Raum roch nach Verzweiflung und Schweiß. Monika Nowak wischte sich über die Stirn und zog den Gurt straffer.

»Herr Kunert, bitte, beruhigen Sie sich«, keuchte sie und schnappte nach Luft. Heute war einfach die Hölle los. Vielleicht lag es an der sommerlichen Hitze, die selbst in der Nacht nicht verflog. Oder es waren die vielen Mücken, die die Bewohner des psychiatrischen Krankenhauses in den Wahnsinn trieben. Seit acht Stunden schuftete sie auf ihrer Station und Herr Kunert in Zimmer dreiundzwanzig war bereits der vierte Notfall in dieser Nacht.

»Zieh den Gurt am Knöchel fest«, blaffte Maik Brückert, der mindestens genauso angespannt war wie sie. Gleich hätten sie eigentlich Feierabend, aber sie beide wussten, dass es ohne Überstunden nicht gehen würde. Dafür war einfach zu viel los. Hinzu kam der chronische Personalmangel, der ihnen allen zu schaffen machte. Es fehlte nicht nur an Pflegepersonal, sondern auch an Ärzten, Reinigungskräften und sogar die Versorgung mit Medikamenten funktionierte in letzter Zeit nicht mehr reibungslos.

Monika zog den Gurt fester, obwohl der Patient es nicht mochte, fixiert zu werden. Doch was blieb ihr übrig? Herr Kunert schrie wie am Spieß und versuchte trotz der Fixierung, um sich zu schlagen. Aber es gab noch etliche andere Patienten auf der Station, die versorgt werden mussten. Ein Patient in diesem aufgebrachten Zustand brachte die gesamten Abläufe durcheinander.

»Tut mir leid, Herr Kunert. Ich gebe Ihnen jetzt etwas zur Beruhigung und dann machen wir Sie so bald wie möglich wieder los. Versuchen Sie, sich zu entspannen und an etwas Schönes zu denken.«

Ihr Kollege schüttelte den Kopf, weil er offenbar nicht so viel Empathie für den Patienten empfand, der in der letzten Woche jeden Tag auffällig geworden war.

»Ich gehe in die fünf. Ruf mich, wenn du mich brauchst«, stieß Maik Brückert aus und flüchtete aus dem Raum, ohne ihre Antwort abzuwarten.

Monika setzte sich zu Andreas Kunert auf das Bett und nickte ihm beruhigend zu.

»Gleich geht es besser«, flüsterte sie und hatte dabei das Gefühl, zugleich mit sich selbst zu reden. Am liebsten hätte sie sich in eines der Betten gelegt, um ein wenig zu schlafen. Ein leichter Kopfschmerz pochte hinter ihrer Stirn und sie wusste, dass es schlimmer werden würde, falls sie es nicht ruhiger angehen ließ.

Aber der Patient tat ihr leid, auch wenn er aggressiv reagierte. Seine Reaktion war ein Ausdruck tiefer Trauer und Monika konnte nachempfinden, dass er einfach keine Kontrolle über seine Emotionen hatte. Jedenfalls noch nicht und nicht nach allem, was ihm widerfahren war.

Sie verabreichte ihm ein Beruhigungsmittel, ein sich schnell auflösendes Plättchen, das sie zwischen seine Lippen schob, und setzte sich wieder neben ihn.

»Nichts wird je wieder gut«, jammerte Andreas Kunert kurz darauf und bereits etwas ruhiger. »Sie sind alle tot und ich habe ihnen nicht geholfen.«

»Sie haben alles Menschenmögliche getan«, erklärte Monika dem Feuerwehrmann sanft. »Sie haben versucht, den Brand zu löschen. Beinahe wären Sie selbst in den Flammen umgekommen.«

Der Patient stieß einen kehligen Laut aus und wand sich abermals unter den Gurten, die ihn an der Liege fixierten.

»Wäre ich bloß mit ihnen gestorben«, wimmerte er, während er von einem heftigen Weinkrampf geschüttelt wurde.

Monika schenkte ihm einen verständnisvollen Blick, denn sie wusste nicht, was sie sagen sollte. Andreas Kunert hatte noch vor Kurzem voll im Leben gestanden – bis zu jener verhängnisvollen Nacht, in der er zu dem brennenden Haus gerufen wurde.

»Es ist gut, dass Sie am Leben sind«, raunte sie mitfühlend.

Doch Herr Kunert schüttelte vehement den Kopf.

»Nein. Ich möchte tot sein. Bitte töten Sie mich! Ich flehe Sie an.« Seine blauen Augen durchbohrten sie verzweifelt. Monika sprang von der Liege auf und schaute auf die Uhr. Das Beruhigungsmittel müsste bald seine volle Wirkung entfalten.

»Atmen Sie ganz ruhig«, sagte sie und bemerkte das leichte Zittern in ihrer Stimme. Seine Geschichte ging ihr nahe, aber sie musste professionelle Distanz wahren. Erleichtert stellte sie fest, wie seine Lider zu flattern begannen.

»Alles wird wieder gut, Herr Kunert«, flüsterte sie und begab sich zur Tür. Mehr konnte sie nicht für ihn tun. Niemand konnte das. Andreas Kunert war in jener Nacht zu seinem eigenen Haus gerufen worden. Seine Frau und die beiden kleinen Kinder waren in dem Reihenhäuschen verbrannt. Kunert hatte mit seinen Kollegen nichts mehr ausrichten können und war mit einer schweren Rauchvergiftung ins Krankenhaus eingeliefert worden. Der arme Mann hatte alles verloren, was ihm im Leben wichtig war. Seine gesamte Familie. Kein Beruhigungsmittel dieser Welt konnte ihm über diesen Verlust hinweghelfen. Auch die psychiatrische Einrichtung, in der sich der traumatisierte Mann seit Wochen befand, konnte seinen Schmerz allenfalls lindern. Vielleicht brachte die Zeit ihm allmählich mehr Erleichterung, aber garantiert war das nicht.

Schweren Herzens verließ Monika das Zimmer. Ihre Schritte hallten im Flur von der hohen Decke wider. Monika liebte das alte Gebäude. Dieses Krankenhaus gefiel ihr viel besser als ein modernes, das nur auf Effizienz ausgerichtet war und dabei wenig Platz für Persönlichkeit und Wärme bot. Außen überwucherte Efeu die roten Backsteine. Die Spitzbögen der Sprossenfenster verliehen dem Gebäude einen ehrwürdigen Charakter.

Sobald sie es bei Dienstbeginn betrat, fühlte sie sich als ein Teil der Einrichtung und widmete sich mit ganzem Herzen den Patienten.

Sie blieb vor dem Zimmer vierzehn stehen, öffnete die Tür und warf einen Blick hinein. Eigentlich sollte die Patientin längst im Bett liegen, doch sie saß am Tisch, völlig in ihre Malerei versunken. Monika gefielen die wundervollen Bilder, die Lilly malte. Jeden Tag, bevor ihre Schicht zu Ende war, besuchte sie die junge Frau. Sie sprach nie ein Wort, aber das musste sie auch nicht, denn sie drückte sich mit ihren Kunstwerken aus. Erst gestern hatte Lilly ihr das Bild einer gelben Rose geschenkt, ein wunderschönes Aquarell, das sie im Wohnzimmer aufhängen würde.

»Ich wollte nur kurz gute Nacht sagen.« Monika betrat das Patientenzimmer und sah Lilly über die Schulter.

Im ersten Moment begriff sie nicht, was sie auf dem Papier erblickte. Wirre Linien folgten einem nicht erkennbaren Muster. Sie blinzelte und hielt den Atem an.

»Am besten, Sie gehen jetzt schlafen«, sagte sie bestürzt und nahm Lilly den Stift aus der Hand.

Monika betrachtete die Zeichnung, auf der eine Frau in einer Kiste zu sehen war. Eine Gänsehaut überkam sie, denn die Frau schien nicht mehr zu leben. Monika sah es an den stumpfen Augen und dem merkwürdig abgewinkelten Schädel. Warum zum Teufel malte Lilly kein Blumenbild mehr?

Schockiert führte sie die Patientin zum Bett, weg von dieser schrecklichen Zeichnung. Was auch immer in Lillys Kopf vorging, Monika würde keine Antwort von ihr bekommen. Hastig schlug sie die Bettdecke zurück und wartete, bis Lilly sich hingelegt hatte. Vermutlich war sie einfach nur müde. Monika konnte jedenfalls keinen weiteren Notfall gebrauchen. Sie deckte Lilly zu und eilte zur Tür.

»Gute Nacht«, murmelte sie und schaltete das Licht aus. Draußen im Flur blieb sie einen Moment stehen. Die Frau auf der Zeichnung ließ sie nicht mehr los.

3

»Bist du schon wieder wach?«, fragte Taylor verschlafen und fuhr sich durch das schwarze Haar.

Er lehnte im Türrahmen der Küche und musterte sie mit seinen dunkelbraunen Augen. Laura schob ihren Laptop beiseite, wobei ihr Blick an seinem durchtrainierten Oberkörper hängen blieb. Bei den warmen Temperaturen im Sommer schlief er in Boxershorts. Einen Moment lang stellte sie sich vor, er stünde nackt vor ihr. Doch dann verdrängte sie diesen Gedanken hastig.

»Ich arbeite an einem neuen Fall. Heute Nacht haben wir eine tote Frau aufgefunden, eingezwängt in eine kleine Kiste gezwängt.« Sie drehte den Laptop mit dem Bildschirm zu ihm herum.

»Sie hatte einen Schmetterlingsflügel in der Hand und ich frage mich, warum.«

Taylor kam näher und betrachtete den Schmetterling interessiert, den sie in einem Online-Lexikon aufgerufen hatte.

»Tagpfauenauge«, las er ab und runzelte die Stirn. »Ich glaube, diese Art kommt ziemlich oft vor. Ich habe gestern erst einen auf deiner Terrasse gesehen.«

Laura seufzte. »Tatsächlich gehört dieser Schmetterling zu den häufigsten Exemplaren hierzulande. Ich hatte ehrlicherweise etwas anderes gehofft.« Sie griff zu ihrer Kaffeetasse und nahm einen kräftigen Schluck. »Dieser Flügel führt uns jedenfalls nicht unmittelbar zum Täter. Willst du auch einen Kaffee?«, fragte sie und sprang auf, bevor Taylor antworten konnte. Sie hatte für ihn bereits Kaffee in eine Thermoskanne abgefüllt.

»Du bist ein Schatz«, flüsterte Taylor, als sie ihm die Tasse eingoss, und zog sie an sich. »Schade, dass du die halbe Nacht weg warst. Ich hatte ganz andere Dinge mit dir vor, als über einen Mord und Schmetterlinge zu sprechen.«

Laura gab ihm einen Kuss und verschloss die Thermoskanne.

»Es ist eine junge Frau, höchstens fünfundzwanzig Jahre alt. Sie wurde stranguliert und weist etliche Abschürfungen auf. Ich glaube, ihr Mörder hat sie über längere Zeit gefoltert.« Sie rieb sich die Augen, weil die Müdigkeit in ihr hochstieg. Sie hatte in der Nacht keinen Schlaf gefunden, da sie ständig an das Monster und das Pumpwerk denken musste. Die enge Kiste, in der das Mordopfer lag, rief ungewollt alte Erinnerungen in ihr wach.

»Ist alles in Ordnung mit dir?«, fragte Taylor und schaute sie besorgt an.

»Ja, es ist nur …« Laura sprach nicht weiter. Sie

wollte nicht über die Vergangenheit sprechen. Andreas Hobrecht war tot und wurde bloß durch ihre Gedanken wieder zum Leben erweckt. Je mehr sie über dieses Monster redete, desto mächtiger wurde es. »Warum ist der Fall eigentlich nicht bei euch gelandet?«, versuchte sie vom Thema abzulenken. »Die Tote wurde in einem alten Gewerbegebiet in Reinickendorf gefunden. Das gehört in euer Revier.«

»Vermutlich war es Christoph Althaus. Wir haben zu wenig Leute«, antwortete Taylor und schlürfte an seinem Kaffee. »Aber wenn du willst, dann lasse ich mich zur Unterstützung abstellen. Ich könnte dir unter die Arme greifen.« Sein Tonfall war heiser geworden und er blickte Laura sehnsüchtig an.

Sie grinste. »Das wäre super. Doch ich muss dich warnen, den Mörder finden wir nicht in meinem Schlafzimmer.«

Taylor verzog enttäuscht den Mund. »Althaus würde mich wahrscheinlich sowieso nicht von dieser Drogengeschichte abziehen.« Er schaute auf die Uhr. »Verdammt, um acht Uhr haben wir eine Teambesprechung. Ich muss los.« Er stürzte seinen Kaffee hinunter und drückte Laura einen Kuss auf die Wange. Dann verschwand er aus der Küche und erschien kurz darauf wieder im Türrahmen, wobei er einen Gürtel durch die Laschen seiner Jeans zog.

»Apropos Schmetterling«, sagte er. »Die stehen doch symbolisch für eine Verwandlung oder Wiederauferstehung. Vielleicht geht es gar nicht um die konkrete Schmetterlingsart, sondern darum, dass der Täter die Frau in irgendetwas verwandelt?«

»Darüber habe ich auch schon nachgedacht«,

murmelte Laura. »Aber in was soll sich eine Frau verwandeln, die in eine Holzkiste gequetscht wird?«

»Keine Ahnung«, gab Taylor zurück und zog sich ein T-Shirt über. »Ich lass es mir noch einmal durch den Kopf gehen. Wir sehen uns heute Abend.« Er warf ihr einen Luftkuss zu und machte sich auf den Weg, während Laura weiter auf den Schmetterling starrte, dessen dunkelblaue Augenflecke sie vom Bildschirm anstarrten.

Verwandlung, dachte sie und rief sich die Tote ins Gedächtnis. Sie hatte keinen Schmuck getragen. Die Haarfarbe hatte echt gewirkt und auch sonst waren ihr keine Besonderheiten aufgefallen. Keine Tattoos oder Narben. Natürlich wusste sie nicht, wie die Frau vorher ausgesehen hatte, bevor sie ihrem Mörder begegnete. Vielleicht war sie stets stark geschminkt und mit Schmuck behangen herumgelaufen. Doch die Haare hatte sie sich offenbar nicht gefärbt. Das Opfer hatte brustlange dunkelbraune Haare. Es dauerte Jahre, bis eine künstliche Farbe herausgewachsen war. Je länger Laura darüber nachdachte, desto unwahrscheinlicher erschien ihr derzeit die Theorie der Verwandlung. Doch vielleicht ergab die Obduktion neue Erkenntnisse. Mit ein bisschen Glück lagen im Laufe des Tages erste Ergebnisse vor.

Laura schenkte sich eine weitere Tasse Kaffee ein und durchforstete das Internet nach der Bedeutung von Schmetterlingen. Sie standen hauptsächlich für Verwandlung, aber auch Leichtigkeit und Freude. Letzteres konnte sie mit einem Mord allerdings überhaupt nicht in Verbindung bringen. In China verkörperte der Schmetterling die Seele und manchmal symbolisierte er auch Unsterblichkeit und Liebe. Der Täter hatte nur einen Schmetterlingsflügel in die Hand der Toten gelegt. Ob das eine besondere Aussagekraft für ihn hatte? Sie ging zurück zu dem Tagpfauenauge und fand heraus, dass die stierenden Augen auf den Flügeln dazu dienten, angreifende Tiere abzuwehren. Hatte der Täter seinem Opfer eine Art Schutzsymbol mitgegeben? Nachdenklich rieb sie sich die Schläfen und klappte kurz darauf den Laptop ohne eine neue Erkenntnis zu. Laura wusste bloß eines: Der Schmetterlingsflügel lag nicht zufällig in der Hand der toten Frau und er hatte vermutlich eine tiefere Bedeutung für den Täter. Welche, würde sie schon noch herausfinden.

Eine Viertelstunde später sprintete Laura die Treppen bis in die fünfte Etage des Landeskriminalamtes hinauf. Viel lieber wäre sie draußen eine Runde gejoggt, aber die knappe Zeit ließ es nicht zu und sie wollte so schnell wie möglich die Identität der jungen Frau ermitteln.

Als sie die Tür zum Büro aufstieß, hielt sie erschrocken inne. Max war bereits eingetroffen, doch er war nicht allein. Neben ihm saß eine junge Frau.

»Guten Morgen«, sagte Laura und als die Frau aufschaute, erkannte sie die Polizistin wieder, die sie in der Nacht zuvor am Fundort kennengelernt hatte.

»Laura, gut, dass du hier bist.« Max winkte sie eifrig heran. »Ich habe einen Namen. Annika Weber. Dreiundzwanzig Jahre alt und seit drei Monaten vermisst.«

»Seit drei Monaten?« Laura wurde kalt ums Herz. »Himmel, hat sie so lange leiden müssen?«

Sie ging um den Schreibtisch zu Max und lächelte der Streifenpolizistin zu.

»Ach, bevor ich es vergesse«, er deutete mit einem Kopfnicken auf die Polizistin, »Frau Rudolph hat das herausgefunden. Sie hat mich heute früh angerufen, weil ihr der Eintrag in der Vermisstendatenbank aufgefallen ist. Was meinst du?«

Laura betrachtete die dunkelhaarige Frau auf Max' Bildschirm. Ihre langen Locken umschlossen das herzförmige Gesicht mit den vollen Lippen und großen blauen Augen. Es war mehr als traurig, dass diese junge Frau so qualvoll aus dem Leben gerissen worden war.

»Das ist sie«, bestätigte Laura. »Das haben Sie gut gemacht, Frau Rudolph.«

Die Streifenpolizistin strahlte. »Danke. Ich möchte später auch unbedingt zur Kriminalpolizei oder ins Landeskriminalamt. Diese Tätigkeit ist einfach superspannend. Ich bin ja noch nicht so lange bei der Polizei, aber in ein oder zwei Jahren würde ich es versuchen.«

Laura lächelte. »Dann können Sie mich oder auch Herrn Hartung gerne ansprechen.«

»Wirklich?« Ihre Augen wurden groß. »Das werde ich tun. Hundertprozentig. Danke.«

Die Streifenpolizistin nahm ihr Handy und erhob sich.

»Ich wünsche Ihnen beiden einen schönen Tag und viel Erfolg.« Sie verschwand aus dem Büro.

»Sie ist echt gut und hat uns richtig Arbeit abgenommen«, stellte Max fest und rieb sich die Hände. »Annika Webers Bruder hat das Opfer als vermisst gemeldet. Die Eltern sind bereits verstorben. Wir sollten schnell mit ihm sprechen.«

»Ja, auf alle Fälle. Ich möchte nur vorher die Fahndung nach dem Lkw herausgeben, den der obdachlose

Detlef Schuster vor der Halle gesehen haben will.« Sie hob den Telefonhörer, wählte jedoch noch nicht die Nummer. »Die Kollegen sollen die Gegend nach Überwachungskameras absuchen. Vielleicht gibt es in der Nähe eine Tankstelle, die diesen Laster womöglich aufgenommen hat.«

»Klar, ich erledige das«, antwortete Max und griff ebenfalls zum Telefon.

Laura gab die Fahndung heraus. Sie hoffte, dass sie den Lkw ausfindig machen konnten. Der Transport von mobilen Toiletten ließ sich zumindest gut eingrenzen.

Als sie im Dienstwagen saßen, blätterte Laura durch die Vermisstenanzeige. Neben mehreren Fotos von Annika Weber enthielt sie ein paar Daten zu ihrem Lebenslauf. Sie hatte bis zu ihrem Verschwinden als Verkäuferin in einem Markt für Heimtierbedarf gearbeitet. Die Schule hatte Annika Weber vorzeitig abgebrochen. Als Adresse war eine Wohnung unweit ihres Arbeitsplatzes im Süden Berlins angegeben. Ein Fahrzeug war nicht auf sie zugelassen und aus diesem Grund gab es auch keine Einträge in Flensburg. Wie ihrem Alter entsprechend zu erwarten, war Annika Weber ledig und hatte keine Kinder. Laura legte die Vermisstenanzeige ins Handschuhfach, während Max den Wagen in eine Parklücke steuerte.

»Da vorne muss es sein«, sagte er und deutete auf ein vierstöckiges Gebäude mit einer hellblauen Eingangstür.

Laura stieg aus und überprüfte die Hausnummer. Der Bruder von Annika Weber wohnte in einem Haus mit sieben weiteren Parteien. Laura fand den Namen auf einem kleinen schwarzen Plastikschild und drückte auf die Klingel daneben.

»Ja, bitte?«, drang kurz darauf eine tiefe Stimme aus dem knatternden Lautsprecher.

»Guten Tag, hier sind Laura Kern und Max Hartung vom Landeskriminalamt Berlin. Wir hätten gerne mit Ihnen gesprochen.«

Statt einer Antwort ertönte der Summer. Max ließ Laura den Vortritt. Till Weber erwartete sie auf dem Treppenabsatz im zweiten Obergeschoss. Im Gegensatz zu seiner Schwester hatte er grobe Gesichtszüge und seine kurz geschorenen Haare waren an einigen Stellen bereits ziemlich dünn. »Kommen Sie rein«, brummte er und trat zur Seite.

Der schmale Flur führte in ein kleines Wohnzimmer, das trotz der Sonne, die schon seit den frühen Morgenstunden schien, dunkel wirkte.

»Wollen Sie einen Kaffee? Ich habe mir gerade eine Kanne aufgesetzt.«

»Nein, danke«, entgegnete Laura, während Max erfreut nickte.

Till Weber verschwand in der Küche und kehrte mit einer blauen Tasse zurück, auf der ein Raumschiff abgebildet war.

»Tut mir leid«, murmelte er, als er Lauras Blick bemerkte. »Ich habe nur Motiv-Tassen.«

»Das ist schon in Ordnung«, erklärte Max und nahm ihm den Kaffee ab. »Ich mag *Star Wars*.«

Till Weber nickte verhalten. In seinen Augen konnte Laura die Angst vor dem sehen, was er gleich erfahren würde. Er setzte sich umständlich in den Sessel gegenüber. Seine Finger trommelten nervös auf das spröde Kunstleder der Lehne.

»Wir sind wegen Ihrer Schwester hier«, begann Laura. Sie verabscheute diese Momente in ihrem Job. Es war schrecklich, einem Menschen jegliche Hoffnung zu nehmen. Der Tod war unwiderruflich. Nichts würde Till Webers Schwester wieder zurückbringen und genau diese Tatsache machte den unbeschreiblichen Schmerz aus.

»Lebt sie?«, fragte Till Weber mit einem Beben in der Stimme.

Noch bevor Laura oder Max antworten konnten, schossen ihm Tränen in die Augen.

»Leider nein«, antwortete Laura ruhig und wartete kurz, bis der erste Schock vorüber war.

»Wir haben Ihre Schwester gestern tot in einer verlassenen Industriehalle in Berlin Reinickendorf aufgefunden.«

Till Weber biss sich auf die Unterlippe und ballte die Hände zu Fäusten. Einen Moment lang sah es so aus, als würde er zusammenbrechen. Doch dann fing er sich und in seinen Augen stand unerwartet Wut.

»Sie wurde ermordet, richtig?«, stieß er aus und schüttelte den Kopf. »Ich habe es gleich geahnt. Schon als ich sie vermisst gemeldet habe. Niemals hätte sie drei Monate lang nichts von sich hören lassen. Niemals! Aber die Polizei hat nicht wirklich etwas unternommen und nun kommen Sie und erzählen mir, dass sie tot ist.«

»Es tut uns sehr leid«, sagte Laura leise. »Ihre Schwester wurde getötet und wir werden alles tun, um ihren Mörder zu fassen.«

»Das ist doch jetzt egal«, rief Till Weber und rieb

sich über die kurzen Stoppelhaare. »Sie ist tot und selbst wenn der Mistkerl irgendwann hinter Gittern sitzt, macht sie das nicht wieder lebendig.«

»Das ist richtig. Aber Ihre Schwester würde sich bestimmt wünschen, dass ihr Mörder bestraft wird. Und – auch wenn Sie es im Augenblick nicht für möglich halten – Sie werden mit diesem Schicksalsschlag besser abschließen können, sobald er niemandem mehr schaden kann.« Laura dachte unwillkürlich an ihr eigenes Monster. Ging es ihr wirklich besser mit seinem Tod? Das Bild des toten Andreas Hobrecht stieg in ihr auf. Sie sah die starren hellblauen Augen und die farblosen Lippen. Noch immer konnte sie die kühle Haut spüren und das leblose Fleisch. Die Vorstellung, dass Hobrecht in seinem Grab verrottete, beruhigte sie tatsächlich. Er konnte weder ihr noch anderen Frauen oder Mädchen jemals wieder etwas antun.

»Mag sein«, knurrte Till Weber unglücklich und riss Laura aus ihren Gedanken. »Dann stellen Sie mir Ihre Fragen.«

»Wann und wie ist Ihnen aufgefallen, dass Ihre Schwester verschwunden war?«, fragte Laura und schlug eine leere Seite auf ihrem Notizblock auf.

»Vor ungefähr drei Monaten. Ich wollte sie besuchen, sie wohnt ja nur zehn Minuten entfernt, aber sie hat nicht aufgemacht und ist auch nicht ans Handy oder Festnetz gegangen. Im Geschäft war sie ebenfalls nicht. Ich bin dort gewesen und habe erfahren, dass sie wie jeden Tag um vier Uhr Feierabend gemacht hatte. Eine Kollegin sah sie mit dem Rad wegfahren, doch in ihrer Wohnung ist sie nie angekommen.« Till Weber seufzte und trank einen Schluck von seinem Kaffee.

»Ich bin den Weg von ihrer Arbeit bis zu ihrer Wohnung abgefahren. Mehrmals. Ich habe sie nicht gefunden. Nichts von ihr. Keine Spur. Auf der Strecke liegt ein Kiosk. Ich habe sogar den Ladenbesitzer gefragt. Ich dachte, er müsste Annika kennen. Schließlich fuhr sie jeden Tag dort vorbei, morgens und abends.« Weber zuckte traurig mit den Schultern. »Der konnte sich überhaupt nicht an sie erinnern. Er hat das Foto von ihr angeglotzt, als sähe er Annika zum ersten Mal in seinem Leben. Wie gesagt, die Polizei hat auch nichts herausgefunden. Annika war einfach so weg, als hätte sie sich in Luft aufgelöst.«

»Gibt es weitere Personen, die ihr nahestanden?«, fragte Max und stellte die leere Kaffeetasse auf den Tisch.

Als Till Weber ihn fragend anblickte, ergänzte er: »Hatte Annika einen Freund oder eine Freundin?«

»Sie hatte keinen festen Freund, aber sie hat sich hin und wieder mit ihrem Marktleiter verabredet. Ich mag den Kerl nicht. Er ist verheiratet und hat mit seiner Frau ein kleines Kind.«

»Gab es Streit zwischen den beiden?«

Till Weber hob die Augenbrauen. »Na klar, die haben sich oft in den Haaren gehabt. Annika wollte, dass er reinen Tisch macht. Doch Björn hat sich immer wieder rausgeredet. Seine Tochter brauchte ihn. Seine Frau wurde schwer krank. Er hatte ein schlechtes Gewissen und so weiter und so fort. Ich habe Annika angefleht, den Mistkerl endlich in die Wüste zu schicken. Aber sie hat es nicht fertiggebracht, ihm den Laufpass zu geben.«

»Können Sie uns den vollständigen Namen und eine

Adresse geben?«, fragte Laura und drückte die Spitze des Kugelschreibers in das oberste Blatt ihres Notizblockes, bis dort ein kleines Loch entstand.

»Er heißt Björn Lohmann und wohnt in einem Reihenhaus eine Viertelstunde entfernt. Ich weiß nicht genau, wo. Annika hat mir nur von einem Haus mit roten Backsteinen erzählt. Sie hat es gehasst, weil es zeigt, wie spießig Björn eigentlich ist.«

»Danke, wir finden die Adresse schon heraus«, sagte Laura. »Hatte Annika eine beste Freundin?«

»Nancy Polckert, auch aus dem Geschäft. Sie haben gemeinsam dort angefangen und hingen oft zusammen ab. Nancy ist sehr nett.« In Till Webers Augen flackerte etwas auf, was Laura nicht deuten konnte. »Sie war in der Woche, als Annika verschwand, allerdings mit ihren Eltern im Urlaub. Sie hatten ein Ferienhaus an der Ostsee gemietet.«

»Und Nancy hatte auch keine Idee, was Annika passiert sein könnte?«, fragte Laura ungläubig, denn meist kannte die beste Freundin sämtliche Geheimnisse und falls es einen neuen Verehrer gegeben hatte, dann wusste sie es mit ziemlicher Sicherheit.

»Ich habe sie natürlich wegen Annika ausgefragt. Aber sie hatte keine Ahnung.«

»Und was ist mit Ihnen?«, warf Max ein. »Hatten Sie eine gute Beziehung zu Ihrer Schwester?«

»Natürlich. Sie war meine Schwester. Ich habe sie geliebt«, fauchte Till Weber gekränkt, und schon wieder konnte Laura seinen Blick nicht deuten.

»Was haben Sie an dem Tag gemacht, an dem Annika verschwand?«, hakte sie nach.

»Ich habe gearbeitet, auf einer Baustelle in der Nähe

des Brandenburger Tors. Ich bin Maurer. Fragen Sie meinen Chef.«

»Das werden wir tun. Fällt Ihnen ansonsten jemand ein, der Ihrer Schwester vielleicht schaden wollte?«

»Nein. Niemand.«

»Vielen Dank für Ihre Mithilfe. Falls Ihnen doch noch etwas einfällt, rufen Sie uns an.« Laura erhob sich und reichte Till Weber ihre Visitenkarte. »Könnten Sie uns eigentlich den Schlüssel zur Wohnung Ihrer Schwester geben?«

Till Weber zuckte mit den Achseln. »Den habe ich nicht«, erklärte er leise, fast so, als bedrückte ihn diese Tatsache.

»Das macht nichts. Die Spurensicherung kommt auch so rein.« Laura gab ihm zum Abschied die Hand. »Wir melden uns wieder bei Ihnen.«

Als sie im Dienstwagen saßen, klingelte Lauras Handy. Martina Flemming von der Umfeldanalyse wollte sie erreichen. Neugierig nahm sie das Gespräch an.

»Wir haben herausgefunden, wer den Lastwagen mit den mobilen Toiletten gefahren hat. Ich habe den Namen der Firma für Sie und noch ein paar weitere Angaben.«

»Prima, wir sind auf dem Rückweg und kommen gleich bei Ihnen vorbei«, antwortete Laura und gab Max ein Zeichen, dass er losfahren sollte.

4

—————

Was treibst du die ganze Zeit bei dem Feuerwehrmann?«, fragte Sylvia Ahlers verständnislos und bezog das Kopfkissen einer Patientin, die unter starken Schlafstörungen litt. Offenbar hatte sie sich die Zeit in der Nacht mit einer Tafel Schokolade vertrieben, bis sie endlich einschlief und die restliche Schokolade im Bett vergaß. Hässliche braune Flecken hatten sich überall auf dem Laken ausgebreitet. Sylvia zog es ab, ließ es zu Boden fallen und breitete ein frisches über der Matratze aus.

»Andreas Kunert tut mir einfach leid und deshalb wollte ich ihm ein wenig Gesellschaft leisten«, erwiderte Monika.

Sylvia richtete sich auf und blickte sie mit zusammengekniffenen Augen an.

»Du weißt aber schon, dass er vermutlich an dem Desaster selbst die Schuld trägt?«

Monika schnappte nach Luft. »Wie meinst du das?

Als er mit seinen Feuerwehrkollegen am Haus ankam, brannte alles bereits lichterloh. Er ist trotzdem hineingerannt und hat versucht, seine Frau und die Kinder zu retten.«

Sylvia schnalzte verächtlich mit der Zunge. »Richtig, er hat versucht, sie zu retten. Aber vorher – ich meine, bevor er zur Arbeit ging –, da hat er eine brennende Zigarette zurückgelassen, die den Brand erst ausgelöst hat.«

Monika verschlug es die Sprache. Sie schnappte erneut ungläubig nach Luft.

»Woher weißt du das?«, fragte sie mit zittriger Stimme.

Sylvia strich abermals über das ohnehin schon glatte Laken und beugte sich näher zu ihr. »Ich habe es in der Akte gelesen. Sie lag offen bei Doktor Gerstenberger auf dem Tisch.«

»Ehrlich?« Monika konnte es nicht glauben. »Ja«, erklärte Sylvia schnippisch. »Du hast ein Helfersyndrom, Monika. Du würdest sogar noch Mitleid mit einem Serienkiller empfinden.«

»Es klingt so hart, wie du das sagst«, erwiderte Monika. Sie fühlte sich getroffen. Immer nur versuchte sie das Beste für die Patienten herauszuholen, indem sie ihnen zuhörte und nicht bloß das Standardprogramm abzog. Essen bringen, waschen, Medikamente geben.

»Monika, du hast ein gutes Herz, aber du darfst die Dinge nicht so dicht an dich heranlassen. Früher oder später macht dich das sonst kaputt. Glaub mir. Ich habe zehn Jahre mehr auf dem Buckel als du und ich weiß, wovon ich rede. Der Kunert wird schon klarkommen. Er weiß, was er getan hat. Lass dich nicht von ihm in Beschlag nehmen.«

Monika seufzte. »Ich ... ich wusste das nicht.«

»Ach Herzchen«, erwiderte Sylvia, kam um das Bett herum und legte ihr die Arme auf die Schultern. »Ich meine es nur gut mit dir.«

»Danke«, krächzte Monika gerührt und unterdrückte ein Schluchzen, das ihr in der Kehle feststeckte und ihr die Luft zum Atmen nahm.

»Weißt du was? Wir machen jetzt eine kleine Kaffeepause. Was hältst du davon?« Sylvia wartete ihre Antwort gar nicht erst ab, sondern bugsierte sie aus dem Raum, den Flur entlang und durch die Sicherheitstür zur Küche.

»Setz dich!« Sie drückte Monika auf einen grauen Plastikstuhl am Fenster, der einen Blick in den Garten bot. Die Sonne stand hell am Himmel und die Pflanzen erstrahlten unter ihr in sattem Grün.

Sylvia stellte ihr eine Tasse mit dampfendem Kaffee vor die Nase und lächelte.

»Bitte schön«, sagte sie und nahm ihr gegenüber Platz. »Lass uns über was Nettes reden. Etwas von außerhalb der Klinik«, begann sie das Gespräch fortzuführen, wurde jedoch jäh unterbrochen.

»Hier verstecken Sie sich!« Dr. Mareike Gerstenberger rauschte herein. Ihr dunkelblaues Kostüm unterstrich ihre schlanke Figur und die Absätze ihrer Pumps verliehen ihr unglaublich lange Beine. Monika warf einen neidischen Blick auf Dr. Gerstenbergers makellose Waden und dachte dabei an ihre eigenen, die bestimmt den doppelten Umfang hatten und auf denen sich einige hässliche Krampfadern kringelten.

»Lassen Sie uns bitte einen Augenblick allein«, wies Dr. Gerstenberger Sylvia an und scheuchte sie mit einer Handbewegung aus der Küche. Dann legte sie ein Blatt Papier neben Monikas Kaffeetasse und tippte mit ihrem lackierten Fingernagel darauf.

»Frau Nowak, Herr Brückert hat sich heute Morgen bei mir beschwert, dass er in der letzten Schicht fast ein Drittel mehr Patienten betreut hat als Sie. Was können Sie mir dazu sagen?«

Monika überflog den Dienstplan, auf dem jedem Pfleger eine bestimmte Anzahl an Patienten zugeteilt war. Maik Brückert hatte sich gestern mit Sicherheit um mehr Patienten gekümmert als sie, aber das lag daran, dass sie die komplizierten Fälle übernommen hatte.

»Ich habe mich länger mit Herrn Kunert beschäftigt und noch mit zwei anderen Patienten. Insbesondere Herr Kunert durchlebt momentan eine schwierige Zeit und muss oft beruhigt werden«, erklärte sie, wobei sich Dr. Gerstenbergers scharfer Blick in ihr Hirn zu bohren schien.

»Der Dienstplan dient der Aufteilung der Patienten zwischen den einzelnen Kollegen. Wenn ich es mir genau anschaue, dann war Maik Brückert gestern für Herrn Kunert zuständig. Wie kommt es, dass Sie sich um ihn gekümmert haben und Herr Brückert die ganze restliche Station allein versorgt hat?«

»Ich ... ich weiß nicht«, stotterte Monika, während ihre Augen von dem dunkelrot lackierten Fingernagel angezogen wurden, der um das Feld mit Andreas Kunerts Name kreiste.

»Sie verstehen doch unsere Dienstpläne?«

»Ja. Natürlich.« Monika holte tief Luft. »Es war

gestern jede Menge los. Ich habe nicht mehr an die Aufteilung gedacht, sondern einfach die Patienten betreut, die gerade Hilfe brauchten.«

Dr. Gerstenberger nahm auf dem Stuhl Platz, auf dem Sylvia eben noch gesessen hatte. Sie rückte ihre Brille zurecht und sah sie durchdringend an.

»Herr Brückert ist nicht der Erste, der sich darüber aufgeregt hat«, erklärte sie. »Und das ist der Grund, warum ich Sie heute darauf anspreche. Ich möchte, dass Sie sich in Zukunft an den Dienstplan halten und die zur Verfügung stehende Zeit gleichmäßig auf die Patienten verteilen. Herr Kunert wird nächste Woche übrigens höchstwahrscheinlich von der geschlossenen Abteilung in die offene verlegt. Er ist keine Gefahr mehr für sich selbst.«

»Das ist doch viel zu früh«, stieß Monika aus und wollte eine Reihe von Gründen aufzählen. Schließlich hatte sie den aufgelösten Patienten am Abend zuvor kaum beruhigen können. Aber Dr. Gerstenbergers scharfer Blick ließ sie schweigen.

»Wir haben uns verstanden«, sagte Dr. Gerstenberger mit Nachdruck und erhob sich. Sie machte auf den schmalen Absätzen ihrer schwarz glänzenden Pumps kehrt und verließ die Küche ohne ein weiteres Wort.

Monika blieb wie angegossen sitzen und starrte auf ihre Kaffeetasse. Dann stürzte sie die bittere Flüssigkeit in einem Zug hinunter und spürte, wie ihr Magen sich gegen die große Trinkmenge wehrte. Eine Welle der Übelkeit jagte durch ihren Körper, doch dieses Gefühl war immer noch besser als die Worte von Dr. Gerstenberger, die einen lodernden Schmerz in ihr entfacht hatten.

»Es tut mir leid, dass Doktor Gerstenberger dich zusammengestaucht hat«, flüsterte Sylvia, als sie wieder zur Tür hereinkam. »War es sehr schlimm?«

Monika zuckte frustriert mit den Schultern.

»Was hat sie gesagt?«

»Dasselbe wie du«, entgegnete Monika und überlegte, ob Sylvia zu jenen Kollegen zählte, die sich beklagt hatten. Sylvia hatte ein vorlautes und schnelles Mundwerk und plapperte die Dinge oft aus, ohne vorher nachzudenken.

»Hast du dich über mich beschwert?«, fragte Monika deshalb geradeheraus und erkannte die Antwort sofort an der dunkelroten Farbe, die sich von Sylvias Hals bis zu ihren Wangen ausbreitete.

Wütend fuhr sie hoch und stapfte an Sylvia vorbei.

»Warte, Monika!«, hörte sie, ignorierte es jedoch. Stattdessen lief sie mit energischen Schritten über den Flur. Monika liebte ihren Job, und dass sie ausgerechnet bei Dr. Gerstenberger eine schlechte Figur abgab, traf sie bis ins Mark. Diese ganze Anstalt kam ihr plötzlich unglaublich verlogen vor. Ohne dass sie es bewusst gesteuert hatte, stand sie auf einmal vor Lillys Tür. Lilly, die Frau, die nie ein Wort sprach, war genau der Mensch, den Monika jetzt brauchte. Obwohl Lilly ihr laut Dienstplan heute nicht zugeteilt war, öffnete sie die Tür und trat leise ein. Wie wohltuend diese Ruhe doch war. Aus Lillys Mund würde nie eine Lüge dringen. Seit vielen Jahren wurde sie hier in dieser Einrichtung behandelt und sie hatte in der ganzen Zeit noch nie ein Wort gesprochen. Aber Monika wusste, dass Lilly trotzdem einen Weg gefunden hatte, sich auszudrücken. Sie ging langsam auf die Patientin am Tisch zu und schaute ihr über die Schulter.

»Das ist eine wunderschöne Blume«, stellte Monika erfreut fest und bestaunte die kräftigen roten Rosenblätter, die so echt wirkten, dass sie die Hand nach ihnen ausstrecken wollte.

Lilly lächelte, als sie ihre Worte vernahm. Sie führte gekonnt den Pinsel über das Aquarellpapier und zauberte eine zarte Knospe auf das Bild. Monika spürte, wie sie sich allmählich beruhigte. Es gab offenbar doch noch gute Menschen, die nicht hinter ihrem Rücken gegen sie agierten und die sich einfach an den kleinen Dingen des Lebens freuen konnten. Lilly war eine so bemerkenswerte Person. Monika mochte sie von ganzem Herzen und auch Dr. Gerstenberger würde sie nicht davon abbringen können, sie jeden Tag zu besuchen. Völlig egal, ob sie für Lilly eingeteilt war oder nicht. »Wie geht es Ihnen heute?«, fragte sie und setzte sich zu ihr.

Lilly hatte an der hinteren Kante des Tisches drei Aquarelle nebeneinander aufgereiht. Eine Nelke, ein Gänseblümchen und eine Blüte, deren Namen Monika nicht kannte. Sie griff zu dem ersten Bild, um es näher zu betrachten, und bemerkte ein weiteres Blatt darunter. Ein Wirrwarr aus Linien kam zum Vorschein. Es war das Bild, das Lilly vor ein paar Tagen gemalt hatte. Sofort beschleunigte sich Monikas Puls. Sie hatte diese Zeichnung ganz vergessen. Jetzt, wo sie den grässlichen Körper, der sich in der Mitte des Bildes zusammenkrümmte, wieder erblickte, überkam sie ein merkwürdiges Gefühl.

»Was ist das?«, fragte sie Lilly, doch diese reagierte

nicht, sondern zeichnete konzentriert an der nächsten Rosenknospe.

»Lilly?«, versuchte Monika es erneut, diesmal mit mehr Nachdruck.

Keine Antwort.

»Lilly? Haben Sie das Ihrem Arzt gezeigt? So etwas haben Sie noch nie gemalt.«

Als von Lilly weiterhin keine Reaktion kam, legte Monika die Zeichnung direkt vor ihre Nase auf das Bild, das sie gerade malte. Der Pinsel in Lillys Hand begann zu zittern und fiel schließlich herunter. Mit einer flinken Handbewegung fegte Lilly die Zeichnung vom Tisch. Sie warf Monika einen bitterbösen Blick zu. Doch binnen Sekunden breitete sich wieder Gleichgültigkeit auf ihrem Gesicht aus. Sie griff nach dem Pinsel, um weiterzumalen, als wäre nichts geschehen.

Monika erhob sich, nahm die Zeichnung vom Boden und rollte sie zusammen. Es hatte keinen Sinn, weitere Fragen zu stellen. Lilly würde ohnehin nicht antworten. Sie ging zur Tür und drehte sich noch einmal um. Lilly malte unverändert weiter. Dann steckte sie die Zeichnung in die Tasche ihres Kittels und setzte ihren Gang durch die Station fort. Auf dem Plan standen noch etliche Patienten und Monika würde sich um jeden Einzelnen von ihnen kümmern. Dr. Gerstenberger sollte keinen Grund mehr haben, sie zu kritisieren.

Als Monika ein paar Stunden später eine kurze Pause einlegte, fühlte sie sich schon viel besser. Sie schlug die Zeitung auf und überflog die neuesten Nachrichten. Die sich anschließende Wettervorhersage prognostizierte für die nächsten Tage Temperaturen von mehr als dreißig Grad. Sie mochte die Hitze nicht.

Schnell blätterte sie zurück zu den aktuellen Meldungen und las über einen Mordfall an einer jungen Frau. Sie starrte auf das Foto und kniff die Augen zusammen. Irgendwie kamen ihr die Schilderungen bekannt vor. Sie studierte den Text erneut. Wort für Wort. Eine Frau war in einer Holzkiste tot aufgefunden worden. Die Kiste wurde in einer leer stehenden Industriehalle entdeckt. Eine Halle, wie sie in Deutschland vermutlich Hunderte Male vorkam. Doch in Kombination mit einer Holzkiste und vor allem mit einer toten Frau darin sank diese Häufigkeit auf eine erschreckend niedrige Zahl. Monika schüttelte den Kopf, während sie versuchte, eine logische Erklärung zu finden. Aber es fiel ihr keine ein. Egal wie sehr sie es drehte und wendete, etwas stimmte nicht. Und ohne dass sie weiter darüber nachdachte, nahm sie ihr Handy und wählte die Nummer der Polizei.

5

Laura war noch müde von der kurzen Nacht und wippte ungeduldig mit den Fußspitzen, während Herbert Pagewald sich mit den Händen über den vorgewölbten Bauch strich und in aller Ruhe seine Brille zurechtrückte.

»Also wenn ich das richtig sehe, hatte Lutz die Tour mit den mobilen Toiletten.« Er sah von seinen Unterlagen auf und musterte Laura und Max kritisch. »Und Sie sind wirklich vom LKA? Ich meine, der Lutz arbeitet seit Jahren für mich. Hat er was ausgefressen, was ich wissen müsste?«

»Wir suchen ihn als Zeugen«, erwiderte Laura und blickte sehnsüchtig auf das Fenster hinter dem Speditionsleiter, das jedoch trotz der Hitze geschlossen war. Schon der kleinste Luftzug hätte ihr gutgetan. »Könnten Sie uns den vollständigen Namen Ihres Mitarbeiters nennen? Und dann hätten wir ihn natürlich auch gerne gesprochen.«

Herbert Pagewald fuhr mit seinem klobigen Finger über ein Dokument.

»Lutz Reimer ist gerade auf Tour. Ich schätze mal, dass er in einer halben Stunde zurück ist. Je nachdem, wie die Verkehrslage heute aussieht. Sie kennen ja das Theater mit den ganzen Baustellen. Das macht unseren Job nicht gerade einfach. Planen kann man fast gar nicht mehr vernünftig, weil die verdammten Absperrungen wie Pilze aus dem Boden schießen.«

»Können Sie uns denn Genaueres zu dieser Tour mit den mobilen Toiletten sagen?«, hakte Laura nach.

»Na klar. Er sollte die Toiletten auf eine Baustelle an der B 96 bringen. Ein paar Randalierer haben die vorhandenen Toiletten beschädigt. Wir sollten sie austauschen.«

»Das bedeutet, der Lastwagen ist mit einer entsprechenden Hebevorrichtung ausgestattet?« Laura stellte sich unwillkürlich vor, wie Lutz Reimer die Holzkiste mit der toten Frau von seinem Lkw lud.

»Selbstverständlich. Ich achte auf die Gesundheit meiner Leute. Bei mir geht keiner mit einem Bandscheibenvorfall nach Hause.« Er rieb sich demonstrativ das Kreuz. »Zu meinen Zeiten damals hat niemand Rücksicht darauf genommen. Ich lag schon zweimal unterm Messer und heute sitze ich im Büro und starre die Wände an, statt durch die Straßen zu kurven. Das habe ich meinem Vater zu verdanken.« Er schnaubte verächtlich.

Max wischte über das Display seines Handys. »Die Baustelle, die mit den Toiletten beliefert werden sollte, liegt ein ganzes Stück von hier entfernt. Genauer gesagt knapp fünf Kilometer. Haben Sie eine Erklärung, warum Lutz Reimer mit dem Lkw nachts gegen drei Uhr in diesem Gewerbegebiet gesehen wurde?« Max tippte auf den geöffneten Stadtplan auf seinem Smartphone. Herbert Pagewald zuckte mit den Schultern. »Ich habe ihm gesagt, die Toiletten müssen spätestens um sechs Uhr morgens ausgetauscht sein. Warum er so früh losgefahren ist, kann ich Ihnen beim besten Willen nicht sagen. Aber das Gewerbegebiet liegt auf der Strecke.« Er deutete auf den Plan auf Max' Handy. »Sehen Sie, er müsste hier entlang gefahren sein, auf der breiten Hauptstraße. Vielleicht musste er mal für kleine Jungs und hat deshalb einen Zwischenstopp eingelegt.«

Laura sah sich die Strecke ebenfalls an und musste Pagewald recht geben. Der Fahrer hatte die für einen großen Lkw vermutlich einfachste Strecke ausgewählt.

»Können Sie uns sagen, wann Lutz Reimer das Speditionsgelände gestern Nacht mit dem Lkw verlassen hat?«

Herbert Pagewald schürzte die Lippen. »Nein. Er hat da freie Hand. Er weiß, wann die Arbeit erledigt sein muss, und dementsprechend startet er seine Tour.«

»Das bedeutet, es gibt keine Kameras auf Ihrem Gelände, anhand derer wir die Abfahrtzeit überprüfen könnten?«

Herbert Pagewald runzelte die Stirn. »Ich dachte, Lutz wäre ein Zeuge. Jetzt kommt es mir aber so vor, als würde mehr dahinterstecken.«

»Das sind reine Routinefragen. Die müssen wir immer stellen«, beruhigte ihn Max.

»Natürlich haben wir das Gelände abgesichert. Aber die Kameras zeichnen nur die letzten vierundzwanzig Stunden auf. Dafür dürfte es bereits zu spät sein.«

Noch bevor Laura weiter nachhaken konnte, klopfte es an der Bürotür. Das schmale Gesicht von Pagewalds Sekretärin erschien im Türrahmen.

»Herr Reimer ist gerade eingetroffen. Ich dachte, das würde Sie interessieren«, teilte sie mit.

»Dann soll er direkt hier vorbeischauen. Die Herrschaften möchten mit ihm sprechen.« Pagewald machte ein paar Drehungen mit dem Handgelenk und bedeutete seiner Sekretärin, dass sie sich beeilen sollte. Die Frau verschwand augenblicklich und kehrte nur wenige Minuten später mit einem riesigen Mann, der an die zwei Meter groß sein musste, zurück.

»Chef, was ist los?«, dröhnte die tiefe Stimme von Lutz Reimer.

Als er Laura und Max bemerkte, blieb er wie angewurzelt stehen.

»Mein Name ist Laura Kern und das ist mein Partner Max Hartung vom Landeskriminalamt Berlin. Wir würden gerne mit Ihnen sprechen.«

»Mit mir?«, fragte der Mann ungläubig und machte einen Schritt rückwärts.

»Setze dich, Lutz.« Herbert Pagewalds Stimme duldete keinen Widerspruch und der große Mann gehorchte sofort. Er packte einen Stuhl und stellte ihn an die Kante von Pagewalds Schreibtisch.

»Die Herrschaften wollen mit dir über deine Tour von gestern Nacht sprechen, als du die mobilen Toiletten ausgetauscht hast. Ich habe ihnen bereits gesagt, dass der Auftrag bis sechs Uhr früh erledigt sein sollte. Erkläre ihnen jetzt mal, wann du hier vom Hof gefahren bist.« Pagewald erhob sich und sah Laura fragend an. »Ich denke mal, Sie wollen allein mit ihm reden.«

»Danke schön«, erwiderte Laura und wartete, bis Pagewald die Tür hinter sich geschlossen hatte.

»Also, wann sind Sie gestern losgefahren?«, fragte sie anschließend.

Lutz Reimer verzog das Gesicht und schnaufte angestrengt. »Ich habe seitdem ein paar Touren gemacht. Keine Ahnung. Ich weiß nur noch, dass ich nicht gut schlafen konnte, und dann bin ich mitten in der Nacht los.«

»Können Sie uns beschreiben, welche Route Sie genommen haben?«

Reimer blickte Laura verdutzt an.

»Na die kürzeste. Ich bin die *B 96* hoch und dann immer der Nase nach, bis ich da war.«

»Und haben Sie den gesamten Weg in einem Stück zurückgelegt?«

Lutz Reimer kniff die Augen zusammen und zögerte. »Sie stellen mir vielleicht merkwürdige Fragen. Habe ich was verbrochen?«

»Ich gehe nicht davon aus«, erwiderte Laura. »Aber bitte, beantworten Sie doch meine Frage.«

»Lassen Sie mich überlegen«, brummte Reimer missmutig. »Ich bin los und habe einen kurzen Zwischenstopp eingelegt – etwa nach der Hälfte der Strecke, und dann bin ich weiter zur Baustelle. Um halb vier hatte ich die alten Toilettenhäuschen aufgeladen und die neuen hingestellt.«

»Und warum haben Sie einen Zwischenstopp gemacht? Es waren doch bloß ein paar Kilometer Fahrt.« Laura hasste es, wenn sie einem Zeugen jedes einzelne

Wort aus der Nase ziehen musste. Lutz Reimer hatte etwas Merkwürdiges an sich. Sie konnte nicht genau sagen, was sie an ihm störte. Ob es die listigen kleinen Augen waren oder seine fahrigen Bewegungen. Oder einfach nur die Tatsache, dass er nicht mit der Wahrheit herauszurücken schien.

Lutz Reimer rollte mit den Augen. »Warum hält man mitten in der Nacht an?«, gab er genervt zurück. »Ich musste mal für kleine Jungs.«

»Und dafür haben Sie sich ausgerechnet eine Industriehalle ausgesucht?«, fragte Max.

»Ich habe mir überhaupt nichts ausgesucht, sondern bei der erstbesten Gelegenheit angehalten und mich erleichtert. Das war in einem Gewerbegebiet, in dem nichts mehr los ist und das auf dem Weg lag.«

»Ist Ihnen dort etwas Ungewöhnliches aufgefallen? Haben Sie etwas gehört oder gesehen?«, wollte Laura wissen.

Lutz Reimer musste nicht lange überlegen. Er griff sich an die Stirn.

»Jetzt verstehe ich, worauf Sie hinauswollen. Da stand so ein schwarzer Pick-up vor der Halle. Das weiß ich noch genau, weil ich den nicht zuparken wollte und mich ganz rechts am Rand durchgequetscht habe, um zu parken. Noch während ich rangiert habe, ist der Pick-up davongebraust. Ich habe nur noch seine Rückleuchten im Spiegel gesehen.«

Laura vermerkte sich, dass Dennis Struck nach den Reifenabdrücken des Lkws Ausschau halten sollte.

»Haben Sie sich das Kennzeichen oder die Automarke gemerkt?«

Lutz Reimer sah sie entgeistert an. »Lady, worauf

wollen Sie hinaus? Mir ist verdammt noch mal fast die Blase geplatzt. Ich war froh, als ich es nach dem Rangieren aus dem Wagen und bis zum Zaun geschafft habe.«

»Und dann?«

»Ich bin wieder eingestiegen und losgefahren. Mehr nicht.«

»Es wäre schon gut, wenn Sie noch mehr Informationen für uns hätten«, erklärte Max. »Wir haben in der Halle eine Leiche gefunden.«

Lutz Reimer winkte ab. »Und wenn schon, ich habe damit nichts zu tun.«

»Können Sie uns die genaue Uhrzeit sagen?«

Er zuckte mit den Achseln. »Ich schätze, es war gegen zwei oder halb drei. Tut mir leid, ich habe nicht drauf geachtet.« Plötzlich wurden seine Augen groß. »Sie verdächtigen mich doch nicht etwa?«

»Sie wurden am Fundort einer Leiche gesehen, wäre das dann nicht normal?«

»Hören Sie, der Typ mit dem Pick-up ist es gewesen. Ich war nur rein zufällig dort.«

»Aber Sie können uns nichts weiter zu diesem Pick-up sagen, oder?«, fragte Laura.

»Nein, verdammt. Ich ... Ja, also, ich denke, es war so ein Ford Pick-up. Ein riesiger Wagen.«

»Wie sah die Person hinter dem Steuer aus?«

»Es war dunkel, mitten in der Nacht. Wie hätte ich da den Fahrer erkennen können?«, zischte Lutz Reimer und rieb sich nervös das Kinn. Laura beugte sich vor und schaute ihm tief in die Augen.

»Herr Reimer. Wir ermitteln hier in einem Mordfall. Erklären Sie bitte genau die Situation. Sie sind auf den

Parkplatz neben der Halle gefahren. Der Pick-up stand schon dort. Haben Sie den Fahrer irgendwo gesehen?« Lutz Reimer fuchtelte hilflos mit den Unterarmen. »Ich weiß es nicht.« Er schloss die Augen und überlegte. »Ich habe wirklich niemanden gesehen.«

»Schade«, sagte Laura. »Das wäre eine hilfreiche Information für uns gewesen. Sollte Ihnen doch noch mehr einfallen, melden Sie sich bitte.« Sie stand auf und legte ihre Visitenkarte vor Reimer auf den Schreibtisch.

Als Laura mit Max wieder im Dienstwagen saß, blickte sie nachdenklich auf das Firmengebäude des Speditionsunternehmens.

»Glaubst du Reimers Aussage?«, fragte sie, während Max den Motor startete. »Ich meine, war da wirklich ein Pick-up?«

»Der Mann ist schwer zu durchschauen. Ich weiß nicht, ob er tatsächlich bloß wegen einer Pinkelpause angehalten hat. Die gesamte Strecke dauert nur knapp eine Stunde.«

Plötzlich hatte Laura eine Idee. »Lass uns noch einmal zum Fundort fahren und nach Kameras schauen. Wenn es einen Pick-up gab, könnte er von einer erfasst worden sein.«

Max tippte die Adresse ins Navigationssystem ein und beschleunigte. Nach etwa zehn Minuten klingelte sein Handy. Als sich die Freisprecheinrichtung jedoch nicht mit dem Telefon verbinden wollte, griff er nach dem Gerät und nahm den Anruf direkt am Ohr entgegen. Zuerst glaubte Laura, Max' Frau wäre am anderen Ende, denn seine Stimme wurde sanft. Doch als er plötzlich die tote Frau aus der Kiste erwähnte, wurde sie misstrauisch. Noch während sie sich fragte, mit wem Max telefonierte, legte er auf.

»Ich habe Neuigkeiten«, verkündete er. »Keine Ahnung, ob es wirklich relevant ist. Aber heute ging ein Anruf bei der Polizei ein. Jemand hat die Tote in der Kiste gezeichnet. Ich denke, wir sollten uns das genauer anschauen.«

»Eine Zeichnung?«

»Richtig. Die Tote wurde schon vor ein paar Tagen gezeichnet, bevor wir sie gefunden haben.«

Laura zuckte mit den Achseln. »Okay und wer hat dir diese Neuigkeiten verraten?«

Ein verhaltenes Lächeln huschte über Max' Gesicht. »Sophie Rudolph.«

Laura hatte keine Ahnung, wer das sein sollte, und blickte ihn fragend an.

»Ach komm schon. Sie war heute Morgen erst bei uns im Büro. Es ist die Streifenpolizistin vom Fundort. Sie hat doch auch die Vermisstenanzeige entdeckt.«

»Ach ja, ich kannte nur ihren Vornamen bisher nicht.« Laura hörte, dass ihre Worte ein wenig schnippisch klangen.

Auch Max hatte es bemerkt. Er warf ihr einen prüfenden Seitenblick zu.

»Ist was?«, wollte er an der nächsten Ampel wissen und ließ sie nicht aus den Augen.

»Nein«, erwiderte Laura, diesmal bemüht um einen lockeren Tonfall. Es war ja schließlich nichts. Außer, dass Frau Rudolph plötzlich einen Vornamen hatte und sich Max irgendwie viel zu freundlich anhörte, wenn er mit ihr telefonierte.

»Okay. Wo willst du jetzt zuerst hin? Noch mal ins

Gewerbegebiet oder in die psychiatrische Einrichtung?«
Die Ampel wurde grün und Max trat so stark aufs Gas,
dass Laura tief in ihren Sitz gedrückt wurde. Offenbar
hatte sie einen Nerv getroffen.

»Psychiatrische Einrichtung?«, fragte sie. »Die hast
du eben gar nicht erwähnt. Was heißt das?«

»Eine Patientin von dort hat dieses Bild gezeichnet.
Ich denke, wir sollten versuchen, mit ihr zu sprechen.«

6

Der prächtige Altbau mit seiner roten Ziegelfassade zeugte von solider Bauweise und langer Geschichte. Im Eingangsbereich schlug ihnen ein Gemisch aus abgestandener Luft und der letzten Mahlzeit entgegen. Die Frau an der Anmeldung schien noch sehr jung und schaute sie unsicher an, als Max ihr seinen Dienstausweis präsentierte.

»Ich rufe Frau Nowak sofort an und gebe Bescheid, dass Sie hier sind«, erklärte sie eifrig und tippte hastig eine Nummer in das Telefon.

Laura konnte nicht verstehen, was am anderen Ende gesagt wurde, doch die Frau nickte und setzte ein zufriedenes Lächeln auf, nachdem sie aufgelegt hatte. »Sie können hier warten. Frau Nowak ist unterwegs.«

Laura und Max entfernten sich ein wenig, wobei die blauen Augen der Frau sie neugierig verfolgten.

»Ich bin mir nicht sicher, ob wir hier richtig sind«,

flüsterte Laura und betrachtete die kalkweißen Wände, die alles andere als einladend wirkten. Da halfen auch die großen Grafiken nicht, die ab und an einen Farbtupfer setzten.

»Wir sollten jedem Hinweis nachgehen, gerade am Anfang der Ermittlungen«, brummte Max und stupste sie gegen die Schulter. »Das sagst du doch immer.«

»Ich weiß«, entgegnete Laura. »Ich war nur irritiert wegen Frau Rudolph.« Sie ließ den Vornamen absichtlich weg.

Auf Max' Stirn erschien eine kleine Falte. »Wieso? Ist doch super, dass sie uns gleich informiert hat.«

»Stimmt. Es ist nur ...« Laura verstummte, weil eine Frau um die dreißig im Schwesternkittel auf sie zustürmte und winkte.

»Frau Kern? Herr Hartung?«, fragte sie aufgeregt und blieb vor ihnen stehen.

»Ja, das sind wir.«

»Ich bin Monika Nowak, freut mich.« Sie gab zuerst Laura und anschließend Max die Hand. »Ich bin sehr froh, dass Sie hier sind. Wissen Sie, die Sache hat mir einfach keine Ruhe gelassen. Vielleicht übertreibe ich es auch bloß und es hat gar nichts zu bedeuten. Aber ich wollte in dieser Angelegenheit auf Nummer sicher gehen.« Sie winkte sie mit sich zu den Fahrstühlen und betätigte die Ruftaste.

»Am besten, wir setzen uns in die Kaffeeküche«, erklärte sie, als sie in der dritten Etage ausstiegen. Sie folgten Monika Nowak durch den Flur, der mit grauem Bodenbelag versehen war und unter Lauras Schuhen quietschte. In dem nicht klimatisierten Gebäude schien die aufgeheizte Luft zu stehen. Sie nahmen in der spärlich ausgestatteten Kaffeeküche für das Personal Platz. Die Kaffeemaschine zischte, doch bei den Temperaturen hatte Laura keine Lust auf ein heißes Getränk. Max vermutlich auch nicht.

»Ich hole schnell die Zeichnung.« Monika Nowak kehrte nach nicht einmal einer Minute mit einer Zeitung und einem Blatt Papier in der Hand zurück. Sie legte beides wortlos vor ihnen auf den Tisch und tippte auf eine Schlagzeile in der Zeitung.

Tote in Kiste gefunden, las Laura.

Monika Nowak setzte sich und stützte die Ellenbogen auf den Tisch, wobei sie die Finger ineinander verschränkte.

Laura betrachtete die Zeichnung und sofort stieg ihr Puls. In der Mitte des Blattes war eine Kiste dargestellt. Darin lag ein zusammengekrümmter Körper. An den langen welligen Haaren erkannte sie eine Frau. Sie schien sie aus dem Bild heraus anzustarren, so lebendig wirkten ihre Augen. Für den Bruchteil einer Sekunde erschien es Laura, als blicke Annika Weber mit weit aufgerissenen Augen aus der Kiste, allerdings ohne jegliches Leben darin.

»Sie sieht aus wie unser Opfer«, sagte Laura und deutete auf die Striche, die ein Gebäude hinter der Kiste andeuteten. »Das könnte eine Halle sein, aber sie ist nicht sehr deutlich gezeichnet.« Sie warf Max einen Blick zu.

»Ich finde, es ist ziemlich eindeutig die Tote aus der Halle. Sieh dir die Körperhaltung an. Ein Arm ist sichtbar, der andere in der Kiste verschwunden. Das ist nahezu unheimlich.«

Monika Nowak löste die Finger voneinander und atmete laut hörbar aus.

»Ich habe es gewusst«, stieß sie aufgeregt aus. »Unsere Patientin Lilly hat das gemalt. Ich fand die Zeichnung absolut schrecklich und konnte mir nicht erklären, warum sie plötzlich keine Blumenaquarelle mehr anfertigte. Das macht sie normalerweise jeden Tag. Und dann bin ich auf diesen Artikel in der Zeitung gestoßen. Eine tote junge Frau eingezwängt in einer Holzkiste, in einer verlassenen Halle, irgendwo in einem Gewerbegebiet außerhalb der Stadt.« Sie griff sich an die Brust. »Mir war sofort klar, dass ich die Polizei rufen muss.«

Laura konnte ihre Augen kaum von der Zeichnung lösen. Die Patientin besaß offenbar unglaubliches Talent.

»Können wir mit dieser Lilly sprechen?«, fragte sie.

Monika Nowak schüttelte den Kopf. »Sie redet nicht mehr, schon seit vielen Jahren. Ich habe sie gefragt, warum sie das gemalt hat. Aber sie hat nicht reagiert und außerdem müsste ich die Klinikleitung um Erlaubnis fragen. Ich bin mir nicht sicher, ob Doktor Gerstenberger zustimmt.«

»Wie lautet denn der vollständige Name der Patientin?«

»Ich befürchte, ohne Zustimmung der Klinikleitung darf ich den Nachnamen nicht nennen. Vielleicht sprechen Sie besser mit Doktor Gerstenberger.«

»Natürlich. Das werden wir tun und wir besorgen notfalls auch einen richterlichen Beschluss. Aber erst einmal müssen wir feststellen, ob diese Zeichnung für unsere Ermittlungen relevant ist. Sie sind also sicher, dass die Patientin diese Zeichnung angefertigt hat, bevor der Artikel in der Zeitung erschien?«

Monika Nowak nickte. »Dafür lege ich meine Hand ins Feuer. Ich habe ja zugesehen, wie sie gezeichnet hat.«

»Und wann genau war das?«

»Vor ein paar Tagen. Ich weiß nicht mehr genau. Aber wie Sie sehen können, ist die Zeitung von heute. Daher kann Lilly das unmöglich schon gelesen haben. Natürlich könnte es sein, dass diese Nachricht früher schon einmal erschienen ist.«

Laura rechnete zurück. Es war ungefähr siebenunddreißig Stunden her, dass sie Annika Weber tot aufgefunden hatten. Das machte es kaum möglich, dass die Nachricht bereits anderswo veröffentlicht worden war – es sei denn, der Täter selbst hatte sie verbreitet, was Laura für sehr unwahrscheinlich hielt.

Theoretisch denkbar wäre hingegen, dass die Patientin die Tote in der heruntergekommenen Industriehalle mit eigenen Augen gesehen hatte, weil sie vor ihnen dort gewesen war. Bisher lag ihnen kein Obduktionsbericht vor und deshalb kannten sie den exakten Todeszeitpunkt noch nicht. Aber die Leichenstarre hatte sich bei Annika Weber bereits wieder gelöst gehabt, als sie sie fanden. Sie war zu diesem Zeitpunkt also mindestens drei Tage tot.

»Wir müssten wirklich genau wissen, wann Ihre Patientin diese Zeichnung angefertigt hat«, sagte sie darum. »Überlegen Sie doch bitte, wie viele Tage es her ist.«

Monika Nowak presste nachdenklich die Lippen zusammen, während ihre Augen auf einen imaginären Punkt auf dem Tisch gerichtet waren.

»Ich glaube, es ist eine Woche her. Jetzt fällt es mir

wieder ein. Es war ein sehr stressiger Tag. Wegen der Hitze waren viele Patienten sehr unruhig. Ich hatte mit meinem Kollegen Dienst und wir sind im Lauftempo durch die Station geeilt.«

»Eine Woche«, wiederholte Laura. Das wäre in der Tat merkwürdig, denn zu diesem Zeitpunkt konnte Annika Weber noch gelebt haben. Sie nahm sich vor, später in der Rechtsmedizin anzurufen. Sie brauchte unbedingt den genauen Todeszeitpunkt.

»Wir müssen wirklich dringend mit dieser Patientin sprechen und herausfinden, wann sie die Klinik verlassen hat und mit wem sie in der letzten Woche in Kontakt war.«

Monika Nowak blickte Laura verständnislos an.

»Lilly ist seit sieben Jahren Patientin hier. Die letzten sechs Monate hat sie in der geschlossenen Abteilung verbracht und keinen Fuß vor die Tür dieser Einrichtung gesetzt. Außer in den Garten.«

»Ich verstehe«, erwiderte Laura stirnrunzelnd. »Aber sie wird ja keine Hellseherin sein, sie muss irgendwo die Informationen über die Frau in der Kiste bekommen haben.«

»Wie gesagt, ich kann mir da auch keinen Reim drauf machen. Die Klinikleitung kann Ihnen bestimmt eine Kopie unseres Dienstplans zur Verfügung stellen. Dann sehen Sie, wer Berührungspunkte mit Lilly hatte.«

»Und Sie sind sich sicher, dass die Patientin dieses Gebäude nicht verlassen hat?«, hakte Max nach. »Es gibt doch bestimmt Kameras, die jede Person festhalten, die hier rein- oder rausgeht.«

Monika Nowak rollte mit den Augen. »Ich befürchte, das müssen Sie mit Frau Doktor Gerstenberger besprechen. Das übersteigt jetzt wirklich meine Kompetenzen. Ich weiß, dass es Kameras gibt, aber ansonsten kann ich Ihnen nichts dazu sagen.«

»Haben Sie denn irgendeine Idee, wer die Patientin beeinflusst haben könnte?«, fragte Laura und stellte sich vor, wie ihr jemand womöglich ein Foto von der toten Annika Weber vor die Nase hielt. Welch ein Trauma musste diese vermutlich ohnehin schon labile Patientin dabei durchlebt haben?

»Nein, da fällt mir niemand ein und ich kann mir nicht vorstellen, dass es jemand vom Personal war.«

»Hat sie denn Kontakt zu anderen Patienten, die die Klinik verlassen können?«

Monika Nowak schlug sich die Hand vor den Mund. »Ach ja! Das hatte ich vergessen. Lilly besucht die Malgruppe und die ist für alle Patienten offen.«

»Könnten wir mit dem Kursleiter sprechen?«

»Ich denke schon. Professor Franke leitet die Kunsttherapie. Er kann die Patienten, die bei ihm malen, sicherlich sehr gut einschätzen.«

»Darf ich?«, fragte Laura und machte mit dem Smartphone ein Foto von der Zeichnung, als Monika Nowak nickte. »Wir bräuchten auch die Kontaktdaten von der Leiterin dieser Einrichtung, damit wir mit ihr sprechen können.«

Monika Nowak notierte eine Telefonnummer und drückte sie Laura in die Hand.

Max erhob sich von seinem Stuhl. »Vielen Dank, dass Sie uns kontaktiert haben. Sollte Ihnen noch etwas einfallen, dann rufen Sie mich oder meine Partnerin bitte an.«

»Das werde ich tun«, versprach Monika Nowak und

führte sie zu den Fahrstühlen, wo sie sich verabschiedete.

»Was hältst du von dieser Geschichte?«, fragte Laura, als sie wieder im Dienstwagen saßen. Sie hatte die Zeichnung auf ihrem Handy vergrößert und betrachtete sie unentwegt.

»Es ist unheimlich«, antwortete Max. »Aber wenn sich das als brauchbare Spur herausstellt, finden wir den Täter vielleicht unter den Patienten, die nicht in der geschlossenen Abteilung untergebracht sind. Dann hätte sich dieser Ausflug gelohnt.«

In Lauras Kopf überschlugen sich die Gedanken. »Es könnte auch jemand vom Personal sein oder ein Besucher. Ich könnte mir vorstellen, dass der Täter sich die stumme Patientin bewusst ausgesucht hat. Vermutlich glaubt er, dass sie ihn nicht verraten kann.«

Max grinste. »Dabei hat er vergessen, dass die gute Lilly eine hervorragende Zeichnerin ist.«

»Und selbst wenn der Täter es gewusst hat, dann hat er garantiert nicht damit gerechnet, dass sie etwas anderes als immer nur Blumenbilder malt.«

»Es wäre jedenfalls nicht der erste Fall, der aufgeklärt wird, weil ein Mörder seine Grausamkeiten nicht für sich behalten kann.«

Zum zweiten Mal an diesem Tag klingelte Max' Handy und jetzt funktionierte die Freisprechanlage. Hannahs Stimme ertönte durch die Lautsprecher.

»Wann bist du denn zu Hause?«, fragte sie vorwurfsvoll.

Max' Blick huschte zur Uhr.

»Es tut mir leid, Hannah, aber ich brauche noch eine halbe Stunde. Kannst du so lange warten? Ich muss Laura vorher absetzen. Wir hatten einen Termin.«

»Mein Kurs beginnt in einer Viertelstunde.«

»Ich weiß. Es tut mir leid. Ich beeile mich.«

Ein tiefer Seufzer ertönte durch die Leitung.

»Bis gleich«, sagte Max' Frau und legte auf.

Laura warf einen vorsichtigen Seitenblick zu Max, auf dessen Hals sich ein kräftiger roter Fleck gebildet hatte.

»Du musst mich nicht absetzen. Fahr nach Hause und ich behalte den Wagen und hole dich morgen früh ab. Dann bist du fast noch pünktlich.«

Max lächelte. »Danke, Laura. Ich hätte an Hannahs Yoga-Kurs denken müssen. Sie braucht hin und wieder Zeit für sich.«

Laura wusste nicht, was sie erwidern sollte. Es war nicht das erste Mal, dass Max wegen seiner Dienstzeiten mit Hannah Stress hatte, und es würde auch nicht das letzte Mal sein. Denn das Böse richtete sich nicht nach ihrem Dienstplan und eigentlich sollte Hannah das wissen. Sie mussten den Tod einer jungen Frau aufklären. Da war ein Yoga-Kurs zweitrangig. Aber natürlich ahnte Hannah davon nichts. Max erzählte ihr nur das Nötigste und würde den Tod von Annika Weber nicht gegenüber seiner Frau oder den beiden Kindern erwähnen.

»Morgen sollten wir uns jedenfalls um den Marktleiter kümmern und ich werde ein Team zusammenstellen. Peter Meyer könnte zum Beispiel die Befragung von Annika Webers bester Freundin übernehmen, während wir mit dem Professor und der Leiterin der Psychiatrie sprechen.«

»So machen wir es«, bestätigte Max und stoppte den Wagen vor seinem Wohnhaus. »Danke noch mal«, rief er ihr zu, als er zum Eingang eilte und die verglaste Tür aufschloss.

Laura hob die Beine und wechselte auf den Fahrersitz. Max hatte den Schlüssel stecken lassen. Sie gab Gas und während sie durch die immer noch vollen Straßen Berlins fuhr, musste sie wieder an die Zeichnung von der Patientin aus der Psychiatrie denken. Ob der Täter ein Mitarbeiter, womöglich sogar einer der Ärzte war? Oder jemand aus dem Malkurs oder ihrer Familie? Irgendwoher musste die Patientin die Idee für die Zeichnung haben oder war sie doch selbst in den Mord verwickelt?

Gedankenverloren steuerte Laura auf den Fundort von Annika Webers Leiche zu. Sie würde die angrenzenden Straßen nach Kameras absuchen, solange es hell war. Möglicherweise konnte Simon Fischer den Pick-up, den Lutz Reimer gesehen haben wollte, ausfindig machen.

Als sie den Bezirk Reinickendorf erreichte, fuhr sie weiterhin zügig, bis sie sich der abgesperrten Halle näherte, wo sie dann das Tempo drosselte und langsam vorbeifuhr. Die Spurensicherung hatte längst Feierabend gemacht. Kein Wunder, inzwischen war es kurz vor acht. Laura bog in die nächste Seitenstraße ein und musterte die Gebäude, die rechts und links der Straße auftauchten. Viele schienen leer zu stehen. Eine Autowerkstatt mit einer stattlichen Reifensammlung im Vorhof war noch in Betrieb. Allerdings war das Eingangstor geschlossen. Sie sah sich nach Kameras um, konnte jedoch weder am Zaun noch am Gebäude

welche erkennen. Gegenüber hatte sich ein Handwerks-
betrieb niedergelassen, der Haustüren und Tischlerei-
produkte anbot. Auch hier hatte man bereits Feierabend
gemacht und Sicherheitskameras lagen in diesem Teil
Berlins offenbar nicht im Trend. In der gesamten Straße
hatte Laura keinen Erfolg. Sie probierte es auf der
nächsten Hauptstraße, auf der sich eine kleine Tankstelle befand. Die Kameras konnte sie schon von Weitem
ausmachen.

Sie sprang aus dem Wagen und ging zielstrebig auf
die Kassiererin zu, eine grauhaarige Frau um die
sechzig.

»Guten Abend, mein Name ist Laura Kern vom
Landeskriminalamt Berlin. Ich brauche Ihre Mithilfe in
einem Mordfall. Würden Sie mich einen Blick auf die
Aufnahmen Ihrer Überwachungskameras werfen
lassen?«

Die Kassiererin schluckte. »Natürlich. Du liebe Güte,
ich muss nur schnell meinem Mann Bescheid geben.«
Sie ließ alles stehen und liegen und verschwand durch
eine Tür hinter dem Verkaufstresen.

Noch bevor Laura Luft holen konnte, kehrte sie mit
einem Mann ihres Alters zurück.

»Kommen Sie«, sagte er und führte sie in das kleine
Hinterzimmer, das mit einem schmalen Schreibtisch,
einem Computer und einer Kaffeemaschine ausgestattet
war.

»Ist es wahr, dass Sie in einem Mordfall ermitteln?«,
erkundigte er sich und sah Laura erwartungsvoll an.

»Ja, das ist richtig. Mein Name ist übrigens Laura
Kern. Und Ihrer?«

»Oh, entschuldigen Sie. Bei uns taucht nicht jeden

Tag das LKA auf. Mein Name ist Herbert Karl. Ich bin der Inhaber dieser Tankstelle und das ist meine Frau Bertha.« Er hielt Laura seine fleischige Hand hin.

»Ich helfe Ihnen natürlich sehr gern. Erst heute Morgen habe ich etwas in der Zeitung gelesen«, sagte er und nahm vor dem Computer Platz.

Seine Frau fiel ihm ins Wort. »Richtig. Sie haben was von einer Toten in einer Holzkiste geschrieben.«

Laura verfluchte für einen Augenblick die Presse, die immer viel zu schnell Schlagzeilen produzieren wollte und somit dem Täter Wissen über den Ermittlungsstand verschaffte.

»Die Frau wurde ganz hier in der Nähe gefunden. Ich bin auf der Suche nach Kameras, die in den letzten achtundvierzig Stunden die Fahrzeuge auf ihrem Betriebsgelände aufgenommen haben.«

»Dann sind Sie bei uns genau richtig«, brummte Herbert Karl. »Wir sind nämlich die Einzigen in der Gegend, die sich diesen Luxus leisten.«

»Stimmt«, warf seine Frau wieder ein. »Vor ein paar Jahren, da wurden wir überfallen, mit vorgehaltener Waffe. Wir sind zwar nicht mehr die Jüngsten, aber ein paar Jährchen wollten wir dann doch noch leben.« Sie grinste und tippte sich an den Kopf. »Danach haben wir aufgerüstet, sogar mit einer Alarmanlage.«

»Wie lange speichern Sie die Aufnahmen?«, fragte Laura und sah, wie Herbert Karl ein Video öffnete, das die Straße in Richtung der verlassenen Industriehalle zeigte.

»Zweiundsiebzig Stunden. Danach wird überschrieben, weil eine längere Zeitdauer nicht erlaubt ist.«

»Das ist prima«, erwiderte Laura und stellte erfreut

fest, dass die Kamera nicht nur das Gelände der Tankstelle, sondern auch die Straße erfasste. »Dann lassen
Sie uns mal schauen, ob vor ungefähr vierzig Stunden
ein schwarzer Pick-up aufgenommen wurde.«

Herbert Karl schob die Unterlippe vor. »Ich springe
sofort zurück«, sagte er und startete das Video genau um
Mitternacht knapp zwei Tage zuvor. »Ich lasse es mit
einer höheren Geschwindigkeit laufen, bis wir Ihre Vier-
zig-Stunden-Marke erreicht haben«, erklärte er und
tippte mit dem Mauszeiger auf eine Pfeiltaste.

Ein roter Kleinwagen brauste heran und ein Mann
stieg aus, um zu tanken. Neben ihm tauchte ein dunkel-
blauer BMW auf. Danach tat sich eine halbe Stunde
lang nichts. Ein Insekt attackierte das Kameraauge, gab
aber nach wenigen Sekunden auf. Wieder passierte
minutenlang nichts, bis Herbert Karl die Videoge-
schwindigkeit reduzierte. Tatsächlich näherte sich kurz
darauf ein Lkw. Er fuhr in gemächlichem Tempo an der
Tankstelle vorbei. Auf der Ladefläche erkannte Laura
mehrere Toilettenhäuschen. Das musste Lutz Reimer
sein.

»Könnten Sie das kurz zurückspulen? Vielleicht
kann man den Fahrer erkennen.«

Herbert Karl schüttelte den Kopf. »Ich befürchte,
dafür ist es zu dunkel. Aber versuchen wir es.«

Er spulte zurück und ließ das Video jetzt im Schneckentempo ablaufen. Als der Lkw auf Höhe der Tankstelle war, hielt er es an.

»Da ist jemand auf dem Beifahrersitz«, stieß Laura
überrascht aus. »Können Sie den Ausschnitt
vergrößern?«

Herbert Karl nickte und das Beifahrerfenster erschien als Großaufnahme auf seinem Bildschirm.

Laura schluckte, denn auf dem Beifahrersitz des Lkws saß eine Frau. Ihre langen Haare kringelten sich über den Schultern. Das Bild war unscharf und die Frau nur von der Seite zu sehen. Mit klopfendem Herzen fragte Laura sich, ob diese Frau die noch lebende Annika Weber sein konnte.

7

Dr. Mareike Gerstenberger bändigte ihr Haar mit einem schwarzen Gummiband. Zufrieden betrachtete sie sich im Spiegel und zog den roten Lippenstift nach. Die Falte zwischen ihren Augenbrauen kaschierte sie mit einem Pinselstrich hautfarbener Schminke. Professor Stefan Franke würde jeden Moment eintreffen und sie wollte einen guten Eindruck machen. Und dabei ging es ihr nicht nur um den Mann selbst, der zweifelsohne attraktiv war, sondern ebenso um seine Funktion im Aufsichtsrat des Klinikverbundes. Ihr Fünf-Jahres-Vertrag lief in sechs Monaten aus und sie wollte sicherstellen, dass er verlängert wurde. Nicht, dass sie Schwierigkeiten haben würde, woanders unterzukommen, doch sie liebte Berlin. Obwohl sie das heruntergekommene Backsteingebäude nicht besonders mochte, war der Job dennoch lukrativ und sie wollte sich momentan einfach nicht verändern. Früher hatte sie kein Problem damit gehabt, alle paar Jahre in einer anderen Klinik zu arbeiten. Sie fand es spannend und es war wie eine Art Sport, sich immer wieder neu zu orientieren. Doch mit zweiundfünfzig Jahren hatte das häufige Wechseln des Arbeitsplatzes seinen Reiz verloren. Sie hatte sich in der Peripherie Berlins ein Einfamilienhaus gegönnt, mitten im Grünen mit einem schönen Garten und das Einzige, was ihr noch fehlte, war der richtige Partner.

Bisher hatte sie kaum Versuche unternommen, jemanden zu finden, mit dem sie ihr Leben gemeinsam verbringen konnte. Sie hatte in den letzten Jahren an ihrer Karriere gearbeitet und es bis an die Spitze dieser Einrichtung geschafft. Doch nun brauchte sie neue Ziele und eines davon hieß Professor Stefan Franke.

Sie lächelte in den Spiegel und stellte zufrieden fest, dass sie gut zehn Jahre jünger aussah, als es ihr Personalausweis bescheinigte. Das lag nicht nur am Make-up, sondern auch an ihrem Fitnessprogramm, das sie seit Jahren, nein, seit Jahrzehnten durchzog. Im Gegensatz zu vielen ihrer Freundinnen hatte sie keine Kinder bekommen, die ihr die Zeit für sich selbst raubten. Wenn sie bloß an Jule dachte, überkam sie nahezu Mitleid. Schon mit Ende dreißig hatten sich mit zwei Kindern im Schlepptau die ersten grauen Strähnen in ihrem Haar gezeigt. Die frühere Leichtathletin hatte ihr Gewicht innerhalb weniger Jahre verdoppelt. Ans Laufen konnte Jule bei ihrem täglichen Programm nicht im Ansatz denken. Sie hatte alles, was mit Haus oder Kindern zu tun hatte, allein am Hals, da ihr Mann als Vertreter ständig in ganz Deutschland unterwegs war. Finanziell ging es der Familie sehr gut, aber der Stress hatte sich in Jules Körper festgebissen und sie vorzeitig altern lassen. Obwohl sie in letzter Zeit wieder stärker auf ihre Gesundheit geachtet hatte, machte das rechte Knie nicht mehr mit und Laufen musste sie wohl erst einmal abhaken.

Mareike seufzte und wischte die Gedanken an ihre Freundin beiseite. Sie hatte sich für ein anderes Leben entschieden und bisher war sie gut damit gefahren. Dass sie keine Kinder hatte, störte sie nicht. Sie wären jetzt wahrscheinlich ohnehin bereits aus dem Haus. Mareike schob sich eine Haarsträhne hinters Ohr, die einfach nicht im Haargummi halten wollte, und betrachtete sich ein letztes Mal im Spiegel. Dann konzentrierte sie sich auf den Professor und verließ die Toilette. Kaum dass sie ein paar Schritte in Richtung ihres Büros gelaufen war, hörte sie ihren Namen.

»Doktor Gerstenberger, haben Sie einen Moment Zeit für mich?«

Sie verkniff es sich, die Augen zu verdrehen. Für Monika Nowak hatte sie im Augenblick wirklich keine Zeit. Sie zweifelte an den Fähigkeiten dieser Krankenschwester, die sich viel zu emotional in ihre Tätigkeit verstrickt hatte. Trotzdem blieb sie stehen und wandte sich um.

»Was gibt es?«, sagte sie und schaute demonstrativ auf ihre Armbanduhr. »Ich habe gleich einen Termin, können wir später reden?«

Monika Nowak schüttelte energisch den Kopf. »Die Polizei war hier und sie wollen mit Ihnen sprechen«, erklärte sie in einem nahezu hysterischen Tonfall.

Mareike brauchte ein paar Sekunden, bis sie die Bedeutung von Monika Nowaks Worten vollständig erfasst hatte.

»Was soll das heißen, die Polizei?«, fragte sie und wusste im selben Moment, dass diese Krankenschwester eine Unruhestifterin war, wie sie im Buche stand.

»Es geht um Lilly Krüger, sie hat eine Zeichnung von einem Verbrechen angefertigt, obwohl sie sonst doch nur Blumen malt.«

Oh nein, fuhr es Mareike durch den Kopf. Ein Problemfall zog den anderen an. Lilly Krüger wurde seit Jahren erfolglos therapiert. Vor sechs Monaten war die Patientin wegen akuter Suizidgefahr auf die geschlossene Station verlegt worden. Niemand, auch sie selbst nicht, hatte dieser Frau jemals ein Wort entlockt und als ob es nicht schlimmer werden konnte, plapperte Monika Nowak unaufhörlich weiter. »Der Mord stand heute Morgen in der Zeitung.«

Prima, dachte Mareike. Die Presse und dazu noch ein Mord. Das Ganze kombiniert mit dem guten Ruf ihrer Einrichtung und ihrem Fünf-Jahres-Vertrag, der bald auslief. Ihre Nackenhaare stellten sich auf.

»Okay«, erwiderte sie und verschob ihr Gespräch mit Professor Stefan Franke gedanklich auf den nächsten Tag. »Kommen Sie erst einmal in mein Büro und dann erzählen Sie mir die Geschichte bitte von Anfang an. Wie bitte schön ist denn die Polizei auf uns gekommen?«

Als sie in Monika Nowaks weit aufgerissene Augen sah, stöhnte sie innerlich auf. War ja klar, dass diese nervöse Frau die Polizei persönlich in ihre Einrichtung geholt hatte.

8

»Hast du keine Angst, man könnte über uns reden?«, fragte Simon Fischer süffisant und grinste sie an.

»Wieso?« Laura drückte ihm den USB-Stick in die Hand, den sie von der Tankstelle bekommen hatte.

Simon schob die Brille den Nasenrücken hinauf und beugte sich zu ihr vor.

»Wir sind hier ganz alleine«, flüsterte er und deutete mit einem Kopfnicken in das noch leere Großraumbüro, in dem sie saßen.

»Kein Wunder«, gab Laura zurück. »Es ist halb sechs. Wir sind vermutlich die Ersten im LKA.«

Simon zog die Augenbrauen in die Höhe. »So ist es. Der ein oder andere Kollege könnte ins Grübeln kommen, wenn er uns zusammen sieht. Aber es freut mich, dass dir das nichts ausmacht.« Er lächelte verschmitzt und schob den USB-Stick in seinen Computer.

Kurz darauf öffnete sich das Video.

»Du kannst vorspulen, bis der Lkw auftaucht. Gegen halb drei nachts ist Lutz Reimer zu sehen, wie er an der Tankstelle vorbeifährt zur Industriehalle, wo wir Annika Webers Leichnam in der Kiste entdeckt haben. Eine Frau sitzt auf dem Beifahrersitz und ich muss wissen, ob es Annika Weber ist.« Laura konnte es kaum erwarten, die Antwort herauszufinden. Am liebsten wäre sie noch gestern Nacht zu Simon gefahren. Der Computerexperte hatte auch zu Hause eine Vollausstattung, mit der er fast alles entschlüsseln konnte, was nicht extrem gut gesichert war. Simon Fischer war der talentierteste IT-Experte, mit dem Laura jemals gearbeitet hatte. Wenn jemand das unscharfe Video bearbeiten konnte, dann er.

Simons Finger flogen über die Tastatur und zauberten das Bild der Frau im Lkw großformatig auf den Bildschirm. Doch es war viel zu pixelig, um ihr Gesicht zu erkennen. Es konnte jede Frau mit langen Haaren sein.

»Das haben wir gleich«, brummte Simon und drückte verschiedene Tasten, die auf wundersame Weise dafür sorgten, dass immer mehr Schärfe ins Bild kam.

»Und?«, fragte er nach einer Weile. »Ist sie es? Ich meine die Tote aus der Kiste?«

Laura kniff die Augen zusammen und zögerte mit einer Antwort. Die Frau war nur im Profil zu sehen. Die lange gerade Nase kam ihr anders vor als die des Opfers, aber ansonsten ähnelte sie Annika Weber.

»Ich kann es nicht sagen.« Laura seufzte. »Kein Problem. Ich lasse die Gesichtserkennungssoftware darüber laufen. Sie kann die Frau direkt mit dem

Führerscheinfoto des Opfers abgleichen. Wie war der Name noch mal?«

»Annika Weber.«

Simon tippte so schnell, dass Laura nicht mehr mitkam. Gebannt starrte sie auf den Bildschirm und wartete auf das Ergebnis, das sich kurz darauf in Form eines roten Kreuzes zeigte.

»Das ist nicht Annika Weber«, erklärte Simon Fischer und öffnete ein weiteres Programm. »Wer immer diese Dame ist, vielleicht finden wir es gleich heraus.« Er drückte schwungvoll die Entertaste und lehnte sich zurück.

»Das kann jetzt eine Weile dauern. Darf ich dich zu einem Kaffee einladen?«

Laura atmete aus. »Gerne. Schade. Ich hatte gehofft, neben Reimer sitzt Annika Weber. Aber das wäre wohl zu leicht gewesen.«

Simon Fischer stand auf. »Nicht nur zu leicht, auch zu schnell. Hast du mir nicht am Telefon erzählt, die Leichenstarre hätte sich bereits wieder gelöst?«

»Richtig.« Laura seufzte abermals. »Immerhin wissen wir nun, dass der Mistkerl gelogen hat. Dass er in Begleitung einer Frau unterwegs war, hat er mit keiner Silbe erwähnt. Er hat behauptet, er hätte eine Toilettenpause auf dem Parkplatz vor der Halle gemacht.«

Simon lachte. »Er hätte einfach kurz am Straßenrand anhalten können. Er hatte doch jede Menge Toiletten dabei!«

Simon verschwand in Richtung Kaffeeküche, während Laura zurückblieb und auf den Bildschirm schaute, auf dem noch kein neuer Status zu sehen war. Sie hatte sich von dem Tankstelleninhaber die Kameraaufnahmen der letzten zweiundsiebzig Stunden mitgeben lassen. Vielleicht fanden sie den Lkw von Lutz Reimer ein zweites Mal darauf, wenn sie das gesamte Material sichteten. Dasselbe hoffte Laura für den schwarzen Pick-up, wobei sie inzwischen glaubte, dass auch diese Aussage von Lutz Reimer eine Lüge war.

Simon kehrte mit zwei dampfenden Kaffeetassen zurück und stellte eine vor Laura ab. Im gleichen Moment blieb das Programm stehen und präsentierte das Foto einer Frau in Strapsen.

»Das habe ich mir doch gleich gedacht«, murmelte Simon Fischer und schlürfte an seinem Kaffee. Er setzte die Tasse neben der Tastatur ab und klickte auf das Foto. Eine Social-Media-Website öffnete sich und dieselbe Frau in einer eindeutigen Stellung erschien fast nackt vor ihren Augen.

»Das ist eine Prostituierte«, stellte Simon fest.

»Heiße Doro?«, las Laura vor und schüttelte den Kopf. »Verdammt. Deswegen hat er gelogen. Er ist so früh in der Nacht los, weil er sich vergnügen wollte.«

»Sieht ganz danach aus«, erwiderte Simon und scrollte auf der Seite nach unten. »Sie macht das schon seit ein paar Jahren. Ihr richtiger Name ist Doro Kopke. Soll ich dir ihre Telefonnummer aufschreiben?«

»Bitte, und die Adresse am besten auch.« Laura fragte sich, was Lutz Reimer mit ihr gemacht hatte, nachdem der angebliche Pick-up weggefahren war. Vermutlich hatten sie auf dem Parkplatz Sex, und als Reimer wieder losfuhr, wurde er von dem Obdachlosen Detlef Schuster gesehen, der die Leiche entdeckt hatte.

»Kannst du auf den Aufnahmen noch mal nach einem schwarzen Pick-up suchen?«

»Klar, kein Problem.«

»Und wenn du schon dabei bist, überprüfe doch bitte, ob dieser Lkw ein weiteres Mal auftaucht.«

»Mache ich«, erwiderte Simon und vertiefte sich umgehend in die Arbeit.

»Ich danke dir, Simon. Gib Bescheid, sobald du was findest.«

Laura ging zu ihrem Büro und als sie die Tür öffnete, hatte sie ein Déjà-vu. Max saß am Schreibtisch und neben ihm Sophie Rudolph.

»Laura, was machst du denn so früh hier?«, fragte Max verblüfft.

»Das könnte ich dich auch fragen«, erwiderte sie und ließ sich auf ihren Stuhl fallen. »Ich habe gerade mit Simon Fischer die Überwachungskameras einer Tankstelle ausgewertet. Lutz Reimer war in seinem Lkw nicht allein unterwegs. Er hatte Begleitung von einer Prostituierten.«

»Das ist ja interessant. Ich dachte mir gleich, der Kerl hält Informationen zurück. Übrigens ist der Obduktionsbericht heute früh eingetroffen und Sophie wollte unbedingt mal sehen, wie so ein Bericht aussieht«, erklärte Max und lächelte die Streifenpolizistin versonnen an.

Laura konnte gar nicht hinsehen, als Sophie Rudolph sein Lächeln auch noch erwiderte. Was hatte diese Frau vor? Max trug einen Ehering und diese Tatsache konnte ihr unmöglich entgangen sein.

»Verstehe«, entgegnete sie fahrig. »Steht denn was Aufschlussreiches drin?« Sie startete ihren eigenen Computer und beäugte die beiden unauffällig. Sophie Rudolph reagierte sofort auf ihre Frage.

»Annika Weber ist vor sechs bis sieben Tagen gestorben. Sie wurde mit einer zopfförmigen Schnur von ungefähr sechs Millimetern Durchmesser erdrosselt. Keine Spuren einer Vergewaltigung«, betete sie herunter, als hätte sie den Text auswendig gelernt. Sophie Rudolph würdigte Max keines weiteren Blickes, sondern bemühte sich, möglichst viele Fakten zu nennen. Vermutlich tat Laura ihr Unrecht.

»An den Fußknöcheln, den Handgelenken und Ellenbogen wurden diverse alte und neue Abschürfungen festgestellt. Vermutlich war sie nicht zum ersten Mal in der Kiste eingesperrt. Außerdem fanden sich in der Haut etliche Holzsplitter, die genau dieser Kiste zugeordnet werden konnten. Anhand der Blutstauungen in ihren Extremitäten konnte ermittelt werden, dass sie eine längere Zeit, wahrscheinlich zehn bis zwanzig Stunden, in dieser Kiste gehockt hat, bevor sie getötet wurde.« Sophie Rudolph beendete ihren Bericht und schaute Laura erwartungsvoll an.

»Sie wurde also lebend in die kleine Kiste gezwängt«, sagte Laura nachdenklich. »Kennen wir denn den Todeszeitpunkt?«

Sophie Rudolph richtete sich kerzengerade auf und antwortete aufgeregt: »Sie haben eine grobe Schätzung angegeben und glauben, es könnten beim Auffinden drei Tage gewesen sein. Das haben sie anhand von Maden herausgefunden.«

»Verstehe«, entgegnete Laura und registrierte, wie Max stolz lächelte, so als hätte er Sophie Rudolph zur Kriminalistin ausgebildet. »Steht auch was zum Schmetterlingsflügel im Bericht?«

»Nein. Es handelte sich um Fliegenlarven«, erklärte

Sophie Rudolph und machte plötzlich eine unglückliche Miene. »Ich bin leider noch nicht ganz durch mit dem Bericht. Soll ich ihn rasch zu Ende lesen und dann eine Zusammenfassung für Sie schreiben?«

Laura schüttelte erstaunt den Kopf. »Nein, danke. Machen Sie sich nicht so viel Arbeit. Vielleicht nehmen wir uns jetzt alle einfach zehn Minuten Zeit, studieren den Rest und sprechen anschließend darüber.«

Sophie Rudolph nickte eifrig und Laura konnte ein zartes Rosa auf ihren Wangen erkennen. Plötzlich fühlte sie sich mies. Sophie Rudolph wollte offensichtlich nur helfen. Und Laura dachte schlecht über sie. Das war unverzeihlich. Sie nahm sich vor, sie zukünftig in einem anderen Licht zu sehen.

Laura öffnete den Obduktionsbericht auf ihrem Computer und überflog ihn. Sophie Rudolph hatte tatsächlich bereits die wesentlichen Punkte des Berichtes zusammengefasst. Das musste Laura ihr lassen. Die Rechtsmedizin hatte an der Leiche nur Fliegenlarven gefunden. Es gab keine Hinweise auf Raupen oder Schmetterlinge. Sie schloss die Datei und durchsuchte ihr Postfach nach dem Laborbericht der Spurensicherung. Diese hatte den Schmetterlingsflügel zur weiteren Untersuchung ins Labor geschickt. Nachdem sie ihn nicht fand, griff sie zum Telefon und rief Dennis Struck an.

»Haben wir schon die Laborbefunde zu dem Schmetterlingsflügel?«, fragte sie.

»Der ist heute Morgen bei mir eingetroffen. Es handelt sich um ein Tagpfauenauge, aber das haben Sie vermutlich bereits selbst herausgefunden. Interessanter ist die Tatsache, dass dieser Flügel nicht einfach so in der Hand der toten Frau lag. Er wurde vorher präpariert.«

»Präpariert?«, wiederholte Laura. »Das bedeutet, dass dieser Flügel nicht durch einen Zufall in die Hand der Toten geraten ist. Wir können also davon ausgehen, dass der Täter ihn bewusst platziert hat. Und zudem hat er sich auch noch viel Mühe gegeben.«

»Genauso ist es. Es wurden verschiedene Chemikalien verwendet. Ich habe mit dem Laborleiter gesprochen. Er denkt, dass hier ein Profi am Werk war. Der Täter hat Xylol als Lösungsmittel zum Säubern benutzt und anschließend Euparal, das ist ein Einschlussharz zum Haltbarmachen. Damit kann man Präparate über Jahrzehnte konservieren.«

»Der Kerl hat also vermutlich nicht zum ersten Mal einen Schmetterling präpariert. Das heißt, wir suchen womöglich nach einem Sammler. Vielen Dank für diese Information.« Laura legte auf und wiederholte kurz, was Dennis Struck ihr am Telefon gesagt hatte.

»Martina Flemming aus der Umfeldanalyse soll sich bei Sammlern von Schmetterlingen umhören«, sagte Laura. »Vielleicht bietet unser Täter seine Exemplare irgendwo zum Tausch oder Verkauf an.«

»Ich könnte das auch übernehmen«, warf Sophie Rudolph eifrig ein. »Mein Großvater sammelt Schmetterlinge und er kennt sich super aus.«

Laura wollte widersprechen, aber sie widerstand diesem Impuls trotz Max' leuchtender Augen.

»Also gut, wenn Sie das mit Ihren Aufgaben vereinbaren können. Ich möchte nicht, dass Sie sich damit während Ihrer Dienstzeit befassen.«

Sophie Rudolph winkte ab. »Das ist überhaupt kein

Problem. Ich habe mir diese Woche freigenommen und alle Zeit der Welt.«»Wunderbar. Dann legen Sie los.« Die junge Streifenpolizistin verabschiedete sich hastig und verschwand durch die Tür.

»Die ist echt fit. Wir könnten sie hier gut gebrauchen«, sagte Max und verstummte, als er Lauras Blick bemerkte.

»Ich gebe zu, sie ist fit. Aber sie arbeitet nicht fürs LKA und der Obduktionsbericht sollte ihr nicht zugänglich sein. Früher oder später manövrierst du dich in Schwierigkeiten.«

»Ach Quatsch. Sophie plappert nichts aus.« Max erhob sich von seinem Stuhl. »Ich finde es toll, wie sie sich engagiert.«

Laura zog die Augenbrauen hoch. »Ich hoffe, du siehst nicht mehr in ihr als eine Kollegin.« Sie biss sich auf die Unterlippe, denn plötzlich fiel ihr wieder ein, wie sein Kuss sich angefühlt hatte. Max schien ebenfalls daran zu denken. Sein Blick klebte auf ihren Lippen. Ihre Affäre gehörte längst der Vergangenheit an. Laura brauchte nicht den Moralapostel zu spielen. Sie hatte über mehrere Wochen etwas mit Max gehabt. So lange, bis seine Frau Hannah nach einem Seitensprung mit dem Laborleiter Ben Schumacher zu ihm zurückgekehrt war. Dann hatte sie die Beziehung beendet.

Max räusperte sich. »Du sagtest eben, eine Prostituierte hat neben Lutz Reimer im Lkw gesessen.«

»Ja, richtig.« Laura stieg nur zu gerne auf den Themenwechsel ein. »Ich dachte zuerst, es wäre Annika Weber gewesen. Aber Simon hat herausgefunden, dass es sich um eine Doro Kopke handelt.«

»Damit wäre sie dann entweder Mittäterin oder Lutz

Reimer hat ein Alibi. Zumindest sinkt die Wahrscheinlichkeit, dass er die Kiste in der Halle abgesetzt hat.«

»Reimer hat uns angelogen und außerdem liegt der
Todeszeitpunkt sechs Tage zurück. Die Kiste könnte er
ebenso schon früher, ohne die Prostituierte, in der Halle
abgeladen haben«, warf Laura ein.

»Es sei denn, diese Doro Kopke behauptet, er wäre so
lange mit ihr zusammen gewesen.«

»Das müssten wir überprüfen«, stimmte Laura Max
zu. »Am besten, wir teilen uns auf. Um die Prostituierte
kann sich jemand aus dem Team kümmern, am besten
Peter Meyer. Willst du den Marktleiter von Annika
Weber befragen, mit dem sie offenbar eine Beziehung
hatte? Dann übernehme ich die Psychiatrie und versuche, mehr herauszufinden.«

»So machen wir es«, erwiderte Max und hatte schon
den Autoschlüssel in der Hand.

9

Dr. Mareike Gerstenberger erwartete Laura in ihrem Büro, wobei sie alles andere als begeistert schien.

»Es freut mich, Sie kennenzulernen. Ich bin die Leiterin dieser Einrichtung«, sagte sie mit einem Lächeln, das ihre Augen nicht erreichte, und streckte Laura ihre langen dünnen Finger entgegen.

»Nehmen Sie doch Platz.« Dr. Gerstenberger deutete auf einen Stuhl an dem runden Besprechungstisch und setzte sich Laura gegenüber.

»Wie kann ich Ihnen helfen?«

»Ich müsste mit einer Ihrer Patientinnen sprechen, einer gewissen Lilly. Sie hat vor einigen Tagen eine Zeichnung angefertigt, die das Opfer eines Mordfalles zeigt. Wir möchten herausfinden, woher sie diese Informationen hat. Des Weiteren müsste ich mit Professor Stefan Franke reden. Er leitet den Malkurs, an dem auch die Patientin teilnimmt. Wir nehmen im Moment an, dass jemand aus diesem Kurs sie beeinflusst haben könnte.«

»Meine Mitarbeiterin hat mich bereits informiert. Ich habe mir die Zeichnung angesehen und auch die Nachrichten in der Zeitung verfolgt. Einen Zusammenhang halte ich allerdings für ausgeschlossen«, erklärte Dr. Gerstenberger, wobei sie eine Haarsträhne zurückstrich, die sich aus dem Haargummi ihres strengen Zopfes gelöst hatte.

»Wir befinden uns noch am Anfang der Ermittlungen und gehen deshalb jedem Hinweis nach. Sie mögen recht haben mit Ihrer Annahme, aber es wäre uns sehr wichtig, den Sachverhalt zu prüfen. Ist es möglich, mit der Patientin zu sprechen«?

»Ich denke, das wäre kein Problem, vorausgesetzt, wir erfüllen sämtliche Anforderungen wie beispielsweise einen richterlichen Beschluss. Ich gehe davon aus, dass Sie diesen noch nachliefern werden. Ansonsten dürfte ich Ihnen eigentlich gar nichts über Lilly erzählen.«

»Selbstverständlich, den haben wir schon beantragt«, bestätigte Laura.

»Mit Lilly Krügers Eltern, die auch als Betreuer fungieren, habe ich bereits Rücksprache gehalten. Sie können sich übrigens ebenfalls nicht erklären, weshalb ihre Tochter solche Bilder zeichnet. Jedoch fürchte ich, dass Sie keine Antworten erhalten werden. Lilly Krüger kam vor ungefähr sieben Jahren zu uns und seitdem spricht sie kein Wort. Alle Therapieversuche verliefen bisher erfolglos. Die Patientin lebt in sich zurückgezogen und nimmt kaum Reize von außen auf.«

»Und trotzdem hat sie vor ein paar Tagen dieses Bild

gezeichnet«, erwiderte Laura. »Wir haben uns intensiv mit Monika Nowak, Ihrer Mitarbeiterin, unterhalten. Sie konnte sich nicht erklären, warum Lilly Krüger von ihren üblichen Motiven abgewichen ist. Es muss irgendetwas passiert sein und dem würden wir gerne nachgehen.«

Dr. Gerstenberger zuckte mit den Schultern. »Selbstverständlich. Ich verstehe Ihren Ansatz. Sie ermitteln in einem Mordfall und lassen natürlich nichts unversucht.«

»Können Sie mir etwas mehr über Lilly Krüger erzählen? Warum ist sie hier?«, fragte Laura.

»Wie gesagt, sie kam vor sieben Jahren zu uns. Ihre Eltern haben sie hier untergebracht in der Hoffnung, sie würde wieder sprechen, aber bisher zeigten leider sämtliche Therapieversuche keinen Erfolg. Lilly Krüger hat nach ihrem Abitur eine Europareise unternommen. Sie war mehrere Monate mit ihrem Rucksack unterwegs und eines Tages stand sie unerwartet vor ihrem Elternhaus und war verstummt. Zuletzt hatte sie sich wohl in Rumänien aufgehalten. Da sie allein reiste, konnte niemand sagen, ob und was ihr etwas zugestoßen war. Sie wurde im Krankenhaus untersucht. Es konnte jedoch keine Gewalteinwirkung festgestellt werden. Auch kein sexueller Missbrauch.« Dr. Gerstenberger hob die Hände. »Wir wissen schlicht nicht, was sie traumatisiert haben könnte. Ihr Schweigen hat jedenfalls keine körperlichen Ursachen, sondern liegt in ihrer Psyche begründet.«

»Rumänien«, notierte sich Laura nachdenklich auf ihrem Notizblock. »Wenn Lilly Krüger damals das Abitur gemacht hat, müsste sie jetzt etwa fünfundzwanzig Jahre alt sein. Stimmt das?«

»Ja, das ist richtig. Sie hat im September Geburtstag, dann wird sie sechsundzwanzig«, erwiderte Dr. Gerstenberger und schaute auf ihre goldfarbene Armbanduhr. »Ich habe nach Rücksprache mit Lilly Krügers Eltern beschlossen, dass Sie das Gespräch gemeinsam mit Professor Franke führen. Er kennt Lilly sehr gut und es ist mir wichtig, dass sie nicht von einer fremden Person überfordert wird. Professor Franke müsste jeden Moment eintreffen.«

»Natürlich. Ich wollte sowieso mit ihm sprechen.« An der Bürotür klopfte es und ein dunkelhaariger Mann mit grauen Schläfen und ungewöhnlich blauen Augen trat ein.

»Da sind Sie ja«, rief Dr. Gerstenberger erfreut aus. »Ich darf Ihnen Laura Kern vom Landeskriminalamt vorstellen. Sie ist wegen dieser schrecklichen Zeichnung von Lilly hier und möchte gleich mit Ihnen das Gespräch führen. Ein richterlicher Beschluss für die Befragung und die Einsichtnahme in Unterlagen ist bereits beantragt. Ich bin sehr dankbar, dass Sie sich so kurzfristig Zeit nehmen konnten.«

»Für Sie doch immer«, antwortete Professor Franke und warf Dr. Gerstenberger ein langes Lächeln zu, bevor er Laura begrüßte.

»Lilly ist unser Problemfall. Sie macht seit Jahren kaum Fortschritte. Ich glaube, es gibt keine Blume, die sie noch nicht mit dem Pinsel festgehalten hat. Im Aquarellmalen ist sie ein Vorzeigetalent. Niemand aus der Malgruppe kann mit ihr mithalten.«

»Das ist interessant«, sagte Laura. »Ich habe Monika Nowak so verstanden, dass Lilly Krüger ausschließlich Blumen malt und noch nie davon abgewichen ist.«

»Vollkommen richtig«, antwortete Professor Franke. »Dieses andere Bild ist auch kein Aquarell, sondern es wurde mit Buntstiften gezeichnet. Ich kann mir das nicht erklären. Aber vielleicht finden wir gleich etwas heraus. Ich habe Monika gebeten, Lilly in den Garten zum Rosenbeet zu bringen. Das ist einer ihrer Lieblingsplätze und ich denke, dort fühlt sie sich entspannt.«

Laura klappte den Notizblock zu. »Dann lassen Sie uns loslegen.«

Sie folgte Professor Franke eine schmale Treppe hinunter. Er geleitete sie durch das verwinkelte alte Gebäude, bis sie eine große gläserne Tür erreichten, die hinaus in den Garten führte. Die Sonne stand hoch oben am Himmel und brannte erbarmungslos auf sie herab. Laura öffnete den obersten Knopf ihrer Bluse und hoffte, dass niemand die Narben darunter sehen konnte.

»Es ist gleich dort hinten«, erklärte Professor Franke und lief mit energischen Schritten voraus.

Der Garten war in Wirklichkeit ein Park. Bäume, Büsche und Blumen wechselten sich harmonisch ab und vermittelten ein paradiesisches Bild. Der schmale Weg, auf den sie abgebogen waren, lag komplett im Schatten, sodass Laura ihre Bluse schnell wieder schloss.

An einer mit Efeu bewachsenen Mauer machte Professor Franke halt. Dahinter erstreckte sich ein Beet mit roten, weißen und gelben Rosen. Auf einem kunstvoll gepflasterten Rondell saß an einem runden Holztisch eine junge Frau mit kurzen Haaren, die fast bis auf die Kopfhaut abrasiert waren. Sie hielt einen Pinsel in der Hand und malte konzentriert an einer gelben Rosenblüte.

»Lilly, es freut mich, Sie an diesem wunderschönen Tag zu sehen. Wie geht es Ihnen heute?«

Lilly sah nicht auf. Sie führte den Pinsel über das Papier, als hätte Professor Franke kein Wort gesagt. Offenbar war ihre Reaktion nicht ungewöhnlich, denn der Professor wiederholte seinen Gruß nicht, sondern setzte sich neben die Patientin. Er deutete auf den Stuhl zu seiner anderen Seite und Laura nahm wortlos Platz.

»Ich habe Besuch mitgebracht«, erklärte er leise. »Laura Kern ist Polizistin beim Landeskriminalamt und interessiert sich für Ihre Zeichnung.«

Tatsächlich schaute Lilly in diesem Moment auf. Ihre braunen Augen richteten sich für den Bruchteil einer Sekunde auf Laura, dann verschwamm ihr Blick wieder in der Ferne. Ohne eine Regung im Gesicht wandte sie sich erneut ihrer Malerei zu. Mit ruhiger Hand vollendete sie das letzte Blütenblatt und legte den Pinsel nach einer Weile beiseite.

Professor Franke holte die Zeichnung aus einer Mappe hervor und platzierte sie mitten auf dem Tisch.

»Können Sie sich daran erinnern? Vor ein paar Tagen haben Sie diese Frau in der Kiste gemalt.«

Lilly reagierte nicht. Sie starrte zwar auf die Zeichnung, aber wie zuvor ohne jegliche Regung. Sie kam Laura vor wie ein Roboter, der sich im Energiesparmodus befand.

»Kennen Sie diese Frau?«, fragte sie sanft und tippte auf die Zeichnung.

Aufs Neue fixierten Lillys Augen sie kurz und richteten sich dann wieder in die Ferne.

»Hat Ihnen jemand von ihr erzählt?«, hakte Professor

Franke nach. »Jemand aus unserem Malkurs? Vielleicht Peter oder Hannes?«

Lillys Kehlkopf bewegte sich unmerklich. Sie schluckte. Laura überlegte, auf welchen der beiden Namen sie reagiert hatte.

»War es Peter?«, fragte Professor Franke geduldig, erntete jedoch keinerlei Reaktion.

»Es war also Hannes?«

Lilly rührte sich nicht. Es schien fast so, als hätte sie aufgehört zu atmen.

»Wie sieht es mit Mark aus? Hat er Ihnen von dieser Frau erzählt oder ein Bild gezeigt?«

Nichts.

Der Professor hätte genauso gut mit der Efeu überwucherten Wand hinter Lilly sprechen können. Es würde keinen Unterschied machen.

»Ich kenne diese Frau«, erklärte Laura vorsichtig. »Ich habe sie gefunden und aus der Kiste geholt.«

Dieses Mal erntete sie keinen Blick von Lilly. Die junge Frau saß einfach nur da, die Augen auf den Tisch gerichtet, die Hände ruhig in den Schoß gelegt und die Füße standen still nebeneinander. Offenbar empfand sie weder bei der Zeichnung noch bei der Nennung der Namen oder Lauras Worten die kleinste Emotion. Oder sie konnte diese sehr gut verstecken. Laura betrachtete das symmetrische Gesicht der Patientin, das eigentlich hübsch war, jedoch durch die Regungslosigkeit wie eine Maske wirkte. Sie fragte sich, ob Lilly unter starken Beruhigungsmitteln stand und deshalb kaum reagierte. Aber sie wollte Professor Franke in ihrer Anwesenheit nicht danach fragen. Sie wollte mit Lilly sprechen und nicht über sie.

»Ich möchte dieser Frau gerne helfen«, sagte Laura und tippte abermals auf die Zeichnung. »Jemand hat ihr Leid zugefügt, und ich möchte, dass diese Person dafür ins Gefängnis kommt, damit sie nie wieder jemanden verletzen kann.«

Lilly reagierte weiterhin nicht.

»Wollen Sie weitermalen?«, fragte Professor Franke und hielt ihr den Pinsel hin.

Lilly nahm ihn und begann erneut zu malen.

»Ich denke, wir sollten es für heute dabei bewenden lassen«, flüsterte Professor Franke und stand auf.

Laura erhob sich ebenfalls, zögerte jedoch.

»Sie können mir auch schreiben, zum Beispiel an diese E-Mail-Adresse.« Laura legte ihre Visitenkarte auf den Tisch und folgte Professor Franke über den schmalen Pfad zurück zum Klinikgebäude. Kurz bevor sie aus dem Schatten der Bäume trat, raschelte es hinter ihr. Laura blieb stehen und drehte sich um. Lilly Krüger war unmittelbar hinter ihr. Lauras Herzschlag setzte für einen Moment aus. Ihr war überhaupt nicht aufgefallen, dass Lilly ihr gefolgt war. Die junge Frau sah sie an, durchdringend und viel länger als zuvor. Dann holte sie ein zusammengefaltetes Papier hinter ihrem Rücken hervor und übergab es ihr wortlos. Noch bevor Laura das Papier anschauen oder etwas erwidern konnte, huschte Lilly wieder davon. Sie war so schnell verschwunden, dass Professor Franke nichts von alledem mitbekommen hatte. Erst jetzt bemerkte er, dass Laura ihm nicht mehr folgte. Mit einem freundlichen Lächeln wartete er, bis sie sich zu ihm gesellte. Das Blatt von Lilly hielt sie in der Hand. Es schien Professor

Franke nicht aufzufallen und ihr Instinkt riet ihr, es nicht zu erwähnen.

»Ich hoffe, Sie sind nicht allzu enttäuscht über das Ergebnis unseres Gespräches«, sagte Professor Franke und öffnete Laura die Tür zur Klinik.

Sie schlüpfte hindurch und schüttelte den Kopf.

»Ich hatte so etwas in der Art erwartet. Monika Nowak hat mir schon im Vorfeld nicht allzu viel Hoffnung gemacht. Aber vielleicht könnten wir die Teilnehmer des Malkurses durchgehen. Mich interessieren vor allem die Patienten, die nicht in der geschlossenen Abteilung untergebracht sind und die Möglichkeit haben, die Einrichtung zu verlassen.«

»Selbstverständlich. Kommen Sie doch bitte mit in mein Büro. Ich kann Ihnen zu jedem der infrage kommenden Patienten Auskunft erteilen, denn ich betreue diese Menschen seit Längerem. Mit dem Malen haben wir hier in der Klinik sehr positive Erfahrungen gemacht.« Er lächelte und bog rechts in einen dunklen Gang ab, der zu einer Treppe führte, die sie hinaufstiegen. Laura ließ das Blatt von Lilly in ihrer Tasche verschwinden, obwohl sie es vor Neugier kaum aushielt. Aber das würde warten müssen. Lilly hatte ihr dieses Blatt nicht umsonst in einem Moment zugesteckt, als Professor Franke es nicht mitbekam. Was immer auf dem Papier stand, es war nur für Laura bestimmt. Unwillkürlich fragte sie sich, ob der Professor etwas mit Lillys Zeichnung zu tun haben könnte. Nicht bloß Patienten, auch Mitarbeiter und Besucher der Klinik kamen als Verdächtige infrage.

»Mein Büro liegt unterm Dach«, erklärte Professor Franke. »Ich habe darauf bestanden. Ich habe früher an der Universität Kunst gelehrt, mich dann jedoch umorientiert. In meiner Brust schlagen zwei Herzen. Ich habe Medizin studiert und parallel Kunst. Die Kunst hat gewonnen, als ich jung war, aber später wollte ich tiefer in die menschliche Psyche eintauchen und etwas bewirken. Hier kann ich Menschen mit Kunst helfen und aus diesem Grund hat die Klinik mir auf dem Dachboden ein eigenes Atelier eingerichtet.«

Professor Franke hüpfte die letzten Stufen hinauf und lächelte Laura voller Stolz an, nachdem er die Tür aufgeschlossen hatte.

»Bitte schön«, sagte er und ließ sie in den lichtdurchfluteten Dachboden eintreten, der so aufgeheizt war, dass die Luft flirrte. Überall standen Leinwände und fertige Gemälde herum. Farbtöpfe stapelten sich übereinander und auf einem Tisch lagen Pinsel in allen erdenklichen Formen und Größen.

»Ich wollte mich demnächst um eine Klimaanlage kümmern.« Der Professor schritt eilig zu einem Fenster und riss es auf. »Das ist der Nachteil an diesem Ort. Im Sommer wird er zur Belastungsprobe. Ich habe schon versucht, die Fenster zu verhängen, aber das bringt nicht viel.«

Er durchquerte den Dachboden und öffnete auch das gegenüberliegende Fenster. Ein schwacher Luftzug sorgte für ein wenig Erleichterung.

»Nehmen Sie doch bitte Platz. Ich suche sofort nach der Teilnehmerliste.« Professor Franke stellte zuerst den Ventilator neben seinem Schreibtisch an und durchsuchte dann die Ablage. Er fischte ein Blatt Papier heraus und übergab es Laura zufrieden.

»Der Kurs besteht aus zwölf Teilnehmern. Acht von

ihnen sind nicht in der geschlossenen Psychiatrie unter-gebracht. Darunter finden sich drei Männer: Peter Waldeck, Hannes Jost und Mark Fiedler. Ich nehme an, Sie interessieren sich weniger für die Frauen?«

»Ich würde gerne alle Teilnehmer genauer ansehen. Wir wissen bisher nicht, ob wir es mit einem oder mehreren Tätern zu tun haben. Deshalb könnte auch eine Frau die Täterin oder eine Mittäterin sein. Lassen Sie uns mit den Männern beginnen. Wann fand in den letzten zwei Wochen die Kunsttherapie statt und waren die drei genannten Männer anwesend?«

Professor Franke fischte zwei weitere Blätter aus der Ablage und legte sie vor Laura hin.

»Die Kunsttherapie führen wir einmal in der Woche durch. Jeden Donnerstag um zehn Uhr morgens. Wie Sie sehen, waren Peter Waldeck, Hannes Jost und Mark Fiedler in den letzten beiden Wochen hier, ebenso wie Lilly Krüger.«

»Wie muss ich mir diesen Kurs vorstellen?«, fragte Laura und deutete auf den Raum um sich herum. »Findet er hier statt?«

Professor Franke schüttelte den Kopf. »Nur im Winter. Im Sommer geht es nicht wegen der Hitze. Einige unserer Patienten reagierten sehr stark auf solche äußeren Faktoren. Wir sind meist draußen, im Garten an einem schattigen Plätzchen.«

»Die letzten beiden Male waren Sie demnach im Garten«, schlussfolgerte Laura. »Sind Sie die ganze Zeit dabei oder lassen Sie die Gruppe auch mal unbeauf-sichtigt?«

Professor Franke rieb sich nachdenklich das Kinn. »Ich weiß, worauf Sie hinauswollen, Frau Kern. Zuallererst, der Garten ist abgeriegelt, sodass niemand einfach davonlaufen kann. Grundsätzlich habe ich natürlich die Aufsichtspflicht, insbesondere für die Patienten aus der geschlossenen Abteilung. Aber oftmals teilen wir uns irgendwann in kleinere Gruppen auf. Manchmal arbeiten die Teilnehmer auch nur zu zweit oder allein. Letzte Woche beispielsweise haben Mark Fiedler und Lilly Krüger zusammen Rosenblüten gemalt. Die beiden saßen genau dort, wo wir Lilly vorhin gesprochen haben.«

»Und wie war das in der Woche davor?«

»Lassen Sie mich überlegen«, sagte der Professor. »Wenn ich mich richtig erinnere, war es viel zu heiß. Wir haben unter einem Baum Schutz vor der Sonne gesucht und uns nicht aufgeteilt.«

»Wer dieser drei Männer hätte denn aus Ihrer Sicht Lilly von einer toten Frau in einer Kiste erzählen können?«

»Das ist eine schwierige Frage«, seufzte Professor Franke. »Ich bin ganz offen. Ich traue keinem von ihnen einen Mord zu. Denn das wäre ja die einzige Erklärung«, sagte er scharfsinnig. » Nur der Mörder dieser armen jungen Frau konnte wissen, dass sein Opfer in eine Kiste gezwängt war und wie genau sie darin lag.«

Laura musterte den Professor ausgiebig. Nicht nur die Teilnehmer des Kurses hätten Gelegenheit, Lilly Krüger solche Bilder zu vermitteln, auch Professor Franke selbst. War das der Grund, warum Lilly ihr dieses Papier in die Hand gedrückt hatte? Ihre Fingerspitzen kribbelten vor Ungeduld. Laura wollte nichts lieber tun, als endlich nachzusehen, was Lilly ihr gegeben hatte.

»Fangen wir mit Mark Fiedler an«, sagte sie dennoch und kritzelte den Namen auf ihren Notizblock. Als sie wieder aufschaute, klebte Professor Frankes Blick am Kragen ihrer Bluse. Für einen Augenblick hatte Laura das Gefühl, er starrte ihre wulstigen Narben darunter an. Sie unterdrückte den Impuls, den Kragen zu berühren und zu prüfen, ob er richtig saß. Niemand konnte ihre Narben sehen, denn sie wusste, dass sie im Park den obersten Knopf ihrer Bluse wieder verschlossen hatte.

»Mark Fiedler«, wiederholte Professor Franke und stieß einen langen Seufzer aus. »Er hat bereits eine Haftstrafe wegen Vergewaltigung und Körperverletzung hinter sich. Er verfügt nur über ein geringes Maß an Empathie. Bis heute hat er sich bei der betroffenen Frau nicht entschuldigt, weil er davon ausgeht, dass sie freiwillig mit ihm Sex hatte. Die Kunsttherapie besucht er erst seit einem Monat. Seitdem können wir immerhin feststellen, dass er weniger aggressiv reagiert.«

»Das ist starker Tobak«, stieß Laura aus und kringelte Mark Fiedlers Namen ein. Sie warf Professor Franke einen langen Blick zu. »Trauen Sie diesem Mann einen Mord zu?«

Professor Franke kniff die Lippen zusammen. Er dachte nach, schüttelte nach einer Weile jedoch den Kopf. »Ich weiß, was ich über ihn gesagt habe, hört sich nicht gerade schön an. Aber ich glaube nicht, dass er aus dem Töten eines Menschen irgendeinen Kick ziehen könnte.«

»Was ist mit den anderen beiden?«

»Peter Waldeck leidet unter Depressionen. Er hat viel zu wenig Energie. Ihm würde ich einen Mord am allerwenigsten zutrauen. Hannes Jost hat eine Angststörung. Er neigt zu Panikattacken, sobald er in einen Fahrstuhl oder einen engen Raum gehen muss.«

Laura stellte sich einen klaustrophobischen Mann vor. Könnte so jemand sein Opfer in eine enge Kiste stecken? Vielleicht. Auszuschließen war es nicht.

»Das heißt, bis auf Mark Fiedler ist keiner bisher straffällig geworden. Gibt es gewalttätige Frauen in Ihrem Malkurs?«

»Nein. Gar nicht. Wir haben alles Mögliche an Störungen, angefangen von Essstörungen bis hin zu schwerer Depression mit Selbstgefährdung. Ehrlich gesagt kann ich mir nicht vorstellen, dass eine von ihnen für Ihre Ermittlungen infrage kommt.«

Laura legte eine Visitenkarte auf Professor Frankes Tisch.

»Ich denke, für heute habe ich keine weiteren Fragen. Sie können mich jederzeit erreichen, falls Ihnen noch etwas einfällt oder es neue Impulse von Lilly Krüger gibt.«

»Das mache ich gerne«, versprach der Professor, geleitete Laura zur Tür und verabschiedete sie.

»Vielen Dank«, sagte Laura und eilte die Treppe hinunter. Sie konnte es kaum erwarten, endlich das Papier von Lilly Krüger anzuschauen. Als sie den schmalen Gang erreichte, der zum Ausgang führte, blieb sie stehen und überzeugte sich, dass Professor Franke sie nicht mehr sehen konnte. Dann holte sie das Papier aus der Tasche und faltete es auf.

Ungläubig musterte sie die Frau, die kopfüber an einem Seil hing und deren leblose Augen sie vom Papier aus anzustarren schienen, genauso wie die Frau von der ersten Zeichnung. Für einen Moment sah Laura Annika Weber einen zweiten Tod sterben. Sie fragte sich, ob Lilly Krüger unter Gewaltfantasien litt. Doch bereits einen Augenblick später fiel ihr etwas ins Auge, das keinen Zweifel mehr ließ. Es handelte sich um Details, die nur der Täter wissen konnte. Laura faltete das Papier wieder zusammen und kehrte um. Sie musste dringend mit Dr. Gerstenberger sprechen.

10

Max bewunderte die schillernden Fische mit den langen blauen Streifen an den Seiten ihres silbernen Körpers. Er kannte zwar Nemo und Dorie durch seine Kinder, die die Zeichentrickfilme mit ihnen liebten. Aber mit lebenden bunten Zierfischen hatte er bisher kaum Berührungspunkte gehabt. Er ging ein paar Schritte weiter und betrachtete ein geschecktes Meerschweinchen, das an einem Salatblatt knabberte und dieses mit atemberaubendem Tempo verschlang. Ob Hannah Meerschweine mochte? Ihm fiel auf, wie wenig er in Teilen von ihr wusste. Sie hatten sich schon, als sie vor vielen Jahren zusammengezogen waren, darauf geeinigt, auf Haustiere jeglicher Art zu verzichten. Ein grüner Kanarienvogel legte den Kopf schief und blickte ihm direkt in die Augen. Ohne dass er es wollte, neigte er ebenfalls den Kopf, jedoch zur anderen Seite. Der Vogel tat es ihm nach. Max lächelte, doch wiederum hatte er keine Ahnung, was Hannah von Kanarienvögeln hielt.

»Ist der nicht süß?«, fragte Sophie Rudolph und steckte den Zeigefinger zwischen die Gitterstäbe des Käfigs. »Er mag dich. Vielleicht solltest du ihn mit nach Hause nehmen.«

Max schüttelte den Kopf. Ohne Hannah zu fragen, würde eine solche Aktion in einer Katastrophe enden. Er warf Sophie einen Seitenblick zu. Eine hübsche Stupsnase zierte ihr schmales Gesicht. Sie hatte überhaupt nichts mit Hannah gemeinsam und er interessierte sich auch nicht für Blondinen. Vielleicht von Laura abgesehen. Sie war seine Partnerin und gleichzeitig seine beste Freundin. Er wäre bei ihr geblieben, hätte sie ihn damals nicht weggeschickt. Im Nachhinein bereute er trotzdem nichts. Er wusste, dass Laura sich für ihn getrennt hatte, weil er ein Familienmensch war und weil er Hannah und die Kinder immer wieder zurücknehmen würde. Egal wie oft sie ihn betrog.

Bei dem Gedanken an seinen Kollegen Ben Schumacher, mit dem Hannah eine Affäre eingegangen war, kam ihm fast die Galle hoch. Der Leiter des Kriminallabors hatte ihm vor wenigen Minuten den Spurensicherungsbericht zu Annika Webers Wohnung geschickt. Max hatte ihn noch nicht lesen können. Das lag nicht nur an Ben Schumacher, sondern auch an Sophies Anruf. Sie hatte sich wegen der Schmetterlinge mit ihrem Großvater getroffen und war mit einem Stapel Fachbücher zurückgekehrt. Sie hatte Max gebeten, sie zu dem Markt für Heimtierbedarf mitzunehmen, in dem Annika Weber gearbeitet hatte. Er konnte es einfach nicht übers Herz bringen, sie zu enttäuschen. Er holte sie vom Polizeirevier ab und senkte den Blick, als einige Kollegen neugierig an seinem Wagen vorbeigingen. Im Gegensatz zu ihm war Sophie so unkompliziert. Statt rot zu werden oder sich abzuwenden, ging sie direkt auf die Polizisten zu und erklärte ihnen, dass sie während ihres Urlaubs ein Praktikum beim LKA machte. Die Kollegen schauten gelangweilt. Für die Gerüchteküche waren ihnen mit Sophies Erklärung die Argumente ausgegangen. Max überlegte kurz, ob er sie küssen würde, falls es sich ergäbe. Doch schnell verdrängte er diesen gefährlichen Gedanken. Natürlich wegen Hannah, aber er sah auch Lauras nussbraune Augen vor sich. Und die Verachtung darin könnte er nicht ertragen.

»Ich grüße Sie, Herr Hartung!« Ein bärtiger Mann mit zum Zopf zusammengebundenen Haaren näherte sich. In der kakifarbenen Kleidung sah er eher wie der Teilnehmer eines Überlebenscamps im Dschungel als wie der Leiter eines Heimtiermarktes aus. Er begrüßte Max mit einem kräftigen Händedruck. Eine Sonne war auf seinem Handrücken tätowiert und auf dem gesamten Unterarm schien es keinen Platz mehr für ein weiteres Tattoo zu geben. Er war über und über mit Symbolen und Tieren bedeckt.

»Das ist Sophie Rudolph, ebenfalls Polizistin. Können wir irgendwo ungestört sprechen?«

»Am besten in meinem Büro. Es ist zugegebenermaßen eher eine Art Abstellkammer. Aber die Tür lässt sich wenigstens verschließen.« Björn Lohmann lotste sie durch den Markt an einer Regalreihe mit verschiedenen Katzenfuttersorten vorbei zu einer schäbigen Tür, die ins Lager führte. Sie passierten weitere gestapelte Futtersäcke, dieses Mal für Hunde, und gelangten an eine Tür, hinter der sich das Büro des Marktleiters befand. Sein Name war mit weißen Buchstaben auf das graue Metall geklebt.

Sie setzten sich vor den Schreibtisch und warteten, bis Björn Lohmann ebenfalls Platz genommen hatte.

»Wie kann ich Ihnen weiterhelfen?«, fragte er so unbekümmert, dass Max für einen Augenblick den Eindruck hatte, er hätte Annika Weber bereits vergessen. Doch als Max den Namen der toten Mitarbeiterin erwähnte, fing die Unterlippe des Marktleiters an zu zittern.

»Wir müssen Ihnen leider mitteilen, dass Annika Weber tot aufgefunden wurde«, sagte er leise, während Sophie neben ihm stumm ihre Schuhspitzen betrachtete.

»Oh nein«, stieß Björn Lohmann aus und vergrub den Kopf in seinen Händen. »Ich habe es geahnt. Annika wäre nicht einfach abgehauen. Schon gar nicht drei Monate lang. Auch nicht nach einem Streit.«

»Sie hatten also Streit, bevor sie verschwand?«, hakte Max sofort nach und notierte sich die neue Information auf seinem Notizblock.

»Es war kein schlimmer Streit. Eigentlich das Übliche.«

»Sie müssten uns schon genauer erklären, worum es dabei ging«, bat Max.

Björn Lohmann wischte sich eine Träne aus dem Augenwinkel. »Ich weiß nicht, wo ich da anfangen soll ...«, begann er zögerlich.

»Sie könnten uns zum Beispiel erzählen, was für eine Beziehung Sie zu Ihrer Mitarbeiterin hatten.«

Lohmann sah ihn überrascht an und schüttelte den

Kopf. »Na klar. Ich hätte es mir denken können, dass Sie bereits mit Annikas Bruder gesprochen haben. Sie wissen es vermutlich längst. Wir hatten eine Affäre, aber ich bin verheiratet und meine Frau hat Brustkrebs. Ich will sie nicht verlassen und Annika wollte das nicht einsehen. Daher der Streit.« Er zuckte mit den Achseln, als wäre es das Selbstverständlichste der Welt.

»Wir müssen alles über Annika Weber in Erfahrung bringen, was für die Ermittlungen relevant sein könnte. Wann haben Sie Annika zuletzt gesehen?«

»Das ist jetzt drei Monate her. Es war ein ganz normaler Arbeitstag. Ich habe damals alles schon Ihren Kollegen erzählt. Wir hatten einen kleinen, nicht sehr lautstarken Streit, hier im Büro. Es war kurz nach drei. Dann ist sie raus, hat sich noch für ein paar Minuten an die Kasse gesetzt und ist nach Hause. Sie war mit ihrem Bruder verabredet. Seitdem habe ich nichts mehr von ihr gehört. Abends habe ich versucht, sie zu erreichen, aber ihr Handy war ausgeschaltet.« Lohmann verstummte und schnäuzte in ein Taschentuch.

»Gab es jemanden in Annika Webers Umfeld, der ebenfalls Streit mit ihr hatte?«

Björn Lohmann starrte ihn mit großen Augen an. »Nein. Nicht, dass ich wüsste. Annika war eine sehr freundliche Person. Jeder mochte sie. Egal ob Kunden, Belegschaft oder Lieferanten.«

»Und wie sah die Beziehung zwischen ihr und ihrem Bruder aus?«, wollte Max wissen.

»Die beiden waren ein Herz und eine Seele. Im Gegensatz zu uns haben sie sich nie gestritten. Ich weiß, dass ihr Bruder mich nicht leiden kann. Er ist mal hier aufgetaucht und wollte, dass ich die Finger von Annika lasse. Fing an mit so einem Me-too-Gequatsche. Als wenn ich meine Stellung ausgenutzt hätte, um sie ins Bett zu kriegen. Wir waren verknallt. Da kann man nichts gegen tun. Aber ...« Er deutete auf den Ring an seiner rechten Hand. »Ich bin ja auch schon vergeben.« Max unterdrückte ein Stöhnen. Björn Lohmann war anscheinend ein riesiger Egoist. Er wollte seine Frau behalten, die vermutlich den Haushalt schmiss, und für die Befriedigung seines Sexualtriebes musste Annika Weber herhalten, die er mit vagen Versprechungen von einer möglichen Trennung bei der Stange hielt.

»Gut«, erwiderte Max. »Wir halten also fest, dass Sie mit Annika Weber am Tag ihres Verschwindens Streit hatten. Weiß Ihre Ehefrau von der Affäre?«

»Maja? Nein. Ich glaube nicht ... Ich hoffe es jedenfalls ...«, stammelte Björn Lohmann. »Verdammt. Sie kommen hierher, sagen, dass Annika tot ist, und stellen dann solche Fragen. Denken Sie etwa, Maja hätte Annika aus Eifersucht umgebracht? Sie hat Krebs und steckt mitten in der Chemotherapie. Sie schafft es kaum von der Couch bis zum Klo. Ich kann Sie gerne gleich zu ihr bringen, dann können Sie sich selbst von ihrer Verfassung überzeugen.«

»Jetzt atmen Sie mal durch«, erwiderte Max ruhig. »Wir stellen reine Routinefragen. Wir sammeln sämtliche Informationen. Annika Weber wurde grausam ermordet und wir wollen nichts weiter, als den Verantwortlichen zu ermitteln.« Er sah den Marktleiter durchdringend an.

Björn Lohmann senkte den Blick und fing an zu weinen. »Ich habe alles falsch gemacht«, jammerte er. »Ursprünglich wollten wir am Tag von Annikas

Verschwinden die Nacht zusammen verbringen. Sie war drauf und dran, ihrem Bruder abzusagen, aber dann hat sie wieder von mir verlangt, dass ich Maja reinen Wein einschenke. Wir stritten uns. Wie hätte ich Maja das antun können? Es würde sie umbringen, wenn ich mich wie ein räudiger Köter vom Acker mache und sie mit ihrer Krankheit alleinlasse. Sie ist doch meine Frau. Ich habe versprochen, bei ihr zu sein, in guten und in schlechten Zeiten. Annika wollte das einfach nicht verstehen.«

»Sie hätten Ihre Affäre mit Annika Weber beenden müssen.« Max beherrschte sich mit Mühe. Er wusste, dass jeder weitere Satz zu viel war. Björn Lohmann war ein feiger Typ. Selbst jetzt konnte er nicht erkennen, dass er beide Frauen ausgenutzt hatte.

»Vermutlich. Ich hatte öfter darüber nachgedacht.« Er klopfte sich auf die Brust. »Aber mein Herz konnte es nicht.«

Puh! Max holte tief Luft und versuchte, sich auf seine Aufgabe zu konzentrieren.

»Was haben Sie an dem Abend und in der Nacht von Annika Webers Verschwinden gemacht?«

Björn Lohmann zuckte mit den Achseln. »Nicht viel. Ich bin nach Hause, habe mit meiner Frau zu Abend gegessen und mich dann vielleicht noch zwei Stunden vor den Fernseher gesetzt, bevor ich zu Bett ging.«

»Und Ihre Frau kann bezeugen, dass Sie den Abend und die gesamte Nacht zu Hause waren?«

»Ich denke schon. Klar. Wir schlafen in einem gemeinsamen Zimmer.«

»Was haben Sie vor drei Tagen gemacht?«, wollte Max wissen.

»Ich habe gearbeitet, wie jeden Tag.«

»Und abends? Was haben Sie da getan?«

»Ich war zu Hause. Das gilt übrigens für jeden Tag in der Woche. Wenn meine Frau zur Chemo muss, begleite ich sie. Eine Kollegin übernimmt dann hier meine Aufgaben. An den Wochenenden bin ich ebenfalls fast nur mit Maja zusammen. Sie können sie oder auch die Nachbarn befragen. Seit Wochen konzentrieren wir uns auf Majas Therapie. Ich hoffe, in einem Monat sieht die Welt wieder besser aus.«

»Wir werden das überprüfen. Melden Sie sich bitte, falls Ihnen etwas einfällt, das bei der Aufklärung von Annika Webers Tod helfen könnte.«

»Klar«, brummte Björn Lohmann und schob Max' Visitenkarte in seine Hosentasche.

»Wenn Sie wollen, können Sie durch den Hintereingang raus. Dann müssen Sie nicht durch den ganzen Laden laufen«, sagte er, als sie wieder vor dem Büro in der Lagerhalle standen.

Er winkte sie mit sich und öffnete eine Tür, hinter der ein Parkplatz lag. »Gehen Sie rechts um das Gebäude und dann gelangen Sie auf den Kundenparkplatz«, erklärte er.

Max rührte sich nicht, sondern fixierte den schwarzen Pick-up, der ein paar Meter entfernt stand.

»Ist das Ihrer?«, fragte er und zeigte auf den Wagen, während er in seinem Gedächtnis kramte. Sie hatten Lohmann vor dem Gespräch überprüft. Auf ihn war ein Kleinwagen zugelassen, kein riesiger Pick-up.

»Ja. Das heißt eigentlich nein. Er gehört meinem Bruder, aber er braucht ihn nicht. Wir haben unsere Autos weitestgehend getauscht. Maja kann in den Ford besser einsteigen und mein Bruder ist meist in der Stadt unterwegs. Versuchen Sie mal, mit so einem Pick-up in ein Parkhaus zu kommen. Das ist fast unmöglich.«

Max notierte sich das Kennzeichen. Vielleicht konnte Simon Fischer diesen Wagen auf den Überwachungsaufnahmen der Tankstelle sichten.

»Was ist mit diesem Wagen?«, fragte Sophie, als Lohmann wieder im Gebäude verschwunden war.

»So einen Wagen hat angeblich der Lastwagenfahrer vom Fundort wegfahren sehen. Ist schon komisch, dass ausgerechnet Björn Lohmann ein solches Modell fährt.«

11

L aura parkte vor dem rot-weißen Absperrband. Mehrere Streifenpolizisten hatten sich dahinter versammelt. Sie reagierten nicht auf Lauras Ankunft, weil sie ihr den Rücken zugewandt hatten. Mit leicht angehobenen Köpfen blickten sie auf etwas, das ungefähr zwei Meter über dem Boden hing.

Laura blieb im Auto sitzen und folgte unwillkürlich ihren Blicken. Sie musste sich ein wenig nach vorn lehnen, um eine gute Sicht durch die Windschutzscheibe zu haben. Das Erste, was sie erkannte, waren ein brauner Haarschopf und leblos herabbaumelnde Arme. Doch das war nur ein Bruchteil des schrecklichen Anblicks. Eine Frau hing kopfüber an einem Baum. Der Ast, an dem das Seil festgeschlungen war, bog sich bedenklich nach unten. Laura blinzelte, um sicherzugehen, dass sie sich nicht täuschte. Der grauenvolle Anblick verschwand nicht. Sie fragte sich, wie zum

Teufel Lilly Krüger, die Patientin aus der geschlossenen Abteilung, vor ihr von diesem Mord erfahren hatte.

Laura faltete das Blatt mit der Zeichnung auf, die sie eigentlich mit Dr. Gerstenberger hatte besprechen wollen. Doch auf dem Weg zu ihrem Büro war der Anruf der Einsatzzentrale eingegangen und sie war unverzüglich hierhergeeilt. Sie befanden sich nur knapp drei Kilometer vom ersten Fundort entfernt. Und obwohl die Frau am Baum auf den ersten Blick nichts mit dem Opfer aus der Kiste zu tun hatte, ging Laura davon aus, dass ein und derselbe Täter am Werk gewesen war. Lilly Krüger hatte beide Morde genauestens aufs Papier gebannt. Die neue Zeichnung zeigte eine tote Frau kopfüber an einem Baum hängend. Ihr langes Haar wehte im Wind. Das T-Shirt war bis zum Brustansatz heruntergerutscht. Und links oben in der Ecke hatte Lilly Krüger einen Schmetterling gezeichnet. Nicht irgendeinen, sondern ein Tagpfauenauge. Eigentlich konnte niemand bis auf den Täter und der Polizei von dem Schmetterlingsflügel wissen, den sie in Annika Webers Hand gefunden hatten.

Laura stieg aus dem Wagen und ging wie hypnotisiert auf die Tote zu. Sie hätte sie mit ausgestreckten Armen berühren können. Aber das musste Laura gar nicht. Sie erkannte den Schmetterlingsflügel in der rechten Hand des Opfers auch so. Der Täter hatte ihn mit durchsichtigem Klebeband auf der Handfläche befestigt. Es sah ganz danach aus, als hätten sie noch einen Flügel des Tagpfauenauges entdeckt.

»Ist die Spurensicherung auf dem Weg?«, fragte Laura die Streifenpolizisten, die mit blassen Gesichtern auf die tote Frau blickten.

»Die sollten jeden Moment eintreffen«, erwiderte der älteste von ihnen, ein grauhaariger Mann mit Brille und Schnauzbart.

»Wer hat die Tote gefunden?« Laura nahm ihr Smartphone aus der Tasche und machte ein paar Fotos. Sie würde sich später mit ihnen beschäftigen und sie mit Lilly Krügers Zeichnung vergleichen, wenn sie allein war und ein wenig Ruhe hätte.

»Eine Spaziergängerin mit ihrem Hund. Wir haben ihre Personalien aufgenommen. Sie ist nach Hause gegangen, weil der Hund verrücktgespielt hat.« Der Polizist deutete auf einen Bungalow, der in einiger Entfernung zwischen den Bäumen hindurchschimmerte. »Dahinten beginnt eine Ferienhaussiedlung. Gleich im ersten Haus wohnt Frau Luise Wagner. Wir haben sie gebeten, dort auf die Befragung zu warten.«

»Danke«, sagte Laura und musterte die Tote erneut. Das Seil war um ihre Knöchel geschlungen. Kopf und Hals waren bläulich rot angelaufen. Das ganze Blut hatte sich offenbar dort gestaut. Die Augen standen weit offen. Aus ihren Mundwinkeln war Speichel gelaufen und in langen weißen Schlieren auf den Wangen getrocknet. Am Hals sah sie eine fast schwarze Drosselmarke, konnte aus der Entfernung jedoch kein Zopfmuster erkennen. Gerade als sie sich fragte, wann die Spurensicherung und mit ihr hoffentlich eine Leiter eintraf, hörte sie ein Motorengeräusch. Kurz darauf näherte sich Dennis Struck zusammen mit Ben Schumacher.

»Ich dachte, dieses Mal bringe ich Verstärkung mit«, erklärte Dennis Struck und sah sich um. »Wo ist Max Hartung?«

Laura deutete hinter ihn. »Da kommt er«, sagte sie

und schluckte den zweiten Halbsatz hinunter, denn Max hatte schon wieder Sophie Rudolph im Schlepptau. »Sorry, ich bin so schnell wie möglich hergefahren und wollte nicht noch mehr Zeit verlieren. Sophie kann uns bestimmt behilflich sein.«

Laura beschloss, nicht darauf einzugehen. »Habt ihr bei Björn Lohmann etwas Interessantes herausgefunden?«

Max nickte. »Etwas äußerst Interessantes. Rate mal, was für einen Wagen der Typ fährt.«

»Irgendeinen Kleinwagen, wenn ich es richtig im Kopf habe«, erwiderte Laura.

Max setzte ein triumphierendes Lächeln auf. »Er fährt einen schwarzen Pick-up. Der Wagen ist auf seinen Bruder zugelassen, deshalb konnten wir ihn in der Datenbank nicht finden.«

»Das ist in der Tat eine interessante Neuigkeit. Ich habe auch welche.« Laura drehte sich um und deutete auf die tote Frau. »Lilly Krüger hat die Tote genau in dieser Pose gezeichnet, noch bevor ich mich auf den Weg hierher gemacht habe.«

»Nicht dein Ernst?«, stieß Max aus. »Ist diese Frau eine verdammte Hellseherin?«

Laura neigte ihren Kopf. »Ich habe keine Ahnung. Aber dieses Mal hat sie sogar einen Schmetterling auf das Bild gemalt. Das Ganze kann kein Zufall sein.«

Max sah sie ungläubig an. »Kann ich die Zeichnung sehen?«

»Na klar. Liegt auf dem Beifahrersitz.« Sie warf ihm den Wagenschlüssel zu.

Dann wandte sie sich an Dennis Struck. »Können Sie vielleicht Reifenspuren sicherstellen? Ein Zeuge hat einen schwarzen Pick-up am ersten Fundort gesichtet. Ein Modell von Ford.« Sie zeigte auf den Waldboden. »Vielleicht hat sich irgendwo ein Reifen in die Erde gedrückt.«

Dennis Struck verzog das Gesicht. »Wir geben unser Bestes, aber es ist sehr trocken. Selbst hier unter den Bäumen. Wir hatten seit Wochen keinen Regen. Ich befürchte, wir finden nicht mehr als verwischte Abdrücke im Staub.«

Laura deutete auf die Tote am Baum. »Haben Sie eine Idee, wie der Täter die Frau dort oben festgemacht hat? Dafür brauchte er doch bestimmt schweres Gerät oder schafft ein kräftiger Mann so etwas allein?«

Dennis Struck richtete seinen Blick nach oben. Ben Schumacher ebenfalls. Während Struck die Stirn in Falten legte, schien Schumacher etwas zu entdecken.

»Er könnte eine Seilwinde benutzt haben. Dazu bräuchte er keine Hilfe.«

»Und noch nicht mal eine Leiter, wenn er das Seil hochgeworfen hat.«

»Apropos Leiter«, sagte Laura. »Haben Sie eine dabei? Ich würde mir gerne die Tote genauer ansehen, bevor wir sie herunterlassen.«

Dennis Struck schickte einen völlig in Weiß eingehüllten Mitarbeiter los und winkte die Fotografin heran.

»Ich will mehrere Detailaufnahmen, bevor die Kollegen hier alles zertrampeln.«

Die Fotografin legte los, trat jedoch kurz beiseite, als die Leiter gebracht wurde. Laura streifte sich Schutzhandschuhe über, kletterte hinauf und betrachtete zuerst den Schmetterlingsflügel. Sie versuchte, sich vorzustellen, wie der Täter ihn an der Handfläche der

Toten befestigt hatte. Was fühlte dieses Ungeheuer dabei? Und warum musste es ausgerechnet ein Schmetterling sein?

Ein Windzug ging durch das lange Haar der Toten und für eine Sekunde kam sie Laura lebendig vor.

Wer hat dir das angetan?, fragte sie stumm und betrachtete die langen, schlanken Arme der Frau. Laura griff nach der Hand, in der kein Schmetterlingsflügel klebte, und bewegte die Finger der Toten, die widerstandslos nachgaben.

»Die Leichenstarre hat sich bereits gelöst«, sagte sie zu Max, der zurückgekehrt war und die Leiter festhielt.

Laura stieg die letzten zwei Stufen hinauf. Die Drosselmarke am Hals war pechschwarz und wies ein schwaches Muster auf, das dem beim ersten Opfer glich. Sie inspizierte die sichtbare Haut der Toten, die deutliche Spuren vom beginnenden Verwesungsprozess aufwies. Schrammen, Schnitte oder Prellungen konnte sie hingegen nicht ausmachen. Sie kletterte die Leiter wieder hinab.

»Sie können die Tote jetzt herunterholen«, sagte sie und sah sich suchend um.

»Wo ist denn Frau Rudolph?«

»Sie unterstützt Ben Schumacher bei der Suche nach Reifenspuren«, erwiderte Max und deutete mit einem knappen Nicken zu einer Baumgruppe, um die sich ein schmaler Weg wand.

Laura warf Max einen längeren Blick zu, verzichtete jedoch auf eine Erwiderung. Vielleicht tat sie ihm unrecht. Trotzdem passte es ihr nicht, dass er diese Polizistin an ihren Ermittlungen teilhaben ließ. »Was hältst du von der Zeichnung?«, wollte Laura wissen und trat zur Seite, damit die Mitarbeiter der Spurensicherung die Leiche vom Baum holen konnten.

»Entweder ist Lilly Krüger der Mörder oder sie kennt ihn und seine Vorhaben.«

»Aber sie redet angeblich seit Jahren kein Wort.« Laura konnte sich auf Lilly Krüger keinen Reim machen. Nur eines konnte sie sich nicht vorstellen: dass diese Frau eine Mörderin war.

»Sie hat mir die Zeichnung so zugesteckt, dass Professor Franke es nicht mitbekommen hat. Ich frage mich die ganze Zeit, ob das ein Zufall war oder ob sie nicht wollte, dass er ihre neue Zeichnung sieht.«

Max rieb sich nachdenklich das kantige Kinn.

»Der Professor hätte natürlich die Möglichkeit, die Patientin zu manipulieren. Es wäre nicht der erste Mediziner, der sich am Ende nicht als Helfer, sondern als Täter herausstellt.«

»Ich habe ihn von Peter Meyer überprüfen lassen«, erklärte Laura. »Er hat kein Alibi für den Tatzeitraum und die Nacht, in der die Leiche in der Industriehalle abgelegt wurde. Professor Franke ist geschieden und lebt allein. Niemand konnte bezeugen, ob er zu Hause oder in der Klinik war.«

»Dann werden wir wohl besonderes Augenmerk auf diesen Mann werfen.«

Sie sahen zu, wie drei Männer der Spurensicherung die tote Frau vom Baum holten und behutsam auf eine Plastikfolie legten. Laura ging neben der Toten in die Knie und durchsuchte die vorderen Taschen ihrer Jeans. Max half ihr, die Tote zu drehen, sodass sie auch die Gesäßtaschen überprüfen konnte.

»Es ist wie beim ersten Opfer«, seufzte Laura. »Sie

hat nicht mal ein Taschentuch dabei, von irgendwelchen Papieren ganz zu schweigen.«

»Wir könnten Sophie bitten, sich schon mal die Vermisstenanzeigen anzuschauen«, schlug Max vor und Laura hielt es für einen guten Vorschlag.

»In Ordnung und wir befragen derweil die Zeugin, die das Opfer entdeckt hat«, sagte Laura und erhob sich.

»Keine Reifenspuren, kein Müll oder Seilreste, einfach nichts.« Dennis Struck zog die Handschuhe aus und schüttelte sich ein paar Blätter aus den Haaren. »Wir haben alles im Umkreis von fünfzig Metern abgesucht. Wenn ich es nicht besser wüsste, würde ich denken, der Täter hat sich von einem Helikopter abgeseilt.«

Ben Schumacher und Sophie Rudolph kehrten ebenfalls aus dem Unterholz zurück. Ihre Mienen sprachen Bände.

»Es ist einfach zu trocken«, schimpfte Ben Schumacher. »Nur ein paar Wochen weiter und wir hätten Reifen und Schuhabdrücke sichergestellt. Darauf gehe ich jede Wette ein.«

»Wir sollten den Umkreis trotzdem noch erweitern. Man weiß ja nie«, sagte Dennis Struck und drückte einem Kollegen eine Rolle Absperrband in die Hand.

»Ich hoffe, ihr findet noch etwas. Wir sind hier erst einmal fertig und befragen jetzt die Zeugin.« Laura wollte sich bereits zu dem Bungalow begeben, in dem Luise Wagner wohnte, als sie Sophie Rudolphs Stimme vernahm.

»Darf ich mitkommen? Ich finde Zeugenbefragungen sehr aufregend.«

»Wir sollten uns aufteilen, damit wir keine Zeit

verlieren«, antwortete Max freundlich. »Schau dir doch schon mal die Vermisstenanzeigen an. Vielleicht bekommst du wieder heraus, um wen es sich bei der Toten handelt.«

»Okay, das mache ich gerne. Herr Schumacher hat mir sowieso angeboten, mich nach Hause zu fahren. Er kann mich auch bei uns im Polizeirevier absetzen, dann kann ich sofort am Computer nachschauen.«

Laura drehte sich nicht um. Sie konnte sich Max' Gesichtsausdruck ungefähr vorstellen. Ben Schumacher hatte vor Jahren eine Affäre mit Hannah gehabt und kaum hatte Max eine andere Frau im Schlepptau, funkte er wieder dazwischen. Sie machte hastig ein paar Schritte auf den Bungalow zu und hoffte, dass Max ihr folgte. Ben Schumacher war für Max ein rotes Tuch. Jetzt Abstand zwischen die beiden zu bringen, war das Beste, was Laura für ihn tun konnte.

»Warum rennst du so?«, brummte Max in ihrem Rücken.

»Ich wollte den Abend mit Taylor verbringen und es ist schon spät.« Sie biss sich auf die Unterlippe, weil auch das nicht gerade ein unverfängliches Thema war. Max hatte lange gebraucht, bis er Taylor an Lauras Seite akzeptiert hatte. Aber etwas anderes war ihr auf die Schnelle nicht eingefallen.

»Laura, verdammt, jetzt mach mal langsam.«

Sie atmete durch und sah ihn an. »Tut mir leid, dass Ben Schumacher ausgerechnet heute aufgetaucht ist.«

Max winkte ab. »Diese Geschichte ist für mich abgehakt.«

Laura drehte sich abrupt um und schaute ihm tief in die Augen.

»Okay«, seufzte Max. »Ich hasse den Kerl noch immer. Aber wenn er Sophie abschleppen will, dann soll er es tun. Denkst du ernsthaft, ich merke nicht, was in deinem Kopf vorgeht?«

Laura schluckte. Max kannte sie wirklich gut. Viel zu gut.

»Sorry. Es geht mich ja auch gar nichts an. Ich möchte nur nicht, dass du in Schwierigkeiten gerätst.«

Max grinste schief. »Keine Sorge. Ich habe das im Griff.«

Obwohl sie ihm ansah, dass er nicht ganz die Wahrheit sagte, ließ sie es dabei bewenden. Sie ging zügig weiter und achtete darauf, dass Max mit ihr Schritt hielt. Bevor sie an dem Bungalow ankamen, öffnete sich bereits die Eingangstür und das runzlige Gesicht einer alten Frau erschien.

»Sind Sie von der Polizei?«, fragte sie nervös und schaute sich um.

»Ich bin Laura Kern und das ist mein Partner Max Hartung vom Landeskriminalamt Berlin. Die Kollegen haben uns informiert, dass Sie die Tote am Baum entdeckt haben.«

»Ja, das ist richtig. Eine ganz schreckliche Geschichte. Kommen Sie doch rein. Ich habe Kaffee gekocht.«

Sie setzten sich an einen gedeckten Tisch, auf dem ein großer Teller mit Keksen stand.

»Bedienen Sie sich. Sie sind bestimmt hungrig nach dem Schock«, sagte Luise Wagner und nahm die Kaffeekanne von der Wärmeplatte. »Mir geht es zumindest so. Bei Stress muss ich essen, auch wenn man es mir nicht unbedingt ansieht. Dieses Bild von dem armen jungen

Ding. Ich kriege es nicht mehr aus dem Kopf. Wer tut so etwas nur?«

Max schlang zwei Kekse auf einmal hinunter und nuschelte:»Wir werden versuchen, es herauszufinden. Können Sie uns schildern, wie Sie die Tote entdeckt haben und ob Ihnen dabei noch etwas Ungewöhnliches aufgefallen ist?«

Luise Wagner nippte an ihrer Kaffeetasse und stellte sie mit zitternder Hand wieder ab.

»Ich bin mit meinem Hund Gassi gegangen wie jeden Tag. Doch schon nach ein paar Metern fing Benni an, verrücktzuspielen. So kenne ich ihn gar nicht. Er riss sich los und ich bin hinterher.« Sie deutete auf ihre Unterarme. »Durchs Unterholz habe ich mich gekämpft. Alles ist zerkratzt. Benni saß vor dem Baum und bellte. Zuerst habe ich nicht verstanden warum. Und dann sah ich nach oben und da hing die arme Frau.« Luise Wagner schloss für einen Augenblick die Augen.

»Ich glaube, das war der schlimmste Anblick meines Lebens. Zum Glück hatte ich mein Handy dabei. Ich habe sofort den Notruf gewählt und zehn Minuten später war die Polizei schon hier.«

»Ist Ihnen auf der Strecke eine andere Person oder ein Fahrzeug aufgefallen?«, fragte Laura.

»Nein. Niemand. Mitten in der Woche ist hier nicht so viel los. Tut mir leid.«

»Und in den letzten Tagen, gab es da ungewöhnliche Vorgänge?«

Luise Wagner schüttelte den Kopf und blickte Laura fragend an.

»Haben Sie zum Beispiel einen Unbekannten in

Ihrer Siedlung gesehen oder ein Fahrzeug, das hier nicht hergehört?«

Die Rentnerin zog die Augenbrauen zusammen und dachte angestrengt nach.

»Wenn Sie mich so fragen, kann ich Ihnen eine Sache sagen. Da war ein großes schwarzes Auto, wie die Amerikaner es fahren, mit einer Ladefläche. Es hat meinen Benni fast totgefahren.«

12

Dr. Mareike Gerstenberger neigte den Kopf nach links und anschließend nach rechts. Irgendwo an ihrer Halswirbelsäule knirschte es und ihr verspannter Nacken sendete ein Kopfschmerzsignal an ihr müdes Hirn. Sie hatte die halbe Nacht nicht geschlafen, sondern sich unruhig im Bett gewälzt und sich immer wieder gefragt, wie sie bloß in eine solch unheilvolle Situation hatte geraten können. Wobei unheilvoll nicht der ganzen Wahrheit entsprach. Die Situation war zudem außer Kontrolle. Normalerweise hatte sie im Griff, wer wann was zu tun hatte. Doch nun schien sie zur Befehlsempfängerin degradiert. Schlimmer noch, sie wurde von dieser blonden Polizistin gejagt, die es offenbar auf ihre Einrichtung abgesehen hatte. Ausgerechnet hinter diesen Mauern vermutete diese auf sie losgelassene Superfrau einen Mörder. Dass sie nicht lachte. Nur weil eine Patientin statt Blumen irgendwelche albtraumhaften Bilder aufs Papier brachte, die sie vermutlich aus einem zweitklassigen Horrorvideo hatte, machte das Lilly Krüger doch nicht zu einer Mörderin. Im Gegenteil, diese Patientin war hochgradig suizidgefährdet.

Und jetzt war Mareike damit beschäftigt, eine Liste aller Angestellten aufzustellen, die in den letzten zwei Wochen Kontakt zu Lilly Krüger hatten. Als wenn das nicht schon genug wäre, wollte Laura Kern sämtliche Zulieferer aufgelistet haben, die Zugang zum Gelände hatten. Damit gehörten dann der Gartenbaubetrieb und der Klempner ebenfalls auf die Liste, von all den anderen Firmen ganz zu schweigen. Ob diese oberschlaue Polizistin auch noch den Namen des Postboten brauchte? Der würde sich freuen. Das Gleiche galt für jeden Paketboten. Die wechselten sowieso beinahe täglich. Wie sollte Mareike jemals eine vollständige Liste aufstellen? Hatte ein Paketbote einen Blick über den Gartenzaun geworfen und einer Patientin aus der geschlossenen Abteilung diese schrecklichen Bilder in den Kopf gepflanzt? Mareike schüttelte wütend den Kopf. Wohl kaum. Aber die Polizei hatte natürlich keine Ahnung von Psychologie. Selbstverständlich fragte sich Mareike, wieso Lilly Krüger plötzlich diese Bilder malte. Da ihr Verhalten jedoch ansonsten unverändert war und sie nicht traurig oder aufgelöst schien, hielt Mareike es schlicht für einen Zufall.

Am schlimmsten war die Tatsache, dass Professor Franke seit seinem Zusammentreffen mit Laura Kern alles andere als optimistisch wirkte.

»Wir müssen alles tun, um den Ruf unserer Klinik zu schützen«, hatte er anschließend zu ihr gesagt. »Diese

Polizistin führt etwas im Schilde. Sie spielt nicht mit offenen Karten. Das habe ich ihr angemerkt.«

Doch was sollte Mareike tun? Sie konnte schließlich keine Mordermittlung blockieren. Schuld an allem war Monika Nowak, diese schreckliche Person, die immer nur die Probleme anzog und ihr nun die Polizei auf den Hals gehetzt hatte. Dabei hatte sie gerade vorgehabt, Professor Franke zum Essen einzuladen. Sogar ein Restaurant hatte sie bereits ausgesucht. Etwas Romantisches.

Sie seufzte und rieb sich angestrengt den schmerzenden Nacken. Die Einladung musste warten. Professor Franke hatte sie heute Morgen noch nicht einmal begrüßt. Von ihrer Sekretärin hatte sie erfahren, dass er schnurstracks in sein Atelier marschiert war. Bestimmt war er sauer auf sie. Mareike konnte sich nicht nur eine Beziehung mit ihm abschminken, vermutlich kostete sie diese ganze Angelegenheit am Ende auch noch ihren Job. Krampfhaft dachte sie darüber nach, wie sie die Situation wieder in den Griff bekommen könnte. Wenn sie bloß herausfände, warum diese Patientin plötzlich solche Bilder malte. Oder war es gar nicht plötzlich und bisher hatte einfach bloß niemand von ihnen genau hingeschaut? Monika Nowak arbeitete erst seit zwei Jahren hier. Wer wusste denn schon, ob Lilly Krüger nicht vielleicht bereits früher solche Zeichnungen angefertigt hatte? Selbst in den letzten zwei Jahren konnte Mareike nicht sicher sein, denn Monika Nowak betreute nicht ausschließlich Lilly Krüger. Professor Franke hatte nie etwas über Lilly Krügers Zeichnungen berichtet, außer dass die Patientin sehr talentiert war und so gut zeichnete wie kaum einer seiner ehemaligen Kunststudenten. Ohne Erkrankung wäre sie möglicherweise Künstlerin geworden.

Mareike ging die Liste ihrer Aufgaben erneut durch. Sie hielt bei den Überwachungskameras an. Konnte es sein, dass auf der Station etwas nicht stimmte und Patienten das Haus verließen, ohne dass es ihnen erlaubt war? Vielleicht lag diese Polizistin am Ende doch richtig und Lilly Krüger hatte etwas mit dem Mord zu tun.

Mareike griff zum Telefon und rief den Pförtner an.

»Schönen guten Morgen, Herr Patzek. Wie sieht es mit den Überwachungsvideos aus? Ich brauche dringend die letzten zwei Wochen für die Polizei.«

»Die Sicherheitsfirma will heute die Kopien vorbeibringen. Allerdings zeichnen sie nur achtundvierzig Stunden auf und dann werden die alten Aufnahmen überschrieben.«

»Achtundvierzig Stunden ab wann?« Mareike spürte, wie es hinter ihrer Stirn zu pochen anfing. Die Aufnahmen der letzten achtundvierzig Stunden von gestern an gerechnet wären völlig nutzlos.

»Seit gestern. Da habe ich die Firma informiert. Sie haben sofort eine Sicherung durchgeführt, damit nichts weiter überschrieben wird.«

Na toll. Hörten die schlechten Nachrichten eigentlich nie auf? Egal, sie würde das Material selbst im Schnelldurchlauf sichten. Sie musste wissen, was in ihrer Klinik ablief.

»Sobald Sie die Aufzeichnungen haben, melden Sie sich bitte.«

»Selbstverständlich, Doktor Gerstenberger«, sagte der Pförtner und sie legte auf.

Als Nächstes betrachtete sie die Akten von den Patienten, die Professor Frankes Malkurs besuchten. Drei Männer hatte der Professor ihr markiert. Einer dieser Männer war bereits straffällig geworden und zudem wurde er nur ambulant behandelt. Die anderen beiden erschienen ihr zunächst uninteressant. Mark Fiedler lächelte sie von dem Foto an, das am Tag seiner Aufnahme gemacht wurde. Der Kerl war attraktiv. Der Blick seiner Augen freundlich. Aber das war natürlich irrelevant. Sie musste herausfinden, ob Mark Fiedler etwas mit den Morden zu tun hatte. Sie würde dafür sorgen, dass man den Mörder dieser Frau fand, damit die Ermittlungen nicht den Ruf der Klinik und auch nicht ihre Karriere ruinierten. Entschlossen sprang sie auf, schwang ihre Handtasche über die Schulter und öffnete die Tür ihres Büros.

»Ich bin jetzt ungefähr zwei Stunden unterwegs«, teilte sie ihrer Sekretärin mit. »Bitte stellen Sie nur wichtige Anrufe durch. Das heißt: entweder von der Polizei oder von Professor Franke.«

Ihre Sekretärin nickte. »Gerne. Was mache ich mit Frau Nowak? Sie wollte mit Ihnen sprechen.«

Mareike runzelte die Stirn. Diese Person hatte ihr gerade noch gefehlt.

»Sie soll heute Nachmittag vorbeischauen«, sagte sie und stürmte durch den verwinkelten Flur und den Eingangsbereich hinaus auf den Parkplatz. Als sie ihren Wagen erreichte, stellte sie fest, dass sie nicht losfahren konnte, weil der Getränkelieferant hinter ihr parkte. Mareike eilte zur Fahrerseite und stemmte die Hände in die Hüften. Empört schnappte sie nach Luft, da niemand hinter dem Lenkrad saß.

»Hallo?«, rief sie und lief um das Lieferfahrzeug. Auch die Hecktüren waren geschlossen.

»Hallo? Könnten Sie bitte herauskommen und Ihren Wagen umparken?« Sie schaute sich um und schüttelte wütend den Kopf. Auf dem Parkplatz waren etliche Lücken frei. Warum musste dieses verdammte Fahrzeug ausgerechnet sie zuparken? Sie verzichtete darauf, gegen die Seitenwand zu trommeln, als ihr niemand antwortete.

»Das kann doch nicht wahr sein«, stieß sie laut aus, blickte sich jedoch sofort um. Sie konnte es sich nicht leisten, dabei beobachtet zu werden, wie sie mit sich selbst sprach oder ausflippte, nur weil der Getränkelieferant zu faul war, in eine Parklücke zu fahren.

Verärgert schaute sie auf die Uhr und lief vor dem Wagen auf und ab. Wie lange dauerte es eigentlich, ein paar Getränkekisten in die Klinik zu bringen?

Fünf Minuten waren bereits verstrichen. Mareike spürte, wie sie die Geduld verließ. Sie überlegte, ihre Sekretärin anzurufen, damit diese den Fahrer ausfindig machte und umgehend herschickte. Gerade als sie das Handy aus der Handtasche zog, erschien ein junger Mann mit einer Sackkarre, auf der sich fünf leere Flaschenkästen stapelten.

»Ist das Ihr Fahrzeug?«, fragte Mareike, obwohl ihr klar war, dass es sich um den Fahrer des Lieferwagens handelte.

»Ja, wieso?«

»Sie parken meinen Wagen zu und ich muss zu einem dringenden Termin.«

»Ich muss noch die leeren Kästen einladen und fünf volle in die Klinik bringen«, erklärte der Mann und ließ

sie einfach stehen. In aller Ruhe öffnete er die Hecktüren und lud die leeren Kästen ein.

»Entschuldigung?« Mareike wäre am liebsten noch
lauter geworden. Natürlich beherrschte sie sich. »Wie
gesagt, ich habe einen dringenden Termin«, wiederholte
sie. »Ich muss Sie deshalb bitten, Ihren Wagen jetzt
wegzufahren, damit ich aus der Parklücke komme.«

Der Mann lud den letzten Kasten ein, ohne auf sie
zu reagieren. Er schaute sie nicht einmal an. Seine Baseballmütze hatte er so tief in die Stirn gezogen, dass sie
nur seine Nasenspitze und den Vollbart sah. Sie mochte
diesen neumodischen Trend nicht. Nichts ging über ein
glatt rasiertes Männerkinn.

Als der Lieferant in den Laderaum klettern wollte,
um einen vollen Kasten abzuladen, versperrte sie ihm
den Weg.

»Jetzt!«, zischte sie. »Ansonsten spreche ich mit
Ihrem Chef. Und zu Ihrer Information: Ich bin die
Leiterin der Klinik!«

»Schon gut«, brummte der Mann und packte die
Sackkarre. Er hob sie wortlos in das Auto und verschloss
die Türen. Dann stieg er endlich ein und fuhr ein paar
Meter vor.

»Verdammter Idiot«, schimpfte Mareike und stieg in
ihren Wagen. Wenigstens hatte er keine Diskussion
angefangen. Vielleicht würde sie sich trotzdem bei
seinem Chef beschweren oder einfach den Getränkelieferanten wechseln. Auf solche Manieren konnte sie
wirklich verzichten. Dieser Fahrer verärgerte schließlich
nicht nur sie, sondern vermutlich auch andere Mitarbeiter oder Patienten und Besucher, im schlimmsten Fall
jemanden aus dem Aufsichtsrat.

Sie trat aufs Gas und brauste an dem Lieferwagen vorbei. Egal. Sie hatte keine Zeit, sich mit einem rücksichtslosen Lieferanten herumzuärgern. Sie musste mit Mark Fiedler aus dem Malkurs sprechen und herausfinden, ob er etwas mit den Zeichnungen von Lilly Krüger zu tun hatte.

13

J oachim Beckstein blickte ernst in die Runde. Der Leiter des Dezernats für Entführungen, erpresserischen Menschenraub und Tötungsdelikte war für seine Wutausbrüche bekannt. Sobald er den Besprechungsraum im Erdgeschoss des Landeskriminalamtes betreten hatte, waren alle Gespräche verstummt und einer unheilvollen Stille gewichen. Trotz dieses Charakterfehlers war Beckstein ein hervorragender Leiter und er stand immer hinter Laura, egal wie schwierig die Situation auch sein mochte.

»Die Innensenatorin ist im Anmarsch und wir brauchen dringend Ermittlungserfolge. Wir haben zwei tote Frauen und die Medien laufen sich langsam warm. Es gehen bereits Gerüchte über einen Serienkiller um.« Becksteins Blick schweifte abermals durch den Raum und blieb an Laura kleben.

Sie lächelte und winkte ihn zu sich. Hinter ihr waren am Whiteboard sieben Namen aufgelistet.

»Wir sind gerade dabei, neue Fakten zusammenzutragen«, erklärte sie und deutete auf den ersten Namen. »Detlef Schuster, ein Obdachloser, hat die tote Annika Weber in der Holzkiste gefunden. Lutz Reimer, ein Lkw-Fahrer, war in der Nacht ebenfalls am Fundort und könnte die Leiche dort abgelegt haben. Er hat in der Befragung gelogen, denn er war nicht allein unterwegs. Näheres erläutert gleich Peter Meyer. Das erste Opfer hatte eine Affäre mit Björn Lohmann und es gab Spannungen in der Beziehung, weil Lohmann seine Ehefrau nicht verlassen wollte. Und dann wären da noch Professor Franke und drei Patienten aus seinem Malkurs, die einen Bezug zu den Taten haben könnten. Es gibt noch weitere Mitarbeiter der Klinik, die wir überprüfen müssen. Monika Nowak, Doktor Mareike Gerstenberger und Maik Brückert, um einige Namen zu nennen.«

»Und was ist mit dem zweiten Opfer?«, fragte Beckstein und blieb in der Tür stehen.

»Leider wissen wir noch nicht, um wen es sich handelt. Bisher gibt es ein paar Gemeinsamkeiten zwischen den Morden. Jedes Mal wurde ein schwarzer Pick-up in der Nähe gesichtet. Beide Frauen wurden offenbar gefoltert und anschließend erdrosselt. Zudem wurde bei jeder ein präparierter Schmetterlingsflügel sichergestellt.« Laura wusste, das war nicht besonders viel an Erkenntnissen. Aber sie hatten die zweite Tote erst gestern Abend gefunden. Sie hatte ihr Team bereits heute Morgen zusammengerufen, um keine Zeit zu verlieren. Schneller konnten sie wirklich nicht arbeiten. Max nahm nicht an der Besprechung teil, weil er die Anzeigen zu vermissten Personen auswertete, die Sophie

Rudolph aus der Datenbank selektiert hatte. Solange sie den Namen der Toten nicht kannten, konnten sie keinen Verdächtigen von der Liste streichen. Sie mussten zuerst herausfinden, wer von ihnen beide Opfer kennen konnte.

Joachim Beckstein schaute demonstrativ auf seine Uhr.»Ich habe der Innensenatorin versprochen, dass wir schnellstmöglich Ergebnisse liefern. Diese Frau ist ja nicht vom Himmel gefallen. Jemand muss sie vermissen. Ihre Eltern, ihr Freund, ihr Arbeitgeber. Ganz egal. Ich brauche einen Namen und ...« Er drehte sich zu dem Whiteboard um.»Sieben Verdächtige sind mir zu viel. Sehen Sie zu, dass maximal zwei daraus werden. Ich muss wieder los. Marion Schnitzer trifft jede Sekunde ein.« Er klatschte in die Hände und verschwand so schnell, wie er gekommen war.

Laura ließ sich von seinem Auftritt nicht irritieren. Sie blickte Peter Meyer an.

»Sie haben die beste Freundin von Annika Weber befragt und auch die Prostituierte, die mit Lutz Reimer im Lkw saß. Können Sie uns davon berichten?«

Peter Meyer nickte und blätterte in seinen Unterlagen.

»Nancy Polckert befand sich zum Zeitpunkt von Annika Webers Verschwinden mit ihren Eltern an der Ostsee. Sie kann also zum fraglichen Tag nichts sagen. Die Affäre mit dem Marktleiter Björn Lohmann hat sie bestätigt, ebenso, dass es in letzter Zeit häufiger zum Streit zwischen den beiden kam.« Peter Meyer blätterte weiter und sah kurz auf.»Ich befürchte, auch mit der Befragung von Doro Kopke, der Prostituierten, kann ich nicht wirklich etwas zur Aufklärung beitragen. Fest steht, dass Lutz Reimer sie bei sich im Lkw hatte. Auf dem Parkplatz vor der Halle, in der Annika Webers Leiche gefunden wurde, kam es zum Geschlechtsverkehr. Danach brachte Reimer die Prostituierte zurück. Insgesamt waren sie offenbar zwei Stunden zusammen.«

»Das bedeutet, Lutz Reimer hat kein ausreichendes Alibi«, stellte Laura fest und wandte sich zu Martina Flemming aus dem Rechercheteam. »Müssen wir noch etwas über Lutz Reimer wissen? War er schon einmal straffällig?«

Martina Flemming schüttelte den Kopf. »Nein. Er hat ein paar Punkte in Flensburg, ansonsten ist er sauber. Gleiches gilt übrigens für Detlef Schuster, den Obdachlosen, der die Tote entdeckt hat.«

»Wurde in der Wohnung des Opfers etwas Besonderes festgestellt?«, fragte Laura weiter.

Dennis Struck räusperte sich. »Wir haben alles noch einmal auf den Kopf gestellt. Leider haben wir wie auch schon die Kollegen vor drei Monaten nichts gefunden. Keine Briefe, Nachrichten oder Sonstiges. Ihr Handy bleibt verschwunden und auch der Ausweis und das Portemonnaie. Der Laptop wird nochmals von Simon Fischer ausgewertet. Ansonsten gab es keinerlei Einbruchsspuren.«

Peter Meyer meldete sich zu Wort. »Wir haben die Nachbarn erneut befragt. Auch sie haben in den Tagen vor Annika Webers Verschwinden nichts Auffälliges bemerkt. Niemand hat sich vor dem Haus herumgetrieben und Männerbesuch hatte Annika Weber nur selten. Meist war es ihr Bruder oder Björn Lohmann.«

Laura sah zu Simon Fischer, der sich sofort gerade aufsetzte und ihr zuzwinkerte. »Ich habe zuerst die

Überwachungsvideos der Tankstelle analysiert. Der Lkw von Lutz Reimer fährt zweimal dort vorbei. Zuerst mit Doro Kopke gut sichtbar auf der Beifahrerseite und eine Stunde später hat er die Rückfahrt angetreten. In dieser Videosequenz ist allerdings nur Reimer im Lkw zu erkennen. Die Person auf dem Beifahrersitz leider nicht. Ich kann aber bestätigen, dass er auch auf der Rückfahrt nicht allein im Fahrerhaus saß. Nach einem schwarzen Pick-up habe ich ebenfalls gesucht.« Simon zog die Schultern hoch. »Nichts. Weder am fraglichen Tag noch in den Tagen davor und auch nach dem Leichenfund nicht. Ich habe mir gestern die neuen Aufnahmen von der Tankstelle besorgt. Nur für den Fall, dass der Täter noch mal zur Halle gefahren sein könnte.«

»Was ist mit dem Laptop des Opfers?«, fragte Laura.

»Ich habe mir sämtliche Nachrichten, Kontakte und Browserverläufe angesehen. Ihr Bruder und Björn Lohmann tauchen auf, sonst niemand.«

»Und wie haben das Opfer und Lohmann kommuniziert? Hatten sie Streit?«, wollte Laura wissen.

»Nein. Gar nicht. Es waren nicht viele Nachrichten und wenn, dann verabredeten sie sich zum Essen oder in Annika Webers Wohnung.«

»Verstehe«, erwiderte Laura und tippte auf das Whiteboard. »Auch wenn wir den Pick-up auf den Überwachungsvideos nicht finden konnten, so wissen wir doch, dass Björn Lohmann einen fährt. Ich möchte, dass Martina Flemming zu jedem dieser Namen eine Hintergrundanalyse macht. Vielleicht sammelt einer von ihnen Schmetterlinge. Wir wissen, dass der Schmetterlingsflügel in der Hand des ersten Opfers professionell präpariert war. Peter Meyer soll die Menschen aus

Annika Webers Umfeld befragen. Dazu gehören Lohmanns Ehefrau und die Mitarbeiter des Marktes für Tierbedarf. Parallel kümmere ich mich mit Max um das Klinikpersonal. Ich denke, hinter den Zeichnungen von Lilly Krüger steckt mehr, als auf den ersten Blick ersichtlich ist. Ich möchte auch mehr über Professor Stefan Franke und Mark Fiedler wissen. Sobald wir die Identität des zweiten Opfers festgestellt haben, können wir auf diese Weise schnell Zusammenhänge zwischen den beiden Morden herausfinden.«

Wie auf Kommando erschien Max in der Tür. Er wedelte mit einem Blatt Papier und eilte durch den Besprechungsraum auf Laura zu.

»Wir kennen mit hoher Wahrscheinlichkeit die Identität des zweiten Opfers«, verkündete er freudig. »Wir müssen natürlich noch die DNA-Analyse abwarten, weil das Gesicht aufgrund der Schwellungen nicht hundertprozentig zu erkennen ist. Aber ich glaube, es handelt sich um Finja Grothe, vierundzwanzig Jahre alt, Kunststudentin an der Universität der Künste in Berlin. Sie wird seit acht Wochen vermisst. Ihre Mitbewohnerin hat die Anzeige bei der Polizei aufgegeben. Sie heißt Tanja Michalski. Laut ihren Angaben ist Finja Grothe nach einer Veranstaltung an der Uni nicht mehr zurückgekehrt. Liiert war sie nicht. Gewohnt hat sie nur zehn Minuten vom ersten Opfer entfernt. Ob die beiden sich kannten, konnte ich in der Kürze der Zeit nicht herausfinden.«

Martina Flemmings Hand schnellte nach oben. »Ich kümmere mich darum«, versprach sie und machte sich eine Notiz.

»Okay, wir sollten damit warten, die Angehörigen zu

informieren, bis die Rechtsmedizin die Identität des Opfers bestätigt hat. Überprüfen Sie bitte auch, ob Professor Stefan Franke das Opfer kannte«, bat Laura. »Und das Team von Peter Meyer soll sich in der Bungalow-Siedlung umhören. Vielleicht finden wir Zeugen, die einen schwarzen Pick-up gesehen haben. Das war es fürs Erste. Lassen Sie uns loslegen.«

14

E in paar Stunden später saß Laura mit Max in der psychiatrischen Klinik und unterdrückte einen Seufzer. Sie waren mittlerweile bei der zehnten Befragung angelangt, die sich als ziemlich mühsam erwies. Dr. Gerstenberger hatte ganze Arbeit geleistet und ihnen eine Liste mit knapp fünfzig Personen überreicht, die kürzlich Kontakt mit Lilly Krüger gehabt haben könnten. Dabei hatte sie jede noch so kleine Möglichkeit bedacht und sogar den Hausmeister, den Gärtner und den Postboten einbezogen. Auch hatte sie dafür gesorgt, dass Laura und Max Zugang zu einem eigenen Raum in der Klinik bekamen, in dem sie die Befragung des Personals durchführen konnten. Dr. Gerstenbergers Sekretärin hatte mit den betreffenden Mitarbeitern Termine verabredet. Einer nach dem anderen erschien bei ihnen zum Gespräch. Laura schaute sehnsüchtig auf die Uhr. In fünf Minuten gab es

eine Kaffeepause. Und diesen Kaffee brauchte sie mehr
denn je.

»Wann hatten Sie zuletzt Kontakt mit Lilly Krüger?«,
hörte sie sich fragen und die Antwort des Mannes folgte
prompt.

»Ich spreche nicht mit Patienten. Wir kümmern uns um
die Bepflanzung, den Schnitt und die Bewässerung. Ich
habe es mir angewöhnt, nicht auf Patienten zu achten.« Der
Mann verzog das Gesicht. »Man weiß ja nie. In dieser Klinik
gibt es auch eine geschlossene Abteilung.« Der Mann
verschränkte die Arme vor der Brust. »Ich bin jedenfalls
nicht so blöd, auch nur einen von denen anzusprechen.
Meist sehe ich nicht mal hoch, wenn jemand vorbeigeht.«

»Könnten Sie uns bitte genau angeben, wann in den
letzten Tagen Sie in der Klinik tätig waren?«

Der Mann gab ihnen Auskunft und Laura notierte
sich die Angaben in einem Stundenplan. Sie konnten im
Nachgang überprüfen, ob er und Lilly Krüger zur selben
Zeit im Garten waren.

»Vielen Dank«, sagte Laura anschließend und
wartete, bis der Mann den Raum verlassen hatte.

»Zeit für einen Kaffee«, stieß sie aus.

Max sprang auf und öffnete das Fenster. »Du siehst
aus, als könntest du eine kleine Aufmunterung
gebrauchen.«

»Ich weiß, dass wir gründlich vorgehen müssen.
Trotzdem habe ich das Gefühl, wir kommen keinen
Schritt voran.« Laura seufzte jetzt doch. »Ich hätte viel
lieber die Pflegekräfte und Teilnehmer der Kunsttherapie zuerst befragt.«

»Ich auch. Aber wir müssen wohl bis heute Nachmittag abwarten. Die Sekretärin von Doktor Gerstenberger konnte es nicht anders einrichten, wie du weißt. Sei zufrieden, dass Lilly Krüger außer ihren Eltern keinen Besuch bekommt. Sonst wäre unsere Liste noch länger.«

»Ja, klar. Ich bin im Grunde genommen froh, dass Doktor Gerstenberger mit ihrer Sekretärin alles organisiert hat. Würden wir all diese Personen zur Befragung ins LKA bitten, hätten wir allein wegen der Einladungen viel länger gebraucht«, entgegnete Laura und folgte Max in die Kaffeeküche. Schon der Duft von gerösteten Kaffeebohnen tat ihr gut. Sie nahm einen tiefen Atemzug und nippte bereits auf dem Weg zurück in den Befragungsraum genüsslich an ihrer Tasse.

»Als Nächstes kommen die Lieferanten dran. Essen, Getränke, Medikamente«, brummte Max.

»Vermutlich sind die Patientenkontakte in dieser Personengruppe gering. Aber wer weiß schon, was im Kopf unseres Täters abgeht. Vielleicht spielt er gerne den Beobachter und versucht auf diese Weise, die Situation zu kontrollieren.«

Auf Max' Stirn erschien eine Falte. »Die Lieferanten kennen sich im Klinikgebäude aus, das eröffnet Möglichkeiten. Aber meiner Meinung nach wäre die Zeit zu knapp, um eine Patientin dazu zu bringen, Bilder von Morden zu zeichnen. Dafür müsste der Täter erheblich mehr Zeit mit Lilly Krüger verbringen.«

»Das denke ich auch.« Laura stürzte den restlichen Kaffee in ihrer Tasse in einem Zug hinunter. »Lass uns weitermachen. Noch zehn Personen, vielleicht wird es spannend.«

Sie nahmen wieder ihre Plätze ein und stellten sich vor, als der nächste Lieferant hereinkam.

»Ich liefere einmal in der Woche Getränke«, sagte er.

»Haben Sie Kontakt zu den Patienten?«, fragte Max. Laura wunderte sich, warum Dr. Gerstenberger jemanden vorbeischickte, der vermutlich nie mit Patienten der geschlossenen Abteilung zu tun hatte.

Wie erwartet, antwortete der Lieferant: »Nein, ich nutze einen Nebeneingang direkt zur Küche, wo ich die vollen Kästen ablade und die leeren mitnehme. Oft sehe ich nicht einmal den Chef und muss jemanden suchen, der die Quittung unterschreibt.«

Trotzdem ließen sie sich die Zeiten nennen, zu denen er das Klinikgebäude betrat. Noch bevor der Mann den Raum verließ, hatte Laura die Informationen in ihrem Plan vermerkt. Der nächste Fahrer, der Medikamente lieferte und sie an eine Rezeptionsschwester übergab, reagierte auf die Frage nach Patientenkontakt mit einem Augenrollen. Laura hielt auch seine Zeitangaben fest, ebenso wie die der Nahrungsmittellieferanten und der drei weiteren Zulieferer.

Als sich die Tür wieder öffnete, trat ein Pfleger ein. Vielleicht kamen sie jetzt dem möglichen Täterkreis näher.

»Ich bin Maik Brückert«, stellte sich der hochgewachsene Mann um die vierzig vor.

»Was können Sie uns über Lilly Krüger berichten?«, fragte Laura erwartungsvoll.

»Sie ist eine unkomplizierte Patientin. Ich sehe sie mehrmals in der Woche, je nach Dienstplan.«

»Sind Ihnen in letzter Zeit Veränderungen an der Patientin aufgefallen? Wirkte sie nervös oder bedrückt?«

Maik Brückert zuckte mit den Achseln. »Sie verhält sich eigentlich immer gleich. Sie sitzt am Tisch und malt. Meist nimmt sie überhaupt keine Notiz von einem und sprechen tut sie sowieso nicht. Ansonsten habe ich nichts Besonderes bemerkt, auch nicht die schlimme Zeichnung, die sie angefertigt hat. Da müssten Sie mit meiner Kollegin Monika Nowak reden.«

»Arbeiten Sie häufig mit Frau Nowak zusammen?«, wollte Laura wissen.

»Ja. Sie ist sehr engagiert, aber oft ist das anstrengend.«

»Inwiefern?«, hakte Laura nach, weil sie spürte, dass da mehr war.

Brückert verzog die Lippen. »Sie lässt sich zu viel Zeit und dann fällt die Arbeit auf andere ab. Jeder Patient muss versorgt werden.«

»Verstehe«, erwiderte Laura und lenkte den Fokus wieder auf Lilly Krüger. »Haben Sie denn eine Erklärung für diese Zeichnung?«

Brückert schüttelte den Kopf. »Nein. Mir wäre sie aber vermutlich auch entgangen. Sie müssen sich vorstellen, dass Lilly Krüger am Tag locker zehn Aquarelle malt. Wer sollte da schon den Überblick behalten?«

Das war ein Punkt, den Laura bisher nicht auf dem Schirm hatte.

»Werden diese Zeichnungen irgendwo aufbewahrt?«

»Lilly behält sie in ihrem Zimmer. Von Zeit zu Zeit bitten wir sie, einige der Stapel zu entsorgen, weil der Platz nicht reicht.«

»Und das macht sie einfach mit? Ich meine, es sind ja Kunstwerke.«

»Begeistert ist sie davon sicherlich nicht. Aber bei

mir hat sie sich deswegen noch nie beschwert. Allerdings habe ich auch keinen besonderen Draht zu ihr. Ich behandle sie wie alle anderen.«

»Danke«, sagte Laura und drückte Brückert eine Visitenkarte in die Hand.

Als der Mann den Raum verlassen hatte, machte sie sich eine Notiz.

»Wir sollten uns alle Zeichnungen in Lilly Krügers Zimmer anschauen. Dieser Pfleger hat völlig recht. Niemand überwacht, was diese Patientin am Tag malt. Da könnten noch ganz andere Dinge auftauchen. Womöglich stoßen wir so auf eine Erklärung.«

Der nächste Pfleger trat ein und Laura und Max wiederholten ihre Fragen. Weder er noch eine der nächsten Mitarbeiterinnen hatten in den letzten zwei Wochen eine Verhaltensänderung bei Lilly Krüger festgestellt. Eine Pflegerin namens Sylvia Ahlers sprach aus, was vermutlich die anderen dachten.

»Niemand beachtet die Zeichnungen einer Patientin, außer vielleicht der therapierende Arzt. Lilly Krüger hätte genauso gut grüne Aliens malen können, ohne dass es jemandem aufgefallen wäre.«

Niemand bis auf Monika Nowak, dachte Laura und überlegte, ob diese es womöglich übertrieben hatte. Doch das glaubte sie nicht. Laura spürte, dass sie auf der richtigen Fährte waren, auch wenn der gesamte Tag bisher keine greifbaren Ergebnisse geliefert hatte und ihre Geduld erheblich auf die Probe stellte.

Endlich erschien Professor Franke mit dem Patienten aus seinem Malkurs, der bereits einschlägig wegen Vergewaltigung und Körperverletzung vorbestraft war.

»Ich bringe Ihnen Herrn Fiedler mit«, sagte der Professor. Als er Laura die Hand zum Gruß drückte, raunte er ihr zu: »Bisher hat sich Lilly Krüger nicht geöffnet. Wollen Sie trotzdem heute noch einmal mit ihr sprechen?«

»Wenn es sich einrichten lässt, gerne.«

Professor Franke lächelte. »Natürlich. Geben Sie mir Bescheid, wann es losgehen kann.« Er wandte sich Max zu und begrüßte ihn ebenfalls.

»Falls Sie mich brauchen, ich bin in meinem Atelier«, verkündete er anschließend und ließ sie mit Mark Fiedler allein.

Laura stellte sich und Max vor und fragte: »Wann haben Sie Lilly Krüger zuletzt gesehen?«

Mark Fieder überlegte, während er die Augenbrauen nachdenklich zusammenzog.

»Vorgestern«, erklärte er schließlich. »Wir hatten Malkurs und Lilly und ich haben Gänseblümchen gemalt.« Er grinste und auf seinen Wangen erschienen zwei Grübchen. Für einen Moment war Laura fassungslos. Dieser Mann schien auf den ersten Blick freundlich und warmherzig. Doch laut seiner Akte handelte es sich um einen verurteilten Straftäter. Jemanden, der alles andere als nett zu Frauen war. Ohne dass sie es wollte, tauchte das Monster in ihrem Kopf auf, das sie damals entführt hatte. Auch Andreas Hobrecht hatte gütige blaue Augen gehabt, der Grund, warum sie als Elfjährige bedenkenlos und naiv zu ihm ins Auto gestiegen war.

»Ist Ihnen an Lilly irgendetwas aufgefallen? War sie anders als sonst?«

Fiedler schob die Unterlippe hervor. »Nein. Aber ich kenne sie auch erst seit ein paar Wochen. Sie spricht nicht. Ist aber ansonsten total gechillt. Also sie macht alles in Seelenruhe und selbst wenn der verrückte Professor drängelt, ist es ihr völlig egal.«

»Verrückter Professor? Wie meinen Sie das?«

Mark Fiedlers Augenbrauen schossen überrascht in die Höhe. »Nun sagen Sie bloß nicht, Sie hätten nichts bemerkt.« Er steckte die linke Hand in die Hosentasche und straffte die Schultern. »Er ist stocksteif und wenn Sie mich fragen auch zwanghaft. Er wäscht seinen Pinsel immer mit genau drei Drehbewegungen aus und streift ihn anschließend fünfmal am Tuch ab. Jedes Mal tut er das. Zum ersten Mal ist es mir aufgefallen, als wir Schmetterlinge gemalt haben. Ich dachte, ich werde verrückt, und jetzt muss ich leider jedes Mal hinschauen.« Er rieb sich für einen Moment die Schläfen. »Ich kann nicht aufhören, ihn zu beobachten. Selbst Lilly hat es inzwischen bemerkt.« Wieder verzogen sich Fiedlers Lippen zu einem Grinsen.

»Welche Art von Schmetterlingen haben Sie denn gemalt?«, fragte Laura interessiert.

»Oje. Ich habe mir die Namen nicht gemerkt. Die Viecher waren auf einem Brett festgesteckt. Der Professor hat sie wie seine Trophäen behandelt. Lassen Sie mich nachdenken. Einer hieß irgendetwas mit Pfau. Ja, richtig, Tagpfauenauge.«

Laura warf Max einen alarmierten Seitenblick zu.

»Und Lilly hat auch Schmetterlinge gezeichnet?«, wollte sie wissen. »Ich dachte, sie mag hauptsächlich Blumen.«

Mark Fiedler lehnte sich lässig in seinem Stuhl zurück und betrachtete Laura von oben bis unten. Sie konnte seine Gedanken regelrecht lesen. Er fragte sich hundertprozentig, warum sie lange Hosen und eine geschlossene Bluse mitten im Hochsommer trug. Sie kniff die Augen zusammen.

»Sie stellen dieselben komischen Fragen wie Doktor Gerstenberger gestern. Die ist bei mir zu Hause aufgeschlagen und wollte wissen, was ich mit Lilly angestellt hätte und warum sie plötzlich keine Blumenbilder mehr malt. Ich habe ihr auch schon erklärt, dass sie diese verdammten Schmetterlinge nicht gemalt hat. Der Professor hat es nicht mitbekommen, aber das Schmetterlingsbild ist ausschließlich von mir.«

Laura holte tief Luft. Mit dieser Antwort hatte sie nicht gerechnet.

»Jetzt aber mal langsam«, brummte Max. »Doktor Gerstenberger hat Ihnen also Fragen gestellt. Welche denn?«

Mark Fiedler hob die Schultern. »Was ich eben schon berichtet habe. Sie wollte wissen, ob Lilly auch andere Bilder malen würde, außer Blumen. Da habe ich ihr erzählt, dass sie nicht einmal Schmetterlinge malen möchte.«

»Kennen Sie noch weitere Bilder von Lilly, auf denen keine Blumen sind?«, hakte Max nach.

Fiedler schüttelte den Kopf. »Ist das eine Falle? Doktor Gerstenberger hat mir genau dieselbe Frage gestellt.«

Max seufzte. »Okay. Gehen wir Ihre Alibis durch. Was haben Sie gestern Abend gemacht?«

Mark Fiedler sprang entsetzt auf. »Alibi?«, rief er. »Verdammt! Ich sage gar nichts mehr ohne meinen Anwalt.«

15

Monika ärgerte sich. Obwohl sie inzwischen fast jedem Patienten die gleiche Zeit widmete und sogar noch Überstunden machte, registrierte Dr. Gerstenberger nichts davon. Sie hatte nicht einmal mehr Zeit für sie. Seit gestern versuchte Monika, mit ihr ins Gespräch zu kommen, um zu erfahren, ob sie sich auf dem richtigen Kurs befand. Und sie interessierte sich auch für Neuigkeiten, was Lilly Krüger anging. Sie hatte Professor Franke zusammen mit der LKA-Beamtin im Garten gesehen. Natürlich hatte Lilly kein Wort gesagt. Anscheinend hatte dieses Zusammentreffen wenig gebracht und zudem machte Professor Franke seitdem ein Gesicht wie sieben Tage Regenwetter. Und obwohl er sonst ständig um Dr. Gerstenberger herumscharwenzelte, war er am nächsten Morgen sofort in seinem Atelier verschwunden, ohne den Morgenkaffee, den er üblicherweise mit ihr einnahm. Dieses unglaubliche Verhalten war das Hauptthema unter den Mitarbeitern. Hatten die beiden sich überworfen? Sylvia hatte noch vor einer Woche gewettet, dass bald die Hochzeitsglocken läuten würden. Aber damit lag sie nun wohl völlig daneben.

Dr. Gerstenberger schien mit ihren Nerven ebenfalls am Ende zu sein. Sie hatte den Getränkelieferanten beschimpft. Der arme Mann schlich seitdem mit eingezogenem Kopf zur Klinikküche und blickte kaum auf. Er tat Monika leid. Sie wusste selbst, wie verletzend Dr. Gerstenberger sein konnte. Bei der Belegschaft hatte er jedenfalls Sympathiepunkte gesammelt, weil er die Klinikleiterin zugeparkt hatte.

Monika schaute auf die Uhr. Ihre Schicht neigte sich dem Ende zu. Sie hatte noch einen letzten Patienten auf der Liste, um den sie sich kümmern musste. Zögerlich ging sie auf sein Zimmer zu. Andreas Kunert würde morgen verlegt werden. Sie hatte versucht, ihm nicht mehr zu begegnen. Doch sie stellte die Dienstpläne nicht auf und konnte nur schwer etwas daran verändern. Ausgerechnet heute hatte sie den Feuerwehrmann zugeteilt bekommen. Dabei wäre sie froh gewesen, ihn nie wiederzusehen.

Als sie vor Kunerts Zimmertür stand, schloss sie die Augen und atmete tief durch. Sie wollte sich ihre Enttäuschung über ihn nicht anmerken zu lassen. Professionell und schnell, dachte sie und stieß die Tür auf.

»Wie geht es Ihnen heute?«, fragte sie viel fröhlicher als nötig und erntete einen aufmerksamen Blick von Kunert.

Sie nahm die frisch gefüllte Tablettenschachtel vom Tablett und stellte sie auf den Tisch am Bett des Patienten.

»Ist alles in Ordnung?«, fragte der Feuerwehrmann und Monika erstarrte förmlich. Sie hatte es vermasselt. Nicht mal eine Sekunde hatte sie durchgehalten.

»Ja, alles bestens«, antwortete sie mit dünner Stimme und begann seinen Blutdruck zu messen.

»Ich werde morgen verlegt«, brummte Andreas Kunert, nachdem sie ihm die Blutdruckmanschette wieder abgenommen hatte. »Ich wollte mich bei Ihnen bedanken. Sie haben mir in dieser schweren Zeit wirklich sehr geholfen.«

Monika biss sich auf die Zunge. Dieser scheinheilige Mistkerl. Hatte er nicht begriffen, dass sie ihn inzwischen durchschaute?

»Sie haben ziemlich viel Stress, was?«, redete Kunert weiter und öffnete den Schrank. Als er sich wieder zu ihr umdrehte, hielt er ein in goldenes Papier verpacktes Geschenk in den Händen. Er räusperte sich.

»Das ist für Sie. Ich hoffe, Sie mögen Schokolade.« In seinen Augen glitzerten Tränen.

Plötzlich konnte Monika nicht mehr an sich halten. Alles, was er ihr nicht erzählt hatte, vergaß sie im selben Moment. Sie sah nur noch den Menschen, der verletzlich vor ihr stand und der es aus ganzem Herzen ernst meinte. Monika spürte, dass sie sich nicht irrte.

»Danke«, hauchte sie und umarmte den Feuerwehrmann, der sie mit starken Armen auffing.

»Ich dachte schon, Sie weichen mir aus«, flüsterte er heiser.

Monika erwachte aus ihrem Gefühlsausbruch und löste sich von ihm.

»Warum haben Sie mir nichts von der Zigarette erzählt?«

Andreas Kunert sah sie kummervoll an. »Ich wollte, dass Sie mich mögen. Sie sollten kein Monster in mir sehen. Es tut mir leid.«

Monika lächelte. »Schon gut. Ich kann es verstehen. Aber lügen Sie mich bitte nie wieder an.«

Dann verließ sie das Zimmer und stürmte über den grauen Flur ins Schwesternzimmer, um sich ein Taschentuch aus der Handtasche zu holen. Sie schnäuzte hinein und atmete so lange tief ein und aus, bis sie sich wieder beruhigt hatte. Andreas Kunert war kein schlechter Mensch, auch wenn alle anderen es glaubten, dachte sie trotzig und schaute auf die Uhr. Zu Hause wartete niemand auf sie und trotzdem wollte Monika jetzt auf ihrer Couch sitzen und sich ausruhen. Sie packte ihre Sachen zusammen und als sie die Tür hinter sich schloss, fiel ihr ein, dass sie Lilly heute noch nicht gesehen hatte. Sie eilte zu ihrem Zimmer und trat leise ein.

Zu ihrer Verwunderung saß die Patientin nicht an ihrem Tisch. Sie war überhaupt nicht da.

»Professor Franke hat sie mitgenommen«, brummte Maik Brückert, der gerade an der offenen Tür vorbeikam und sie bemerkt hatte.

»Aber jetzt ist doch gar kein Malkurs«, erwiderte sie.

Maik Brückert zuckte mit den Achseln. »Mag sein. Ich denke trotzdem, sie sind in seinem Atelier.« Er schob den Wagen mit Medikamenten weiter und verschwand aus Monikas Blickfeld.

Sie blickte sich in Lillys Zimmer um. Auf dem Tisch stapelten sich Aquarelle. Eines sah schöner aus als das andere. Monika liebte Lillys Arbeiten. Sie nahm das oberste Blatt in die Hand und betrachtete die kräftigen

Farben eines Stiefmütterchens. Dann legte sie das Bild zurück. Es war Zeit, Feierabend zu machen. Als sie sich zur Tür drehte, fiel ihr Blick auf Lillys Kopfkissen. Einige Blätter ragten darunter hervor. Neugierig schaute Monika nach, was Lilly wohl gemalt hatte, und erstarrte im selben Augenblick. Noch im Patientenzimmer wählte sie mit zittrigen Fingern die Nummer auf der Visitenkarte, die Laura Kern ihr gegeben hatte.

16

Laura und Max hatten drei Zeichnungen vor sich auf dem Tisch in der Kaffeeküche der Klinik ausgebreitet und betrachteten sie schweigend, während Monika Nowak mit zusammengepressten Lippen vor ihnen stand, aus denen jegliches Blut gewichen schien. Heiße Lava schoss durch Lauras Blutbahnen und sammelte sich in ihrer Magengegend. Drei neue Zeichnungen bedeuteten drei weitere tote Frauen. Sie konnte es nicht fassen. Der Täter wollte sie offensichtlich in Panik versetzen.

»Wir müssen Sie das noch einmal fragen, Frau Nowak. Sie haben diese Zeichnungen unter Lilly Krügers Kopfkissen gefunden?« Laura sah, wie die Lippen der Krankenpflegerin zu zittern begannen.

»Ja, es war purer Zufall. Die Zeichnungen lugten ein Stückchen hervor und da habe ich das Kopfkissen angehoben und ...« Sie sprach nicht weiter und machte eine fahrige Handbewegung quer über die drei Blätter, die sich bei dem entstehenden Luftzug leicht bewegten.

»Könnte es sein, dass nicht Lilly Krüger, sondern jemand anderes diese Zeichnungen angefertigt hat?«, fragte Laura. »Sie malt sonst mit Aquarellfarben und diese schrecklichen Zeichnungen mit toten Frauen wurden alle mit Buntstiften gezeichnet.«

Monika Nowak atmete schwer. »Das habe ich auch überlegt, aber ich war selbst dabei, als sie die erste Zeichnung anfertigte. Ich habe gesehen, wie sie die Kiste mit dem Stift skizzierte.«

Laura suchte krampfhaft nach einer logischen Erklärung, weil ihr absolut nicht einleuchten wollte, dass Lilly Krüger über hellseherische Fähigkeiten verfügte. Die Patientin befand sich in der geschlossenen Abteilung einer Psychiatrie und hatte daher keinen Zugang zu den Tatorten. Es erschien viel plausibler, dass der Täter der stummen Patientin heimlich seine verstörenden Bilder untergeschoben hatte.

»Hat sie womöglich nur ein paar Linien nachgezogen? Ich meine, auf einem schon vorhandenen Bild? Wäre das nicht denkbar?«

Monika Nowak schüttelte energisch den Kopf. »Als ich ihr Zimmer betrat, war die Kiste noch unvollständig. Ich habe dabei zugesehen, wie Lilly sie fertig zeichnete.«

Laura schürzte die Lippen, während Max neben ihr seufzte.

»Wenn das, was Lilly Krüger hier zu Papier gebracht hat, eintritt, haben wir ein echtes Problem. Wie auch immer wir es anstellen, wir müssen diese Morde verhindern.«

Max' Worte kreisten Laura durch den Kopf. Sie sah

es genauso, doch wie sollten sie ein verdammtes Phantom zur Strecke bringen, das keinerlei Spuren bei seinen Opfern hinterließ außer einem Schmetterlingsflügel und diesen fürchterlichen Zeichnungen?

Sie betrachtete das erste Bild, auf dem eine Frau in einen Kühlschrank eingesperrt war. Der Kühlschrank bot mehr Platz als die Holzkiste, weil alle Einlegeböden und Fächer entfernt worden waren. Trotzdem musste sich die Frau mit eingezogenem Kopf hineinzwängen. Die Tür stand auf, damit der Betrachter das gesamte Ausmaß des Grauens erkennen konnte. Die aufgerissenen Augen der Frau waren mit blauem Buntstift unterlegt, um deutlich zu machen, dass sie erbärmlich erfroren war. Rechts oben in der Ecke hatte Lilly Krüger einen kleinen Schmetterling hinterlassen, der nur mit dünnen Strichen gezeichnet war.

Auf Bild Nummer zwei ging der Schrecken weiter. Das Opfer lag auf dem Bauch, mit auf dem Rücken gefesselten Armen und Beinen. Die Pose erinnerte Laura an ein totes Insekt, dessen Gliedmaßen unnatürlich in die Luft ragten. Und das letzte Bild wirkte nicht minder schockierend. Das Opfer befand sich rücklings in einer mit Wasser gefüllten Badewanne. Die langen Haare schwammen auf der Oberfläche, während Körper und Gesicht untergetaucht waren. Die Frau schien verzweifelt nach Luft zu schnappen, doch ein Gewicht, das mit einem Lederriemen um ihren Hals befestigt war, hinderte sie daran, aufzutauchen. Auch auf diesen beiden Bildern war in der oberen rechten Ecke ein kleiner Schmetterling zu sehen.

Laura sprang auf. »Wir müssen sofort zu Lilly Krüger. Sie muss uns sagen oder irgendwie zu verstehen geben, woher ihre Ideen für diese Zeichnungen stammen. Ich möchte nicht als Nächstes eine tote Frau in einem Kühlschrank finden.«

»Sie ist mit Professor Franke in seinem Atelier. Das hat mir ein Kollege gesagt.« Monika Nowak wischte sich mit dem Handrücken ein paar Schweißperlen von der Stirn. »Soll ich mitkommen und Ihnen helfen? Lilly vertraut mir.«

Laura dachte darüber nach, schüttelte dann jedoch den Kopf. »Sie soll Ihnen weiter vertrauen. Wenn Sie bei der Befragung dabei sind und die Patientin das Gefühl bekommt, wir würden sie unter Druck setzen, überträgt sie das auf Sie. Und es wäre gut, noch jemanden zu haben, der uns im Notfall helfen könnte.«

Monika Nowak nickte eifrig. »In Ordnung. Ich gehe dann jetzt nach Hause. Mein Feierabend ist längst überfällig.«

Laura und Max stürmten die Treppe zum Dachboden hinauf und klopften an die Tür des Ateliers.

»Herein«, rief Professor Franke von drinnen.

Als Laura mit Max eintrat, erblickte sie Lilly Krüger an einem Tisch. Sie malte, als wäre nichts gewesen. Eine wunderschöne Lilie wuchs unter ihrem Pinsel auf dem Papier und Laura vermochte sich nicht vorzustellen, dass irgendwo in diesem unschuldig wirkenden Kopf solch grausame Bilder lauerten.

»Ich habe unsere Patientin schon einmal hergebracht, sie liebt das Atelier und ich kann es gut verstehen«, sagte Professor Franke.

Laura fiel schlagartig wieder ein, dass sie heute Morgen um ein weiteres Gespräch mit Lilly Krüger gebeten hatte.

»Danke. Das ist sehr nett von Ihnen.« Sie wandte sich an die stille Frau, die auf ihre Anwesenheit bisher nicht reagiert hatte. »Ich habe meinen Partner Max Hartung mitgebracht.«

»Es freut mich sehr, Sie kennenzulernen«, sagte Max. Lilly malte weiter und drehte sich nicht zu ihnen um. »Setzen Sie sich doch. Ich habe kühles Wasser für Sie, wenn Sie mögen.« Professor Franke legte Lilly sanft eine Hand auf die Schulter. »Sie dürfen sich gerne zu uns gesellen. Ich glaube, Laura Kern und ihr Partner haben noch ein paar Fragen an Sie, und bestimmt wollen Sie helfen.«

Tatsächlich unterbrach Lilly ihren Pinselstrich. Sie wandte sich um und blickte Laura direkt in die Augen. Sie kommunizierte mit ihr, Laura spürte es. Etwas verband sie miteinander, aber trotzdem konnte Laura sie nicht verstehen. Lillys Blick verharrte noch den Bruchteil einer Sekunde bei ihr und richtete sich anschließend auf Max. Sie sah ihn kurz an und senkte unvermittelt die Lider, als hätte sie sich an seinem Anblick verbrannt. Laura dachte sofort an die Rucksacktour, die Lilly vor sieben Jahren durch Europa unternommen hatte. Möglicherweise war sie währenddessen doch vergewaltigt worden, auch wenn die Ärzte es im Nachhinein nicht mehr feststellen konnten. Lillys Scheu vor Männern erschien Laura offensichtlich. Und obwohl Max freundlich und überhaupt nicht aggressiv auftrat, schüchterte seine muskulöse Erscheinung Lilly vermutlich bereits ein.

Laura beschloss, keine Zeit zu verschwenden. Sie legte die drei neuen Zeichnungen auf den Tisch. Im

Augenwinkel registrierte sie, wie Professor Franke blass wurde.

»Diese Zeichnungen haben wir in Ihrem Zimmer gefunden. Ich mache mir Sorgen, dass den Frauen etwas zustößt.«

Lilly starrte auf den Tisch, ohne dass sie den Blick auf eine der Zeichnungen richtete.

»Wir müssen wissen, ob Sie diese Bilder gezeichnet haben«, sagte Laura so sanft wie möglich.

Tatsächlich brachte Lilly ein kaum merkliches Nicken zustande.

»Woher haben Sie Ihre Ideen?«, fragte Laura und spürte gleichzeitig, dass sie Lilly verlor. Der Blick der jungen Frau schweifte durch den Raum und blieb irgendwo über ihnen an der Decke hängen.

»Mein Partner und ich würden diese Frauen gerne retten, aber dafür brauchen wir Ihre Hilfe.«

Lillys Augen waren weiter nach oben gerichtet. Sie schien überhaupt nicht mehr anwesend zu sein.

»Wenn Sie uns sagen, wer Ihnen von diesen Frauen erzählt oder sie gezeigt hat«, Laura tippte auf die drei Frauen vor sich, »können wir sie vielleicht retten.« Laura verzichtete darauf, zu erwähnen, dass die Frau in der Kiste und die am Baum tot waren. Sie wollte die Patientin nicht unnötig schockieren.

Lilly biss sich auf die Unterlippe. An eine Rettung glaubte sie offenbar nicht. Und dann geschah etwas, mit dem Laura überhaupt nichts anfangen konnte. Lilly Krüger wandte sich einfach ab. Sie nahm den Pinsel in die Hand und fuhr fort, die Lilie zu vollenden.

»Tut mir leid«, murmelte Professor Franke. »Ich

befürchte, das war es für heute. Ich möchte Lilly nicht überfordern.«

»Das möchte ich auch nicht«, erwiderte Laura eindringlich. »Gibt es noch eine andere Möglichkeit, mit ihr zu kommunizieren?« Sie zückte ihren Kugelschreiber. »Was, wenn ich ihr den Stift gebe, könnte sie dann etwas für uns aufschreiben?«

Professor Franke seufzte. »Das haben wir alles schon versucht. Gut möglich, dass es eines Tages funktioniert. Aber momentan leider nicht. Die Patientin braucht Ruhe und vor allem Zeit.«

»Zeit, die wir nicht haben«, flüsterte Laura und deutete auf die Zeichnungen. »Ich hätte es selbst nicht für möglich gehalten, aber alles, was Ihre Patientin bisher zu Papier gebracht hat, ist kurz darauf leider Realität geworden.«

Professor Franke warf ihr einen zweifelnden Blick zu. »Niemand kann die Zukunft vorhersehen«, sagte er so ruhig, als spräche er mit einer Patientin.

»Das ist mir auch klar. Aber Lilly malt nun einmal diese Bilder und bisher haben wir keine logische Erklärung hierfür gefunden.« Sie blickte Professor Franke an und fragte sich gleichzeitig, ob er Lilly Krüger manipulierte. Jemand, der Zugang zur Klinik hatte, tat es offenbar. Und wenn nicht, gab es nur noch eine einzige andere Möglichkeit.

»Wir sprechen jetzt am besten mit Doktor Gerstenberger und lassen uns die Überwachungsaufnahmen geben. Wer weiß, womöglich hat Lilly Krüger doch die Klinik verlassen und die Fundorte dieser armen Frauen gesehen.«

17

Lilly wusste nicht, woher die Bilder in ihrem Kopf kamen. Es war wie mit den Blumen, plötzlich waren sie da und dann bannte Lilly sie aufs Papier. Sie wollte ihren Geist entleeren, der sich so schwer anfühlte, weil er voller Ballast war. Voller Ballast, der ihr die Stimme geraubt hatte. Lilly versuchte, die Lippen zu bewegen, doch sie waren wie taub und gehorchten ihr nicht. Sie mochte die Polizistin, aber jetzt war sie froh, dass sie wieder fort war. Sie fühlte sich gefangen, wenn zu viele Menschen mit ihr in einem Raum waren und ihr Fragen stellten, obwohl sie nie ein Wort sagte. Sie tauchte den Pinsel in die Farbe und vertiefte das Gelb der Lilie. Sie hatte sie gestern im Garten entdeckt und sich den Aufbau der Blüte genau eingeprägt. Als sie danach wieder zurück in ihrem Zimmer war, überkam sie ein merkwürdiges Gefühl. Fast so, als ob sie jemand beobachten würde. Und dann hatte sie die Buntstifte genommen und wie im Rausch gezeichnet. Danach ging es ihr besser. Das Böse steckte jetzt im Papier und nicht mehr in ihrem Inneren.

Lilly verstand, dass die blonde Polizistin helfen wollte. Aber sie konnte ihr nicht geben, wonach sie suchte. Denn ihr Kopf war wie ein großes schwarzes Loch. Niemand und am wenigsten sie selbst wusste, was wann heraussprudelte. Einer ihrer Therapeuten hatte ihr erklärt, dass sie die Wirklichkeit aus Selbstschutz verdrängte. Dass das, was ihr passiert war, aber immer wieder an die Oberfläche ihres Bewusstseins kam. Lilly seufzte und begann mit einer neuen Blüte. Sie mochte Farben. Sobald es bunt wurde, fühlte sie sich wohl. Vor allem, wenn sie dann auch noch allein war. Menschen mochte sie nicht. Vielleicht die ein oder andere Schwester. Monika fiel ihr ein. Sie war nett. Monatelang hatte sie versucht, ihr ein Wort zu entlocken. Doch Lilly würde nie wieder sprechen, denn sie konnte nicht. Ihre Therapeutin hatte gesagt, es bräuchte Zeit. Und sie hätte alle Zeit der Welt. Sie musste sich nicht hetzen. Auch nicht, wenn sie die Tränen in den Augen ihrer Mutter sah. Ihre Mutter hatte sie nicht beschützt. Also schützte Lilly sich selbst.

Die Tür öffnete sich und Professor Franke trat ein. Er hatte die beiden Polizisten zum Ausgang gebracht. Der Polizist, der Max hieß, hatte sie an jemanden erinnert. Sie konnte diese Erinnerung nicht greifen. Doch sie fühlte sich dunkel an und kalt. Deshalb hatte sie ihn nicht lange angeschaut. Seine Gegenwart tat ihr nicht gut. Und ihre Therapeutin hatte gesagt, sie solle sich fernhalten von Menschen, die nicht gut für sie waren. Männer taten ihr nicht gut. Erst recht nicht der Mann, den sie in der Klinik hinter der gläsernen Tür gesehen hatte, als sie im Garten unterwegs war. Er hatte das Dunkle in ihr heraufbeschworen, das sie nun auf ihre Bilder bannte. Nicht der Polizist und nicht die Pfleger, die sie wie ein kleines Mädchen behandelten. Und erst recht nicht Professor Franke, der sie mit diesem Blick anstarrte, den sie nur allzu gut kannte. Nervös fuhr sie sich über ihren kurz geschorenen Schädel.

Professor Franke legte ihr unvermittelt die Hand auf die Schulter. Es war ihm egal, ob sie deswegen zusammenzuckte. Seine Berührung ging wie ein elektrischer Stromschlag durch ihren Körper.

»Alles in Ordnung?«, brummte er ihr ins Ohr und sie erstarrte, weil sie seinen warmen Atem spürte. Fast so wie damals. *Nein!*, schrie sie innerlich auf.

Nein! Nein! Nein!

Sie verscheuchte das Scheusal aus ihren Gedanken. Es sollte endlich verschwinden. Es geht nur weg, wenn du dich ablenkst. Die Worte ihrer Therapeutin hallten durch ihren Kopf. Hastig tauchte sie den Pinsel in die Farbe und malte. Nur noch sie, der Pinsel und die Leinwand. Das war es, was wichtig war.

Professor Franke sagte irgendetwas, aber sie konnte seine Worte nicht verstehen. Sie flog davon wie eine Biene über einer Wiese mit bunten Blumen. Ihre Flügel surrten im Wind. Hinter ihr folgte ein ganzer Schwarm an Bienen, die mit ihr auf der Suche nach der schönsten Blüte waren. Ihr Summen erhob sich zu einem Schutzschild gegen alles, was von draußen kam. Lilly sauste weiter, bis sie nicht einmal mehr wusste, dass der Professor immer noch mit ihr im Raum stand.

18

»Danke schön, aber ich nehme lieber meinen eigenen Laptop«, stieß Simon Fischer hastig aus und nahm Dr. Gerstenberger den USB-Stick aus der Hand, bevor sie protestieren konnte. »Du weißt, ich mag Außeneinsätze nicht«, flüsterte er Laura zu, als er sich wieder an den Tisch gesetzt hatte und seinen Laptop aufklappte.

»Ich hoffe, Sie wissen unsere Kooperation zu schätzen«, sagte Dr. Gerstenberger und erhob sich von ihrem Bürostuhl. »Der Aufsichtsrat ist sehr auf den Ruf dieser Klinik bedacht.«

»Natürlich, Sie sind uns eine große Hilfe«, erwiderte Laura. »Wir haben auch kein Interesse daran, dass die Presse durch irgendwelche Umstände an die fünf Zeichnungen von Lilly Krüger kommt und diese womöglich noch den echten Morden gegenüberstellt. Unser Chef wird jeden, der auch nur versucht, Informationen an die

Öffentlichkeit zu bringen, hochkantig auf die Straße setzen.«

Dr. Gerstenberger lächelte. »Ich glaube, wir verstehen uns. Ich helfe Ihnen, wo ich kann, und ich hoffe natürlich, dass diese Zeichnungen ein reines Hirngespinst sind. An weitere Opfer darf ich gar nicht denken.« Sie legte die Arme um ihren Oberkörper, als würde sie frösteln, und für einen Augenblick wirkten ihre sonst so strengen Gesichtszüge überraschend zerbrechlich.

»Ich hoffe es auch«, erwiderte Laura, die bei jedem Anruf einen Moment der Anspannung verspürte, aus Sorge, es könnte die Einsatzzentrale sein, die sie zu einem neuen Leichenfundort rief.

»Ich habe mir die Überwachungsvideos bereits angesehen, aber mir ist nichts aufgefallen.«

»Das gesamte Material?«, fragte Max ungläubig, der neben Simon saß und auf den Laptop des IT-Experten starrte. »Das sind achtundvierzig Stunden.«

Dr. Gerstenberger nickte. »Im Schnelldurchlauf. Leider sind es die falschen achtundvierzig Stunden, weil die Videos zu schnell überschrieben werden.«

Simon blickte von seinem Laptop auf. »Dann fange ich mit den neuen Aufnahmen an. Sie haben recht, die erste Datei liegt in dem Zeitraum nach dem ersten Leichenfund. Auf dem Stick ist aber auch ein Video von vorgestern gespeichert. Womöglich sehen wir innerhalb der ersten Stunden, ob Lilly Krüger sich aus dem Gebäude schleicht. Ich habe da so eine Software, mit der sind wir in zehn Minuten schlauer.« Simon Fischer kräuselte die Stirn, während seine Finger über die Tastatur des Laptops flogen.

»Dass eine Patientin aus der geschlossenen Abteilung unbemerkt die Klinik verlässt, ist meines Erachtens völlig ausgeschlossen. Es wäre ein Skandal.« Dr. Gerstenbergers Stimme bebte ein wenig. »Ich hoffe, offen gestanden, Sie finden etwas anderes.«

»Wir können uns das ebenfalls kaum vorstellen«, entgegnete Laura. »Aber wir müssen auf Nummer sicher gehen. Wir haben sämtliche Kontakte von Lilly Krüger ausgewertet und auch ihre Eltern überprüft, die ja die einzigen Besucher der Patientin sind. Wir brauchen einfach ein vollständiges Bild der Lage.«

Laura ging zu Simon, damit sie auf den Bildschirm sehen konnte. Er hatte den Schnelldurchlauf gestartet. Sobald jemand die Klinik verließ oder betrat, verlangsamte sich die Aufnahme. Wenn es nicht Lilly Krüger war, tippte Simon eine Taste, und das Video raste weiter, bis die nächste Person im Bild erschien. Parallel hatte er ein zweites Fenster geöffnet, das die Aufnahmen einer anderen Kamera zeigte, die den Parkplatz der Klinik überwachte.

»Sie fahren ein schwarzes SUV?«, fragte Laura, als sie Dr. Gerstenberger dabei zuschaute, wie sie über den Parkplatz eilte und in ihren Wagen stieg. Sie überlegte, ob man das Fahrzeug mit einem Pick-up verwechseln konnte. Eigentlich nicht. Aber bei Nacht war es vielleicht möglich.

»Ja, das ist mein Wagen. Ich habe ihn vor zwei Jahren gekauft«, bestätigte Dr. Gerstenberger.

»Der Wagen von Professor Franke sieht ganz ähnlich aus«, stellte Laura wenige Minuten später fest.

Dr. Gerstenberger lachte. »Nein, das ist mein Auto.

Ich hatte es ihm geliehen, weil seins in der Werkstatt war. Haben Sie das Taxi am Morgen nicht bemerkt?« Sie deutete auf das Video im zweiten Bildschirmfenster. »Da ist er ausgestiegen.«

»Nein«, erwiderte Laura und fragte sich, wo Professor Franke während der Mittagspause hinge-fahren sein könnte.

Sie verbrachten eine ganze Stunde vor Simon Fischers Laptop und dann endeten die Aufnahmen, ohne dass Lilly Krüger die Klinik verlassen hatte.

»Was jetzt?«, wollte Simon Fischer wissen.

Laura zog die Liste mit den Personen aus einer Mappe, die sie von Dr. Gerstenberger erhalten hatten.

»Wir müssen herausfinden, wer in den vergangenen drei Tagen hier im Haus war, und die Angaben aus den Befragungen überprüfen. Auf diese Personen konzen-trieren wir uns, denn irgendwer beeinflusst Lilly Krüger und bringt sie dazu, diese schrecklichen Bilder zu zeich-nen. Wenn wir diesen Jemand schnappen, dann sind wir dem Killer dicht auf den Fersen.«

»Was ist mit Mark Fiedler?«, wollte Dr. Gersten-berger wissen. »Professor Franke sagt, er hätte in den letzten Therapiesitzungen häufig mit Lilly Krüger zu tun gehabt, und er ist einschlägig vorbestraft.«

Laura sah Dr. Gerstenberger an und wartete darauf, dass sie ihnen von dem Gespräch erzählte, das sie am Tag zuvor mit Mark Fiedler geführt hatte. Aber Dr. Gers-tenberger verlor kein Wort darüber.

»Wir haben heute mit ihm gesprochen«, erwiderte Laura. »Er besteht allerdings auf einen Anwalt, bevor er uns weitere Auskunft gibt.«

Dr. Gerstenberger hob ihren spitzen Zeigefinger. »Na bitte, da haben wir doch endlich eine Spur.«

In diesem Moment klingelte Lauras Handy. Ihr Puls beschleunigte sich, denn auf dem Display leuchtete die Nummer der Einsatzzentrale.

19

Sie fuhren dieselbe Strecke wie beim ersten Mal, mit einem Unterschied. Niemand von ihnen sprach ein Wort. Laura fühlte sich, als hätte sie einen Stein verschluckt, der ihr nun schwer im Magen lag. Vorsichtig warf sie einen Seitenblick auf Max, der unruhig mit den Fingern auf das Lenkrad trommelte und darauf wartete, dass die Ampel grün wurde. Als er bemerkte, dass sie ihn ansah, versuchte er zu lächeln. Aber es gelang ihm nicht. Er seufzte.

»Ich glaube, es ist mir noch nie so schwergefallen, zu einem Fundort zu fahren«, brummte er und trat viel zu heftig aufs Gas, als die Ampel umschaltete.

»Mir geht es genauso. Ich befürchte, wir werden eine Szene aus Lilly Krügers Zeichnungen vorfinden. Ich muss die ganze Zeit überlegen, welche es sein könnte. Der Kühlschrank, die Badewanne oder die Fesselung«, krächzte Laura. »Das Schlimmste ist, dass wir den Ereignissen hinterherlaufen. Wir haben noch nicht mal mit der Familie des zweiten Opfers gesprochen und schon müssen wir den nächsten Mord untersuchen. Mit was für einem kranken Täter haben wir es hier zu tun? Ich habe das Gefühl, der tötet wie am Fließband.«

Max schnaufte wütend. »Wenn ich den Kerl erst einmal vor mir habe ...« Seine Stimme brach ab, und stattdessen entlud er seinen Frust, indem er das Lenkrad mit der Faust schlug.

»Wir werden ihn schnappen«, erklärte Laura fest entschlossen, ließ jedoch den zweiten Teil des Satzes, der ihr im Kopf herumspukte, unausgesprochen. Die eigentliche Frage war nicht ob, sondern wann. Wie viele Opfer würde es noch geben? Drei, vier oder mehr?

»Der muss sich wirklich vollkommen sicher fühlen«, schimpfte Max, als sie an der Halle vorbeifuhren, in der die Leiche von Annika Weber in der Holzkiste gefunden wurde. »Ich hätte es nicht für möglich gehalten, dass er es wagt, die nächste Leiche in einem benachbarten Gebäude abzulegen.«

Laura nickte stumm. Sie hatte bereits darüber nachgedacht, was das über den Täter aussagte. Wie viel Selbstvertrauen oder Wahnsinn steckte in diesem Menschen? Oder brauchte er einfach nur einen Adrenalinkick? Die rot-weißen Absperrbänder hingen noch vor der Halle. In regelmäßigen Abständen fuhr eine Streife vorbei, die die Siegel am Tor prüfte. Hatte der Täter keine Angst, entdeckt zu werden? Oder wollte er sogar, dass sie ihn stoppten? Sie schüttelte unwillkürlich den Kopf. Nein. Er wollte nicht geschnappt werden, denn offenbar liebte er es, sein Opfer zu quälen. Laura konnte sich lebhaft vorstellen, wie er ihnen zuschaute und es genoss, sie sterben zu sehen. Sie hatten es mit einem

Sadisten zu tun. Jemandem, der kein Mitleid kannte und der niemals aufhören würde, wenn sie ihn nicht schnappten. Er brauchte das Töten wie andere die Luft zum Atmen. Laura konnte das Böse regelrecht spüren, als sie um die Ecke bogen und nur dreihundert Meter vom ersten Fundort entfernt parkten. Die Kollegen der Streifenpolizei waren gleich mit drei Einsatzwagen angerückt und sogar Dennis Struck von der Spurensicherung war schon eingetroffen.

Laura sprang aus dem Wagen und begrüßte Struck, der blasser wirkte als sonst.

»Es ist kein schöner Anblick«, sagte er tonlos und deutete auf das Gebäude hinter sich. »Die Frau da drinnen ist erfroren.«

»Also der Kühlschrank«, stieß Laura aus und erntete einen überraschten Blick.

»Die Patientin aus der Psychiatrie hat drei neue Bilder gezeichnet«, erklärte Max, der sich zu ihnen gesellt hatte. »Wir haben uns gefragt, welche der dargestellten Szenen wir vorfinden werden.«

Er drückte Dennis Struck die Mappe mit den Zeichnungen in die Hand. Dieser schlug sie auf und schnappte nach Luft.

»Verdammt! Das gibt es doch nicht!« Er schaute erst Laura und dann Max an. »Das hat sie nicht selbst gezeichnet, oder?«

Laura schwieg, Max ebenfalls.

»Leute. Ich kann nicht glauben, dass diese Frau eine Hellseherin ist. Entweder ist sie die Killerin oder jemand anderes schiebt ihr die Bilder unter.«

»Wir haben die Videoaufzeichnungen der letzten Tage überprüft. Lilly Krüger hat die Anstalt nicht verlas-

sen. Jedenfalls nicht durch den offiziellen Ausgang.«
Laura hatte keine Erklärung für die Vorfälle, aber sie
würde Dr. Gerstenberger bitten, noch heute an allen
Seiten des Klinikgebäudes Überwachungskameras
aufzustellen. Simon Fischer konnte bei der Ausstattung
und Installation behilflich sein. Falls Lilly Krüger sich
aus der Klinik schlich oder jemand anderes hinein,
würden sie es bald herausfinden.

»Okay, lass uns reingehen und sehen, was passiert
ist«, sagte Laura und ging voraus.

Der Putz an dem heruntergekommenen ehemaligen Verwaltungsgebäude eines pleitegegangenen
Logistikunternehmens war an vielen Stellen abgebrö-
ckelt. Die Tür am Eingang gab es nicht mehr, sodass
Laura einfach eintreten konnte. Sie schritten durch
einen schmalen Gang und gelangten in einen
größeren Raum, in dem noch etliche Schreibtische
standen. Und mittendrin ein mannshoher, wuchtiger
Kühlschrank, der wie ein Fremdkörper wirkte. Laura
registrierte außerdem eine breite Tür am Ende des
Büros.

»Was ist hinter dieser Tür?«, wollte sie von Dennis
Struck wissen und ging zu dem Kühlschrank.

»Eine Lagerhalle. Wir glauben, dass der Täter den
Kühlschrank durch die Hintertür hereingebracht hat.
Die Kollegen suchen bereits nach Spuren. Vermutlich
hat er einen Gabelstapler oder einen Transportwagen
benutzt. Das Teil wiegt mit der Toten mehr als hundert
Kilogramm. Selbst zu zweit hätte das niemand tragen
können.«

»Es sei denn, die Tote wurde erst später darin eingesperrt«, erwiderte Laura und ging vor dem offenen Kühl-

schrank in die Hocke, aus dem die Einlegeböden herausgenommen worden waren.

Die Tote saß mit angezogenen Beinen im Inneren und sah genauso aus wie auf Lilly Krügers Zeichnung. Ihre Augen waren so weit aufgerissen, dass die Augäpfel merkwürdig hervorstachen. Die Angst hatte sich tief in die bereits stumpf gewordenen Pupillen eingegraben. Das lange dunkle Haar der Frau fiel ihr in Wellen über die Schultern. Ihre Hände waren auf dem Rücken mit Kabelbindern gefesselt. Die Füße nackt und dunkelblau angelaufen. Sie trug ein weißes, ziemlich schmutziges T-Shirt. Keinen BH und eine fleckige Jeans. Laura betrachtete den Hals und erkannte die gleiche tief eingeschnittene, horizontal verlaufende Drosselmarke wie bei den beiden ersten Opfern. Sie streifte sich Schutzhandschuhe über und prüfte vorsichtig, ob die Finger der rechten Hand der Toten beweglich waren.

»Die Leichenstarre hat sich auch bei ihr bereits wieder gelöst«, teilte sie Max und Dennis Struck mit, die wie gebannt auf den Kühlschrank starrten.

»Sie sehen alle gleich aus«, sagte Max plötzlich und nahm Dennis Struck die Mappe mit Lilly Krügers Zeichnungen aus der Hand.

»Wie meinst du das?«, fragte Laura und fand, dass die tote Frau keine große Ähnlichkeit mit Annika Weber aufwies. Ihr Gesicht wirkte viel kantiger und die Lippen waren schmaler.

»Es sind die Haare«, erklärte Max. »Sie haben alle lange, wellige und dunkle Haare. Die Gesichter unterscheiden sich, aber dafür stimmen das Alter und auch die Körpergröße überein. Sie sind alle drei um die eins siebzig und schlank.«

»So sehen allerdings ziemlich viele Frauen aus«, zweifelte Dennis Struck. »Braune Haare hat mehr als die Hälfte der deutschen Bevölkerung.«

»Max hat recht«, sagte Laura und erhob sich, um die Zeichnungen von Lilly zu betrachten. »Viele Menschen in Deutschland haben braunes Haar, aber nur wenige von ihnen haben lange Locken oder Wellen. Ich denke, die meisten haben glattes Haar. Das ist schon auffällig.«

»Wahrscheinlich sucht der Täter Frauen mit langen braunen Locken«, bestätigte Max.

»Dann soll Martina Flemming alle Frauen mit solchen Haaren aus der Vermisstendatenbank selektieren, die in den letzten Monaten verschwunden sind.«

Max entfernte sich sofort, um zu telefonieren. Laura kniete sich wieder vor den Kühlschrank. Ein Detail vermisste sie noch.

»Ich sehe keinen Schmetterlingsflügel«, sagte sie und blickte Dennis Struck fragend an.

»Entschuldigung, den habe ich schon eingetütet. Er lag auf dem Boden des Kühlschranks und ich wollte nicht, dass er verloren geht.« Er griff in eine Kiste mit Beweismitteln und nahm eine schmale durchsichtige Plastiktüte heraus.

»Dieses Mal ist es kein Tagpfauenauge. Ich habe bereits nachgesehen. Es müsste sich um einen Monarchfalter handeln.«

»Warum nimmt der Täter denn jetzt einen anderen Schmetterling?« Laura fragte sich, inwieweit die Abweichung von Bedeutung war.

»Das ist in der Tat interessant, insbesondere, weil dieser Schmetterling in Europa überhaupt nicht vorkommt. Er ist vor allem in Amerika verbreitet.«

»Dann haben wir es also vermutlich tatsächlich mit einem Sammler zu tun. Wollte Sophie Rudolph in dieser Sache nicht mit ihrem Großvater sprechen? Der ist doch ebenfalls ein Sammler.«

Max hob die Augenbrauen. »Sie hat mit ihm gesprochen und sich eine Menge Bücher ausgeliehen. Seitdem habe ich sie allerdings nicht mehr gesehen. Aber ich frage sie gern.«

Max griff abermals zum Telefon, während Laura den orangeroten Schmetterlingsflügel in der Asservatentüte inspizierte.

»Wo genau hat er gelegen?«

»Der Fotograf hat es aufgenommen. Moment mal.« Dennis Struck winkte einen Mann herbei, nahm ihm die Kamera ab und präsentierte Laura kurz darauf die Fotos.

Der Schmetterlingsflügel lag gut sichtbar gleich vorn auf dem Boden des Kühlschranks. Laura überlegte, warum er den Flügel nicht in der Hand des Opfers platziert hatte. Das war ebenfalls eine Abweichung.

»Könnte er heruntergefallen sein?«, fragte sie und warf einen Blick auf die gefesselten Hände der Toten. Etwas glitzerte zwischen den Fingern. Laura nahm die Taschenlampe zu Hilfe und entdeckte tatsächlich ein Stückchen durchsichtiges Klebeband, an das vermutlich der Schmetterlingsflügel geklebt war.

»Wir werden uns das näher anschauen«, versprach Dennis Struck, der ihr über die Schulter schaute.

»Vielleicht fängt er an, Fehler zu machen«, stellte Laura fest. »Wenn er wüsste, dass der Flügel heruntergefallen ist, würde ihn das sicherlich ärgern. Er scheint alles minutiös zu planen und dann benutzt er Klebeband, das nicht richtig haftet.«

Laura betrachtete die Tote erneut. An den Armen fanden sich weder blaue Flecke noch Kratzer. Diese Frau hatte sich offenbar wie auch die anderen nicht sonderlich zur Wehr gesetzt. Sie tastete die Hosentasche ab, die zu ihr zeigte. Wie erwartet war sie leer. Plötzlich fiel ihr auf, dass die Jeans durchnässt waren. Auch an ihrem Handschuh bemerkte sie nun die Feuchtigkeit. Die kleinen Tropfen, die sich an den Wänden und auf dem Boden des Kühlschranks gebildet hatten, hielt sie für Kondensat. Auf einmal jedoch wusste sie, dass es nicht sein konnte.

»Er hat sie nass gemacht und dann in den Kühlschrank eingesperrt, sodass sie erfroren ist.«

Dennis Struck sah Laura mit kritischer Miene an. »Das ist kein Tiefkühlschrank, der erreicht allerhöchstens drei Grad plus. Selbst wenn er voll aufgedreht ist.«

»Wasser entzieht dem Körper fünfundzwanzigmal schneller Wärme als trockene Luft. Nasse Kleidung isoliert nicht mehr und da reichen schon fünf Grad, um nach ein paar Stunden zu erfrieren.« Laura deutete auf die Gummidichtung, die die Tür des Kühlschranks isolierte. »Vielleicht ist sie auch erstickt. Wie lange die Luft bei geschlossener Tür wohl zum Atmen gereicht hat?« Ihr Blick fiel auf die Drosselmarke am Hals des Opfers. »Der Täter hat sie übertötet«, stellte sie leise fest. »Unterkühlung, Sauerstoffmangel und dann hat er sie noch erdrosselt, um sicherzugehen, dass sie auch wirklich tot ist.«

Dennis Struck verzog das Gesicht. »Woran sie

tatsächlich gestorben ist, muss die Rechtsmedizin herausfinden. Die Vorstellung zu ersticken oder zu erfrieren – in diesem Fall wohl beides –, ist jedenfalls schrecklich. Die Arme konnte nicht mal gegen die Tür hämmern, weil ihre Hände gefesselt waren.« Er schüttelte den Kopf. »Vermutlich war sie bereits tot, als er ihr dann auch noch den Strick um den Hals gelegt hat.«

»Vermutlich. Der Täter ist jedenfalls äußerst brutal vorgegangen.« Laura richtete sich auf. Die andere Hosentasche konnte sie erst durchsuchen, wenn die Tote aus dem Kühlschrank herausgeholt worden war. Sie ging herum zur Rückseite. Der Stecker lag lose auf der Erde, was dafürsprach, dass die Tote an einem anderen Ort starb und dann samt Kühlschrank hier abgesetzt wurde.

»Wer hat die Tote gefunden?«, fragte Laura den Streifenpolizisten, der vor der Hintertür stand und ein Absperrband befestigte.

»Es war ein anonymer Anruf, der nicht zurückverfolgt werden konnte.«

»Danke«, sagte Laura und überlegte, ob es der Täter selbst gewesen sein konnte.

Max hatte endlich sein Telefonat mit Sophie Rudolph beendet. Er kam auf sie zu und verzog frustriert die Lippen.

»Schmetterlinge kann man sehr leicht online kaufen. Es gibt sogar Zuchtsets für Kinder. Präparate sind auf jeder größeren Handelsplattform erhältlich und auch wenn der Monarchfalter hauptsächlich in Amerika vorkommt, ist es kein Problem, ein lebendes oder präpariertes Exemplar zu erwerben. Dafür muss man noch nicht mal viel Geld hinlegen. Für fünfundvierzig Euro bekommt man ihn hübsch in einem Schaukasten ausgestellt.«

»Toll«, stieß Laura aus. »Das ist also eine Spur, die ins Nichts führt.«

»So sieht es aus.« Max schob sein Handy in die Hosentasche.

»Wir sollten uns auf die Vermisstendatenbank konzentrieren und Frauen heraussuchen, die lange braune Locken haben. So können wir vielleicht die beiden anderen retten«, schlug Max vor.

»So machen wir es und hoffentlich zeichnet Lilly Krüger keine Bilder mehr. Aber zuerst will ich die Tote genauer in Augenschein nehmen, sobald sie aus dem Kühlschrank befreit ist.« Laura machte einen Schritt zur Seite, weil zwei kräftige Mitarbeiter der Spurensicherung eine Folie vor dem Kühlschrank ausbreiteten, um die Tote daraufzulegen. Der Größere zog ihren Oberkörper vorsichtig heraus und griff unter ihre Achseln, während der Kleinere die Füße packte. Sie legten die Tote in seitlicher Position auf der Plastikfolie ab, da ihre gefesselten Hände eine Rückenlage nicht zuließen.

Laura hätte am liebsten die Kabelbinder durchtrennt, doch das war Aufgabe der Rechtsmedizin. Unter der Fesselung konnten sich wichtige Spuren verbergen. Vielleicht ein Haar des Täters, Hautpartikel oder Blut. Auch ein Fingerabdruck auf dem Kabelbinder wäre denkbar. Sie tastete die Hosentasche auf der anderen Seite ab. Nichts steckte darin, genauso wenig wie in den Gesäßtaschen. Sie warf einen letzten Blick auf die Tote und verabschiedete sich von Dennis Struck.

Wieder im Landeskriminalamt setzten sich Laura

und Max sofort an den Rechner und öffneten die Datenbank mit den Vermisstenanzeigen. Sie grenzten die Suche auf weibliche Personen im Alter von zwanzig bis fünfunddreißig Jahren ein und suchten anschließend nach Frauen mit braunen Haaren. Die Unterscheidung zwischen Locken und glatten Haaren gab die Datenbank nicht her. Außerdem konnte Laura nicht sicher sein, dass in den Anzeigen wirklich sämtliche Angaben bis ins Detail erfasst waren. Deshalb verzichtete sie darauf, die Suchergebnisse zu stark einzuschränken. Sie begrenzte den Zeitraum noch auf vier Monate und drückte dann gespannt auf die Entertaste.

Sofort erschien eine Liste mit zwanzig Personen.

»Die zweite könnte die Tote von heute sein«, stieß Max aus und tippte auf eine sechsundzwanzigjährige Frau mit Locken, die ihr bis zur Schulter reichten.

Als Laura das Bild anklickte und das Gesicht in Großaufnahme auf ihrem Bildschirm auftauchte, schüttelte Max den Kopf.

»Fehlanzeige. Ich denke, das ist sie nicht. Die Augenbrauen sind viel zu dünn und das Kinn zu spitz. Mach weiter.«

Laura schaute sich konzentriert die nächsten drei Frauen an. Keine von ihnen hatte besonders lange Haare. Erst bei Nummer zwölf hielt sie inne, doch die Frau hatte trotz der passenden Haarlänge keine Ähnlichkeit mit der neuen Toten.

Bei Anzeige Nummer neunzehn stoppte sie erneut.

»Das muss sie sein!« Laura betrachtete die schmalen Lippen und das kantige Gesicht. Die Frau hieß Maria Schollhüber, war sechsundzwanzig Jahre alt und wurde von ihrem Vater vor neun Wochen vermisst gemeldet. Sie verschwand, als sie Besorgungen für ihn erledigte.

»Zur Sicherheit sollten wir die Identifizierung durch die Rechtsmedizin abwarten. Wie sieht es eigentlich mit unserem zweiten Opfer aus? Wurde ihre Identität bestätigt?«

»Bisher nicht«, sagte Max und gähnte. »Vor morgen früh wird da nichts mehr kommen. Lass uns Feierabend machen. Es ist schon nach acht. Hannah macht mir die Hölle heiß, wenn ich nicht bald zu Hause bin.«

»Mach dich ruhig auf den Weg«, entgegnete Laura nachdenklich. »Ich muss noch einmal in Ruhe über die Akten schauen.«

»Mach nicht mehr so lange. Du brauchst auch Erholung.« Max strich ihr über den Arm und packte seine Sachen zusammen. Als er fast an der Tür war, klingelte sein Handy.

»Sophie? Was gibt es?«, fragte er ins Telefon.

Laura konnte Sophie Rudolph nicht verstehen, aber Max' Gesichtsausdruck war eindeutig. Er empfand etwas für diese Frau, egal wie oft er es leugnete.

»Heute Abend geht leider nicht mehr, aber wie wäre es morgen mit einem Kaffee? Ich melde mich«, flötete er ins Handy und winkte Laura zum Abschied nahezu euphorisch zu.

Für einen Moment fragte sie sich, ob sie eifersüchtig war. Hannah sah sie nicht als Konkurrenz, aber Sophie Rudolph löste Unbehagen in ihr aus. Es war jedoch keine Eifersucht, die sie fühlte, sondern Sorge. Max war ein Familienmensch und er würde es sicher bereuen, wenn er etwas mit Sophie Rudolph anfangen würde.

Seufzend schob sie diese Gedanken beiseite und

konzentrierte sich wieder auf die Ermittlungen. Es galt, zwei Leben zu retten. Zwei Frauen, die sich vermutlich auf der Liste der Vermissten befanden. Sie druckte die Anzeigen zu allen Frauen aus und schaltete dann ihren Computer ab. Es gab noch eine Sache, die sie heute erledigen musste, und dazu brauchte sie Simon Fischer.

20

Laura erblickte das verschlossene Tor und stöhnte. »Bitte sag mir nicht, dass wir umsonst hierher gefahren sind.«

Simon Fischer grinste und lehnte sich dabei auf dem Beifahrersitz zurück. »Wo denkst du hin?«, erwiderte er und zog lässig eine graue Plastikkarte aus seiner Hosentasche. »Es ist nicht mein erster Ausflug heute. Gleich nach deinem Anruf habe ich Doktor Gerstenberger einen Besuch abgestattet und sie hat mir diese Zugangskarte gegeben, mit der wir das Tor zur Klinik öffnen können.«

»Auf dich ist echt Verlass«, stieß Laura erleichtert aus und nahm Simon die Karte aus der Hand.

Sie stiegen aus dem Wagen und Simon holte die Kameras von der Rücksitzbank.

»Ich musste mir das Equipment erst von einem Kollegen besorgen, ansonsten hätte ich alles schon aufgestellt. Wir dürfen das WLAN der Klinik nutzen, müssen die Kameras also so aufstellen, dass sie sich dort einloggen können. Wenn das nicht funktioniert, müssen wir mit der Überwachung leider bis morgen warten. Auf die Schnelle konnte ich keine anderen Geräte auftreiben.«

Laura hielt die Karte vor das Lesegerät am Tor. Es piepte und das Tor sprang auf.

»Am Eingang hängt schon eine Kamera. Wir müssen unsere rechts und links sowie an der Rückseite anbringen.«

Sie schritten nach rechts um das Klinikgebäude und blieben an einer Laterne stehen.

»Mal sehen, ob wir hier ins Kliniknetz kommen«, murmelte Simon und überprüfte die Netzstärke mit seinem Handy. Dann brachte er die erste Kamera mit Kabelbindern an dem Laternenpfahl an. Abermals wischte er auf dem Display seines Handys und öffnete ein Programm, auf dem kurz darauf das Klinikgebäude sichtbar wurde.

»Hier funktioniert es«, sagte Simon und richtete die Kamera so aus, dass jeder erfasst wurde, der das Gebäude betrat oder verließ.

Sie begaben sich zur Rückseite der Klinik, wo Simon eine weitere Kamera am Stamm einer jungen Birke befestigte.

»Das Netz ist hier zwar schwach, aber es sollte noch ausreichen«, bemerkte er und ging weiter. »Ich kann mir nicht vorstellen, dass eine Patientin die geschlossene Abteilung einfach so verlassen kann. Ist die nicht mit Sicherheitstüren ausgestattet?«

Laura wich einem Ast auf dem Weg aus und folgte Simon einen schmalen Pfad entlang. »Es gibt eine

Sicherheitstür, für die eine spezielle Zutrittskarte nötig ist.«

»Hat sie ein Handy?«, fragte Simon weiter. »Jemand könnte ihr Fotos oder Videos schicken.«

»Nein. Das haben wir überprüft. Ihre Eltern haben darauf bestanden und die Patientin hat kein Telefon verlangt.«

»Und wie steht es mit dem Pflegepersonal? Ein Mitarbeiter hätte es ihr auf seinem Handy zeigen können.«

»Genau das vermuten wir auch. Die Überprüfung ist im Gange. Wir haben Gespräche mit allen Personen geführt, die mit Lilly Krüger Kontakt gehabt haben könnten, einschließlich der Zulieferer. Ich hoffe, dass Martina Flemming und Peter Meyer bald Ergebnisse liefern. Sie prüfen derzeit mögliche Alibis und Hintergründe. Sie haben sogar Monika Nowak, die Pflegerin, die uns auf Lilly Krügers Zeichnungen aufmerksam gemacht hat, durchleuchtet. Wie erwartet gibt es keine Hinweise darauf, dass sie in die Morde verwickelt ist. Das Gleiche gilt für die Eltern von Lilly Krüger. Es bleiben noch drei weitere Pfleger und die Therapeuten, insbesondere auch Professor Franke. Doch bei so vielen Beteiligten ist es eine enorme Herausforderung, für die relevanten Zeiträume Alibis zu prüfen oder Verbindungen zu den Opfern nachzuweisen.«

»Wäre es nicht möglich, die Handys des Personals zu kontrollieren?«

Laura stieß ein verzweifeltes Lachen aus. »Ich würde dich bitten, sie zu hacken, wenn es nicht gegen geltendes Recht verstieße. Leider.« Laura kam nicht umhin, sich vorzustellen, wie einfach es mit Simons Vorschlag wäre, den Täter zu überführen. Innerhalb eines Tages wüssten sie, ob jemand Lilly Krüger die Opfer auf seinem Handy gezeigt hatte. Sie konnten schon froh sein, dass sie überhaupt mit der Patientin sprechen durften und dass sich Dr. Gerstenberger überaus kooperativ zeigte, weil sie sich um den guten Ruf der Klinik sorgte. Laura wollte nicht in Monika Nowaks Haut stecken. Dr. Gerstenberger war garantiert stinksauer auf die Pflegerin, die zuerst die Polizei und nicht die Klinikleitung in Kenntnis gesetzt hatte.

Laura umrundete mit Simon das Gebäude, bis sie die linke Seite erreicht hatten. Er ging zielstrebig zur nächsten Laterne, die sich inzwischen eingeschaltet hatte. Der Tag neigte sich langsam dem Ende zu. Simon fixierte mit hochgestreckten Armen eine Kamera und überprüfte die Stärke des Klinik-WLANs. Nach einer Weile nickte er zufrieden.

»Wir haben jetzt einen Rundumblick. Niemand kann das Gebäude verlassen, ohne dass wir es mitbekommen. Die Überwachung funktioniert übrigens über Bewegungsmelder. Sobald jemand in Reichweite der Kamera erscheint, erhalte ich eine Warnung auf mein Handy.«

Wie zur Demonstration machte das Handy ein Motorengeräusch. Simon grinste, als er Lauras fragenden Blick bemerkte.

»Ich dachte, ein individuelles Geräusch ist besser. Dann weiß ich sofort, dass eine Kamera angesprungen ist.« Er entsperrte sein Handy und schon öffnete sich ein Fenster, in dem die Rückseite der Klinik zu sehen war. Ein Vogel flog durchs Bild und verschwand wieder.

»Fehlalarm«, sagte Simon.

»Immerhin wissen wir jetzt, dass es funktioniert.«

Laura bewegte sich auf die Hauptseite der Klinik zu, als sie das Licht von Autoscheinwerfern registrierte. Abrupt blieb sie stehen und schlich dann langsam an der Hauswand bis zur Ecke, von wo sie den Parkplatz überblicken konnte. Ein schwarzer Wagen rollte auf einen Stellplatz und stoppte. Ein Mann in einem dünnen Sommermantel stieg aus und hastete zum Eingang.

»Das ist Professor Franke«, flüsterte Laura und ließ den Mann nicht aus den Augen, bis er im Gebäude verschwunden war.

»Was macht der hier um diese Uhrzeit?« Sie schaute auf die Uhr, die kurz nach zehn anzeigte.

Simon Fischer verzog das Gesicht. »In der Klinik haben wir keine Kameras angebracht. Weißt du, auf welcher Seite sein Büro liegt? Ich habe ein Fernglas dabei.«

»Hinten, zum Garten raus, im Dachgeschoss.« Laura rannte los und Simon folgte ihr mühsam mit seiner Ausrüstung.

»Hältst du den Professor für tatverdächtig?«, fragte er, als sie im Garten angekommen waren.

»Keine Ahnung. Er verbringt jedenfalls genug Zeit mit Lilly Krüger. Wenn jemand sie manipulieren kann, dann er.« Laura schaute hoch zum Dachgeschoss, konnte die Fenster des Ateliers jedoch nicht sehen.

»Wir müssen tiefer in den Garten hinein«, sagte sie und drehte sich alle paar Meter um, bis sie endlich die Fenster sah.

Simon drückte Laura sein Fernglas in die Hand.

»Siehst du ihn?«

Laura drehte an dem Rädchen, mit dem sie die Schärfe einstellen konnte. Im Atelier war es dunkel und sie konnte hinter den Fensterscheiben keine Bewegung wahrnehmen. Plötzlich hatte sie eine andere Idee.

»Was, wenn er zu Lilly Krüger gegangen ist?«

Simon hob die Hände. »Weißt du, wo ihr Zimmer ist?«

»Nicht genau. Es liegt nach vorne heraus.«

»Na dann mal los«, sagte Laura und eilte im Laufschritt durch den Garten zum Parkplatz.

Als sie dort ankamen, war ein Fenster im dritten Stock hell erleuchtet. Laura versuchte, durch das Fernglas einen Blick ins Zimmer zu werfen, doch aus ihrer Perspektive erhaschte sie nur die Zimmerdecke und die Lampe, deren Licht sie blendete.

»Wir müssten höher stehen, um hineinsehen zu können.«

»Stell dich aufs Autodach«, schlug Simon vor.

Laura zog die Schuhe aus und kletterte über die Motorhaube auf den Dienstwagen. Simon reichte ihr das Fernglas, und sie schaute erneut hindurch. Laura erkannte einen dunklen Haarschopf und stellte sich auf die Zehenspitzen.

»Was siehst du?«, fragte Simon ungeduldig von unten.

»Ich bin mir nicht sicher. Da ist jemand, aber ich kann nicht genau erkennen, wer es ist.« Sie justierte das Fokusrad des Fernglases. Wer immer dort stand, Laura sah nur den Hinterkopf. Mehr nicht.

»Ist es der Professor?«, wollte Simon wissen.

»Vielleicht. Ich sehe eine Person von hinten. Dunkle Haare. Das könnte er sein, aber auch jemand anderes.«

»Er trug einen Mantel, du solltest den Kragen sehen können.«

Laura reckte sich so weit wie möglich, doch es war vergeblich. Sie war einfach zu klein.

»Ich muss höher stehen«, sagte sie und nahm das Fernglas herunter. »Aber ich habe nichts im Wagen, worauf ich mich stellen könnte. Ich bräuchte einen Koffer oder etwas Ähnliches. Ich glaube, zehn Zentimeter müssten reichen.«

»Mist«, fluchte Simon. »Ich bin kleiner als du. Tauschen bringt nichts. Hätten wir bloß Max mitgenommen, der hätte kein Problem mit der Sicht.«

Plötzlich erstarrte Simon. »Nimm schnell das Fernglas und schau nach oben«, sagte er mit einer Stimme, die sämtliche Alarmglocken bei Laura klingeln ließ.

Sie schnappte nach Luft, als sie die Gestalt am Fenster ins Visier nahm. Sie erkannte die Frau klar und deutlich und offensichtlich galt das auch umgekehrt, denn Lilly Krüger schien ihr direkt in die Augen zu blicken.

»Verdammt«, stieß Laura aus und rutschte fast vom Autodach. »Das ist Lilly Krügers Zimmer. Ich glaube, sie hat mich auch gesehen.«

»Ist doch nicht schlimm, oder?«, fragte Simon, während er Laura vom Auto herunterhalf.

»Ich weiß nicht«, antwortete sie keuchend. »Da war etwas in ihrem Blick ...« Sie sprach nicht weiter, weil sie kein Wort fand für das, was sie gesehen hatte. Erneut griff sie zum Fernglas und schaute abermals hindurch. Doch Lilly war verschwunden und mit ihr die Angst, die in ihren Augen gestanden hatte. Dafür erspähte sie den dunklen Haarschopf eines Mannes nahe dem Fenster. Dieses Mal im Profil. Laura erkannte ihn sofort.

»Es ist Professor Franke«, erklärte sie aufgeregt. »Er

ist bei Lilly Krüger im Zimmer. Aber was um alles in der Welt will er um diese Uhrzeit von ihr?«

»Wir werden es herausfinden«, verkündete Simon und deutete auf die nächstgelegene Laterne. »Wir bringen möglichst weit oben noch eine Kamera an, um direkt in ihr Zimmer zu sehen.«

»Aber das dürfen wir nicht«, entgegnete Laura halbherzig, denn sie wollte nichts dringender als das.

»Keine Sorge, das geht auf meine Kappe. Ich bin nämlich ab jetzt alleine hier«, versicherte Simon und holte die letzte Kamera von der Rücksitzbank des Wagens. Doch Laura hielt ihn zurück. Sie hatte eine andere Idee.

21

Das ist nicht Ihr Ernst«, fauchte Dr. Gerstenberger ungläubig. »Ich bin unterwegs.« Sie knallte das Handy auf den Tisch. Jetzt reichte es. Die Dinge gerieten völlig außer Kontrolle. Sie schlüpfte in ihre Schuhe und griff nach der Handtasche. Auf der Türschwelle fiel ihr ein, dass ihr Handy im Wohnzimmer lag. Sie rannte zurück, um es zu holen.

Verdammt! Diese Klinik raubte ihr den letzten Nerv. Draußen war es bereits dunkel und sie hatte eigentlich keine Lust, noch durch die Gegend zu fahren. Aber was blieb ihr anderes übrig? Sie konnte sich nicht vor der Verantwortung drücken. Ein schrilles Lachen drang aus ihrer Kehle. Die Verzweiflung suchte sich ein Ventil. Während manche Menschen weinten, lachte sie. Das war immer schon so gewesen. Mareike wusste, warum sie derartig reagierte. Es war die Wut, die sie in sich trug. Die Stimme ihrer Mutter dröhnte durch ihren Kopf.

»Von uns hast du das nicht!«

Ja, ja. Die schlechten Seiten hatte man niemals von den Eltern. Jedenfalls nicht, wenn es nach ihnen ging. Dabei hatten sowohl ihre Mutter als auch ihr Vater viele Fehler gemacht. Doch in diesem Punkt hatte ihre Mutter recht. Die Wut war immer schon ein Teil von ihr gewesen. In ihrer Jugend hatte sie Schwierigkeiten gehabt, sie unter Kontrolle zu bringen, aber je älter sie geworden war, desto besser konnte sie ihre Gefühle steuern.

Bis heute! Der Anruf von Laura Kern hatte sie völlig aus dem Konzept gebracht. In ihrer Klinik würden merkwürdige Dinge vor sich gehen, hatte die LKA-Beamtin berichtet. Professor Franke würde sich in diesem Moment in Lilly Krügers Zimmer aufhalten. Außerhalb der Dienstzeiten, am späten Abend. Ob sie eine Erklärung dafür hätte.

Natürlich hatte sie eine Erklärung, doch die würde sie Laura Kern nicht auf die Nase binden. Stattdessen hatte sie erstaunt getan und diese unbändige Wut, die in ihr aufstieg, hinuntergeschluckt.

Mareike stürzte aus der Haustür zu ihrem Wagen und gab Gas. Unterwegs fluchte sie ununterbrochen. Sie hatte eine hohe Meinung von Professor Stefan Franke. Er sah gut aus und wirkte kompetent. Ein angesehener Kunstprofessor, der zudem als Mediziner in die kranke Psyche ihrer Patienten schauen konnte.

Leider hatte sie seinen Intellekt überschätzt. Er hatte einfach nur nach Lilly Krüger sehen sollen. Verdammt! Er wusste doch, dass sie unter Beobachtung standen. Wie verflucht konnte er so dumm sein und sich am Fenster eines Patientenzimmers zeigen zu einer Uhrzeit, die nicht seinen Arbeitszeiten entsprach? War er es nicht gewesen, der sich Sorgen um den Ruf der Einrichtung machte? Und jetzt arbeitete er mit Gewalt daran, diesen Ruf zu zerstören. Und wer würde am Ende dafür die Rechnung bezahlen?

Ihre Hand löste sich vom Lenkrad und ihr eigener Zeigefinger bohrte sich zwischen ihre Rippen.

Sie, Dr. Mareike Gerstenberger, würde die Quittung bekommen. Niemand feuerte den Aufsichtsrat. Gefeuert wurde die Klinikleitung. Das lag doch auf der Hand.

Sie trat mit aller Wucht auf die Bremse und brachte ihren Wagen vor einer roten Ampel zum Stehen. Jetzt bloß nicht die Nerven verlieren, sagte sie sich und umklammerte das Lenkrad wie einen Rettungsring. Bestimmt ließ sich alles aufklären, und die Polizei würde sich wieder beruhigen. Sie musste nur die richtigen Worte finden und dafür musste sie runterkommen.

Die Ampel wurde grün und Mareike raste durch die Straßen, bis sie wenige Minuten später den Parkplatz der Klinik erreichte. Sie eilte in den dritten Stock hinauf und stürmte in Lilly Krügers Zimmer. Zu ihrem Entsetzen blickte sie in das Gesicht von Monika Nowak.

»Was machen Sie denn hier?«, herrschte sie die Pflegerin an, die bei ihren Worten zusammenzuckte.

»Ich habe Spätdienst. Ist alles in Ordnung?«

Mareike atmete durch. Sie durfte nicht die Nerven verlieren, auch wenn sie am liebsten auf diese blöde Pflegerin losgegangen wäre. Monika Nowak war die Ursache allen Übels. Sie hatte die Polizei angeschleppt und sie in diese Schwierigkeiten gebracht.

»Wo ist Professor Franke?«, brachte sie mühsam heraus.

»Der ist in seinem Atelier«, erklärte Monika Nowak und fuhr fort, Lilly Krügers Blutdruck zu messen.

Mareike wollte sich gerade zum Gehen wenden, als Monika Nowak sagte:»Ich habe in der letzten Woche jeden Patienten gleich behandelt, genau so, wie Sie es wollten. Darf ich fragen, ob Sie wieder zufrieden mit mir sind?«

Die Unterwürfigkeit in Monika Nowaks Stimme brachte Mareikes Wut zurück. Sie konnte Menschen nicht leiden, die sich selbst als Opfer sahen. Jeder bestimmte sein Schicksal selbst, egal ob groß oder klein. Jederzeit konnte man links oder rechts abbiegen und in den allermeisten Fällen war der richtige Weg bekannt. Die Frage von Monika Nowak war demzufolge völlig überflüssig. Und Mareike hatte überhaupt keine Lust, das unersättliche Ego dieser Frau zu füttern, die ihre Befriedigung aus der Meinung anderer Menschen bezog. Zum Glück hatte Mareike gelernt, sich zu beherrschen. Sie hatte nur aus diesem Grund überhaupt Medizin studiert.

»Ich habe das bereits gehört und freue mich sehr darüber«, antwortete sie lächelnd. »Ihre Kollegen fühlen sich entlastet und die Patienten scheinen zufrieden. Da kann ich nur sagen: Weiter so!«

Sie fixierte Monika Nowak und stellte erleichtert fest, dass die Schwester sich über ihre Antwort freute. Hervorragend. Eine weitere Baustelle konnte Mareike jetzt auch nicht gebrauchen. Sie verließ das Zimmer und hastete die Treppen zum Dachgeschoss hinauf. Ohne zu klopfen, trat sie in Professor Frankes Atelier ein.

»Mareike? Was machen Sie denn noch so spät in der

Klinik?«, fragte Professor Franke und sprang von seinem Schreibtischstuhl auf. Fast hätte sie ihm seine Ahnungslosigkeit abgekauft.

»Die Polizei hat Sie gesehen«, stieß sie aus. »Wir müssen reden.«

22

Laura ignorierte Taylors sehnsüchtige Blicke und griff zu ihrem Handy, das in einem unerträglichen Ton klingelte.

»Laura Kern«, meldete sie sich, ohne aufs Display zu schauen, denn Taylor hatte ihren rechten Fuß gegriffen und begann, ihn mit seinen kräftigen Fingern zu massieren.

»Martina Flemming hier«, erwiderte die Stimme am anderen Ende der Leitung. Laura zog überrascht ihren Fuß zurück und setzte sich aufrecht ins Bett. Taylor blickte sie enttäuscht an und zuckte mit den Schultern.

»Ich gehe Kaffee machen«, flüsterte er, warf ihr einen Luftkuss zu und verschwand aus dem Schlafzimmer.

»Was gibt es?«, fragte Laura neugierig.

»Ich habe eine Verbindung zwischen den beiden Opfern und Professor Franke gefunden«, erklärte Martina Flemming sachlich. »Ich dachte, Sie sollten es gleich erfahren und nicht erst später in der Teambesprechung.«

»Danke. Erzählen Sie!«, sagte Laura.

»Annika Weber war vor drei Jahren in psychiatrischer Behandlung wegen ihrer Depression. Sie hat sich in der Klinik behandeln lassen, in der Professor Franke heute tätig ist. Ich habe seinen Lebenslauf überprüft und er hat dort vor drei Jahren bereits Patienten therapiert. Es könnte also gut sein, dass er Annika Weber sogar persönlich kannte oder sie ihm zumindest über den Weg gelaufen ist.«

»Und wie sieht es mit Finja Grothe aus?«, wollte Laura wissen, während sie Professor Franke vor sich sah, wie er in Lilly Krügers Zimmer stand.

»Finja Grothe hat eine direkte Verbindung zu ihm. Sie war seine Studentin, bis er vor zwei Jahren die Universität verlassen hat. Dennoch hält er weiterhin als Gastdozent Vorlesungen, wenn auch nicht mehr so häufig wie früher.«

»Wow«, entfuhr es Laura. »Könnten Sie mir einen Gefallen tun und auch etwas über Maria Schollhüber herausfinden? Sie ist vermutlich unser drittes Opfer. Ich warte aber noch auf die offizielle Bestätigung der Rechtsmedizin.«

»Das verstehe ich. Die Rechtsmedizin hat übrigens die Identität von Opfer Nummer zwei vor einer halben Stunde bestätigt. Es ist tatsächlich Finja Grothe. Sie wurde wie das erste Opfer mit einem Strick erdrosselt. So wie es aussieht, wurde die Frau vorher lebendig kopfüber an dem Seil aufgehängt und musste ungefähr vier Stunden in dieser Position ausharren. Die Rechtsmedizin geht davon aus, dass sie zum Zeitpunkt ihres Todes bereits länger das Bewusstsein verloren hatte.«

Laura hörte, wie Martina Flemming die Tastatur ihres Computers bearbeitete.

»Sorry, der Bildschirmschoner ist gerade angegangen«, sagte sie und las weiter aus dem Obduktionsbericht vor: »Anhand der unterschiedlichen Schwellungen, der Totenflecke und der Abdrücke des Seils an den Fußgelenken kann festgestellt werden, dass die Frau nach ihrem Tod abgehängt und später erneut aufgehängt wurde. Das sind die Ergebnisse, die mir beim ersten Überfliegen ins Auge gesprungen sind.«

»Das heißt, sie ist wie das erste Opfer woanders gestorben und dann wurde ihre Leiche am Fundort platziert.«

»Richtig«, antwortete Martina Flemming.

»Danke für die Info. Ich mache mich sofort auf ins LKA«, sagte Laura und legte auf.

Taylor, der mit zwei dampfenden Tassen Kaffee im Türrahmen stand, verzog das Gesicht.

»Sag nicht, du musst los«, maulte er gespielt. »Für einen Kaffee im Bett hast du doch bestimmt noch Zeit.«

Laura zögerte. Es brannte ihr unter den Nägeln, mit der Arbeit voranzukommen, aber etwas in Taylors Blick hielt sie davon ab, sofort aufzubrechen. Vielleicht lag es aber auch eher an Max und Sophie Rudolph, dass sie Taylor nicht abweisen wollte. Begann eine Beziehungskrise nicht immer so? Ein Partner vernachlässigte den anderen und schwups kam jemand Neues ins Spiel?

Sie ließ sich zurück ins Kissen sinken und lächelte.

»Wie könnte ich bei diesem Angebot Nein sagen?«

Taylor strahlte und brachte ihr eine Tasse. »Ich weiß, wie sehr dich der Fall beschäftigt, und ich schätze es sehr, dass du noch ein bisschen bleibst.« Er hob die Hand und fügte hinzu: »Ich verspreche dir auch hoch und heilig, dich nicht länger als zehn Minuten abzuhalten.«

»Dafür liebe ich dich«, erwiderte Laura und wunderte sich, wie leicht ihr die Worte über die Lippen gingen. Aber sie konnte es frei heraus sagen, denn genau das war es, was sie für Taylor empfand.

»Dich bedrückt etwas«, bohrte Taylor nach und sah sie durchdringend an.

»Ach, es ist eigentlich nichts.«

»Nichts?« Sein amerikanischer Akzent war unwiderstehlich. Unwillkürlich lächelte sie schon wieder.

»Okay. Max hat ein Auge auf eine andere Frau geworfen. Sie tut ihm nicht gut und ich weiß nicht, was ich machen soll.«

»Oh«, stieß Taylor aus und setzte sich neben ihr auf die Bettkante. »Das kann ich mir bei Max überhaupt nicht vorstellen.«

»Konnte ich bis vor Kurzem auch nicht. Aber dann ist diese Streifenpolizistin am ersten Fundort aufgetaucht und seitdem sehe ich fast jeden Tag, wie sie Max anhimmelt. Sie ist gerade mal Anfang zwanzig und in ihrer Gegenwart ist Max nicht mehr derselbe.«

»Und glaubst du, er könnte Hannah ihretwegen verlassen?«

Laura zuckte mit den Schultern. »Ich hoffe nicht. Doch ich habe kein gutes Gefühl und möchte verhindern, dass es überhaupt so weit kommt. Sie treffen sich heute schon wieder auf einen Kaffee, obwohl es nichts zu besprechen gibt. Sie gehört nicht zu unserem Ermitlungsteam, und ich finde, Max sollte sich von ihr fernhalten.«

Taylor legte den Arm um sie. »Ich habe immer nur Augen für dich«, flüsterte er und dann wurde sein Ton ernster. »Lass sie ruhig Kaffee trinken. Setz Max nicht zu sehr unter Druck. Das könnte nach hinten losgehen. Es wäre besser, wenn er selbst erkennt, was er an Hannah hat. Vielleicht schickst du ihn heute einfach mal früher nach Hause, damit er Zeit mit seiner Familie verbringen kann. Hannah würde sich sicher freuen, ihn schon um vier Uhr zu sehen.«

»Das ist eine gute Idee«, erwiderte Laura und zwang sich, nicht sofort aufzuspringen, denn unwillkürlich ging ihr die lange Liste mit Aufgaben durch den Kopf, die sie dann viel schneller erledigen musste.

»Stress dich nicht«, sagte Taylor und tippte auf seine Armbanduhr. »Wir haben noch vier Minuten und die solltest du auskosten.« Er nahm die Kaffeetasse, die sie auf den Nachttisch gestellt hatte, und hielt sie ihr hin.

»Danke.« Laura nippte an dem Getränk, doch schon nach dem ersten Schluck wanderten ihre Gedanken zurück zum Abend zuvor, als sie Lilly Krüger hinter dem Fenster gesehen hatte. Nach ihrem Anruf war Dr. Gerstenberger sofort in die Klinik geeilt. Ungefähr eine halbe Stunde später kam sie mit Professor Franke heraus und sie fuhren in ihrem Wagen wieder davon. Eines stand für Laura fest: Die beiden steckten irgendwie unter einer Decke. Und die Tatsache, dass Professor Franke zwei Opfer kannte, machte die Sache nicht besser.

»Jetzt muss ich aber wirklich los«, sagte sie und schaute zur Sicherheit auf Taylors Uhr, wo ihre letzte verbliebene gemeinsame Minute ablief.

»Ich werde dich vermissen.« Taylor zog sie an sich und küsste sie. Dann ließ er sie grinsend los und scheuchte sie mit einer Handbewegung aus dem Bett.

Auf dem Weg ins Landeskriminalamt rief Laura Simon Fischer an.

»Sag mir, dass du irgendetwas hast«, bat sie, als er abhob.

Sie hörte ein tiefes Gähnen.

»Nichts. Leider. Ich habe mir die ganze Nacht angeschaut und doppelt geprüft. Niemand hat die psychiatrische Klinik verlassen. Weder durch den Haupteingang noch an den Seiten oder durch den Garten. Die Kameras zeichnen weiter auf, vielleicht passiert es ja am Tag oder heute Nacht, aber ich habe das Gefühl, es ist eine falsche Fährte.«

»Immerhin haben wir den Professor in Lilly Krügers Zimmer gesehen«, entgegnete Laura.

Jemand manipulierte Lilly Krüger. Sie mussten dringend herausfinden, wer. Mit Grauen dachte sie an die beiden verbliebenen Zeichnungen mit der Frau in der Badewanne und dem gefesselten Opfer. Sie mussten diesen Serienkiller stoppen, denn Laura wollte nicht noch eine weitere tote Frau finden.

Sie fuhr in die Tiefgarage und stieg die Stufen zu ihrem Büro in der fünften Etage zu Fuß hinauf, da sie Bewegung brauchte. Normalerweise wäre sie ihre Runde gejoggt, weil dadurch ihr Kopf frei wurde. Aber die Zeit war knapp, das spürte sie.

Als Laura die Tür zum Büro öffnete, stieß sie auf ein allzu bekanntes Bild. Sophie Rudolph saß neben Max am Schreibtisch und ging irgendwelche Unterlagen mit ihm durch. Vor den beiden standen zwei Tassen Kaffee und ein Teller mit Schokoladenkeksen. Max kaute zufrieden und winkte Laura zu, als er sie bemerkte.

»Du kommst ja jeden Tag früher«, begrüßte er sie fröhlich, während Laura sich zu einem Lächeln zwingen musste. »Wir gehen den Obduktionsbericht durch. Die Tote ist übrigens Finja Grothe.«

»Habe ich schon gehört«, erwiderte Laura und stellte ihre Handtasche neben dem Bürostuhl ab. Dann ging sie zum Whiteboard und kreiste den Namen des Professors ein.

»Simon und ich haben den gestrigen Abend auf dem Parkplatz vor der Klinik verbracht und jetzt rate mal, wen wir durch das Fenster in Lilly Krügers Patientenzimmer gesehen haben.«

Max' Augen wurden groß. »Mit diesem Kerl stimmt etwas nicht. Wahrscheinlich versucht er, Lilly Krüger zu manipulieren.«

»Aber warum sollte er das tun?«, fragte Sophie Rudolph.

Laura schnaufte, obwohl die Frage berechtigt war. Sie schluckte ihre Vorurteile hinunter.

»Ich weiß es noch nicht. Doch was Martina Flemming herausgefunden hat, steht fest: Der Professor kannte das zweite Opfer. Finja Grothe war seine Studentin, und es ist sehr wahrscheinlich, dass er auch das erste Opfer kannte. Annika Weber wurde vor drei Jahren wegen Depressionen in der Psychiatrie behandelt. Jetzt fehlt uns nur noch die Verbindung zum dritten Opfer.« Laura schrieb den Namen Maria Schollhüber an das Whiteboard. »Und ehrlich gesagt, Doktor Gerstenberger kommt mir auch zunehmend verdächtig vor. Ich glaube, sie steckt mit dem Professor unter einer Decke.«

»Das hätte ich von Professor Franke nicht gedacht«, erklärte Sophie Rudolph überrascht.

»Ich schon«, warf Max ein. »Mark Fiedler, ebenfalls ein Patient, hat angegeben, dass Professor Franke ein Brett mit präparierten Schmetterlingen in die Klinik gebracht hat, um sie zu zeichnen. Der Mann hat verdammt viele Punkte gesammelt, die gegen ihn sprechen. Zudem ist er nicht liiert und niemand kann ihm für die Zeitpunkte der Morde ein Alibi geben.«

Laura fiel plötzlich noch etwas ein. Sie ging zu ihrem Computer und durchsuchte die E-Mails. Die Einsatzzentrale hatte ihr die Aufnahme des anonymen Anrufers geschickt, der die tote Maria Schollhüber gemeldet hatte.

»Hört zu«, sagte sie und legte den Zeigefinger auf die Lippen. Dann spielte sie den Notruf ab.

»Ich bin hier an der B 96 genau an der Halle, wo erst vor ein paar Tagen eine Tote gefunden wurde. Ich habe noch eine entdeckt, im Gebäude daneben. Schaut euch das mal an.« Die Aufnahme endete, bevor der Mitarbeiter in der Notrufzentrale nach dem Namen des Anrufers fragen konnte.

»Schaut euch das mal an«, wiederholte Laura ungläubig. »Hört sich an, als würde der Anrufer eine neue Fernsehshow ankündigen.«

Sie spielte die Aufnahme noch einmal ab und plötzlich erkannte sie die Stimme.

»Das ist Detlef Schuster, der Obdachlose, der das erste Opfer in der Kiste entdeckt hat«, stieß sie aus und rief die Zentrale an.

»Ich brauche den ersten Anruf von Detlef Schuster,

bei dem er die Tote in der Industriehalle an der *B 96* gemeldet hat. Es ist dringend.«

Sie legte auf und starrte auf ihr Postfach. Nach einer gefühlten Ewigkeit ertönte ein leiser Ton, der den Eingang einer neuen Nachricht verkündete. Laura öffnete sofort den Anhang und bedeutete Max und Sophie Rudolph abermals, still zu sein. Gebannt hörten sie sich den Notruf an.

»Sie müssen kommen. Schnell. Da liegt eine Tote in der Kiste.«

»Können Sie mir sagen, wo Sie sich aufhalten?«

»Ja. Ich bin in einer alten Halle an der *B 96* ...« Laura beendete die Aufnahme.

»Das ist definitiv Detlef Schuster«, stellte sie fest und deutete auf das Whiteboard. »Der Mann hat ebenfalls keine Alibis vorzuweisen. Wir sollten ihn erneut befragen. Warum hat er beim zweiten Anruf seinen Namen nicht genannt?«

»Weil er genau weiß, dass wir ihn dann vorladen.« Max rieb sich nachdenklich das Kinn. »Aber davon einmal abgesehen, er wird kaum den Kühlschrank oder die schwere Kiste transportiert haben. Dafür bräuchte er ein Auto und schweres Gerät, beides hat er nicht. Ich frage mich eher, ob der Marktleiter Björn Lohmann oder der Lkw-Fahrer Lutz Reimer die anderen beiden Opfer kannten.«

»Das erfahren wir gleich«, sagte Laura und sah auf die Uhr. »In drei Minuten geht das Teammeeting los.«

Max sprang auf und drehte sich im Türrahmen noch einmal zu Sophie Rudolph um. »Sorry, dass ich gehen muss. Wir machen einen neuen Termin aus. Einverstanden?«

Laura verdrehte innerlich die Augen, biss sich jedoch auf die Zunge. Sie folgte Max zum Besprechungsraum, in dem Martina Flemming, Peter Meyer und Dennis Struck bereits Platz genommen hatten. Simon betrat schnaufend nach ihnen den Raum und setzte sich in die letzte Reihe, während Max und Laura nach vorn gingen. Laura fasste kurz die bisherigen Ermittlungsergebnisse zusammen und sah dann zu Peter Meyer.

»Was haben Sie von der Frau von Björn Lohmann und seinen Mitarbeitern zu berichten?«

Peter Meyer griff zu seinem Notizblock. »Lohmanns Frau kannte Annika Weber, allerdings nur als Mitarbeiterin. Von der Affäre hat sie offenbar keine Ahnung und ich habe es ihr auch nicht gesagt. Trotzdem konnte sie ihrem Mann kein Alibi geben, weil sie sich zum Zeitpunkt des Mordes an Annika Weber im Krankenhaus wegen ihrer Krebsbehandlung befand. Auch in den Zeiträumen, in denen die drei Leichen abgelegt wurden, war sie noch in Behandlung. Björn Lohmann hätte zeitlich gesehen also die Möglichkeit gehabt, die Morde zu begehen.«

Martina Flemming meldete sich zu Wort. »Wenn ich ergänzen darf? Ich habe die Verbindungen zwischen Lohmann und dem zweiten und dritten Opfer geprüft. Finja Grothe besaß zusammen mit ihrer Mitbewohnerin eine Katze. Da sie in der Nähe des Marktes für Tierbedarf wohnt, wäre es denkbar, dass sie dort Futter besorgt hat. Zu Maria Schollhüber scheint es ebenfalls eine Verbindung zu geben. Sie hat in dem Getränkemarkt gegenüber gearbeitet. Ich konnte bisher nicht feststellen, ob sie ein Haustier hat, aber die beiden

Märkte sind nur durch eine Straße voneinander getrennt.«

Martina Flemming nickte Peter Meyer zu, der erneut zu sprechen begann.

»Ich habe Björn Lohmann ein Foto von Finja Grothe gezeigt. Er behauptet, sie nicht zu kennen. Sobald die Rechtsmedizin grünes Licht gibt, kann ich dasselbe mit dem dritten Opfer wiederholen.« Er blätterte durch seine Unterlagen. »Auch Lutz Reimer habe ich das Foto vorgelegt. Er bestreitet ebenfalls, sie zu kennen, verfügt jedoch über keine stichhaltigen Alibis. Trotzdem konnten Martina Flemming und ich bisher keine Verbindungen zwischen ihm und den Opfern zwei und drei herstellen.«

Simon Fischer meldete sich. »Ich habe mir von der Tankstelle heute früh die Überwachungsvideos besorgt. Lutz Reimers Lkw war diesmal nicht zu sehen. Auch kein schwarzer Pick-up.«

»Danke«, sagte Laura und drehte sich zum Whiteboard um. »Das bedeutet, wir sollten uns weiter auf die Klinik konzentrieren. Professor Franke steht weit oben auf der Liste der Verdächtigen, weil er die ersten beiden Opfer kannte. Mark Fiedler muss erneut befragt werden, inzwischen sollte er einen Anwalt haben. Und wir müssen herausfinden, woher Lilly Krüger ihre Ideen hat.« Sie seufzte und tippte auf die Vergrößerungen der letzten beiden Zeichnungen der Patientin. »Wir müssen alles in Bewegung setzen, um diese Szenarien nicht wahr werden zu lassen. Neben der Klinik sollten wir uns deshalb auf Björn Lohmann konzentrieren. Er taucht ständig in der Nähe der Opfer auf. Aber auch der Obdachlose Detlef Schuster darf nicht aus unserem

Fokus geraten.« Laura verteilte die Aufgaben auf das Team, indem sie die Namen einkreiste und den Mitarbeiter dazuschrieb, der sich kümmern sollte.

»Wir setzen uns morgen wieder zusammen.« Laura schrieb ihren eigenen Namen unter die unangenehmste Aufgabe, die es für sie in ihrem Job gab. Sie und Max mussten mit der Mitbewohnerin und den Eltern von Finja Grothe sprechen. Sie fühlte sich jetzt schon schlecht, weil sie innerhalb der nächsten Stunden drei Menschen für immer die Hoffnung nehmen würde, Finja Grothe jemals lebend wiederzusehen. Doch ihnen blieb nichts anderes übrig. Sie durfte diese Aufgabe nicht jemand anderem aus dem Team überlassen. Sobald sie die schreckliche Nachricht überbracht hatten, würden sie sich um Professor Franke kümmern.

23

》Warum führst du dich so auf? Habe ich dir nicht erklärt, wie man sich benimmt?« Wütend drehte er die Frau auf den Bauch und packte ihren linken Arm.

»Halt doch still!«, schimpfte er. »Du benimmst dich wie ein dreijähriges Kind. Hast du nichts gelernt?«

Er verdrehte ihr den Arm und zog ihn hoch, sodass sie keinen Laut mehr von sich gab. Er hörte nur noch ihren pfeifenden Atem. Sie war selbst schuld an dem Schmerz, den sie nun durchlebte. Hätte sie sich an seine Regeln gehalten, wäre alles gut. Aber sie musste ja ihren eigenen Kopf durchsetzen. Jetzt merkte sie, was sie davon hatte. Mit ihm sprang niemand so um. Niemand!

Sobald er etwas sagte, hatte sie gefälligst zu gehorchen. Wo kämen sie denn hin, wenn jeder tat, wonach ihm gerade der Sinn stand?

Die Toilettenpause gab es erst in einer halben Stunde und dieses dumme Miststück hatte einfach in die Zimmerecke gepinkelt. Ein bisschen Selbstbeherrschung durfte er doch erwarten. Dreißig Minuten und er hätte sie rausgelassen. Aber sie musste sich in Rage schreien und auch noch die anderen verrückt machen. Ein Aufruhr fehlte ihm gerade noch. Die Polizei war ihm viel zu dicht auf den Fersen. So eine blonde Schlampe und ihr glatzköpfiger Partner. Was glaubten die denn? Dass er alles gestand und damit seine Pläne ruinierte? Nicht im Traum!

Er packte den anderen Arm der Frau und zerrte ihn ebenfalls hoch. Dann nahm er den schmalen Lederriemen und fesselte ihre Handgelenke auf dem Rücken. Sollte sich das Miststück schon mal an die Haltung gewöhnen. Am Anfang fühlte es sich schlimm an, wenn die Durchblutung in den Armen nachließ. Die Gelenke und Sehnen schmerzten, weil sie sich überdehnten. Aber dieser Schmerz hatte auch etwas Gutes. Er würde sie lehren, demütig zu sein. Denn das sollte sie sein. Demütig und dankbar für jeden Tag, den er sie am Leben ließ.

»Bitte, ich habe doch nichts getan«, jammerte die Frau unter ihm. Er antwortete nicht, sondern packte ihre Beine und schnürte sie ebenfalls zusammen.

»Bitte, ich halte das nicht aus.«

»Das hättest du dir vorher überlegen müssen!«

Jetzt fing sie an zu weinen. Er hasste das.

»Bitte«, flehte sie. »Lassen Sie mich gehen.«

Er griff abermals in seine Tasche und holte einen Knebel hervor. Sie wollte es offenbar nicht anders. Hatte sie überhaupt nichts begriffen? Er würde es ihr zeigen. Niemand nervte ihn und jemand wie sie schon gar nicht.

Er wusste, wie es sich anfühlte, gefesselt und geknebelt zu sein. Hilflos. Doch man gewöhnte sich daran. Und diese Frau tat es besser auch. Sonst konnte er für nichts garantieren.

»Hör auf zu heulen!«, herrschte er sie an und stopfte ihr den Knebel in den Rachen.

Sie hustete und verdrehte die Augen. Er lockerte den Knebel ein wenig. Noch sollte sie leben.

Er stand auf und ließ sie allein. Immerhin hörte er sie jetzt nicht mehr. Er setzte sich an den Computer und öffnete ein Foto, das er kürzlich aufgenommen hatte. Sanft strich er mit dem Daumen über die zarte Nase der Frau auf dem Bildschirm. Fast hätte er sie nicht wiedererkannt, doch sie war es zweifelsohne. Er hatte sie wiedergefunden und dieses Mal würde sie ihm nicht entkommen.

»Für dich habe ich eine ganz besondere Überraschung«, sagte er, während er ein weiteres Foto aus der Schublade zog. Es zeigte eine Frau mit verbundenen Augen, deren Ohren mit Wachs verschlossen waren und deren Knöchel in Ketten lagen. Sie irrte in der Dunkelheit umher wie ein verängstigtes Kaninchen.

»Das wird dir sicher gefallen«, murmelte er und legte das Foto wieder weg. Dann betrachtete er die Frau auf seinem Bildschirm gründlich und stellte sich vor, was er alles mit ihr machen würde, wenn er sie erst in seiner Gewalt hatte.

24

Laura versuchte, ihre Gesichtszüge unter Kontrolle zu halten. Sie warf einen Blick zu Max hinüber, der den Eltern von Finja Grothe sein Beileid aussprach, und gab ihm ein ebenso unauffälliges Handzeichen. Obwohl Max nicht mit der Wimper zuckte, nahm er ihr Signal auf und schaute ruhig auf sein Handy. Nur an seinem Adamsapfel erkannte Laura die Anspannung, die durch seinen Körper ging. Die Rechtsmedizin hatte soeben die Identität von Maria Schollhüber als drittes Opfer bestätigt. Das bedeutete, dass ihnen in Kürze ein weiteres Gespräch dieser Art bevorstand.

Die Mutter von Finja Grothe blickte Laura aus rot geweinten Augen an.

»Musste sie sehr leiden?«, wollte sie mit zitternder Stimme wissen.

Laura sah den dunkelblau angelaufenen Kopf der Toten vor sich, in dem sich sämtliches Blut gestaut hatte.

Der Täter hatte Finja Grothe kopfüber an einem Baum aufgehängt.

»Sie hat schnell das Bewusstsein verloren«, erklärte Laura, obwohl sie ahnte, dass es ein qualvoller Tod gewesen war. Aber sie wollte Finja Grothes Mutter nicht noch mehr Schmerz zufügen. Sie sollte ihre Tochter so in Erinnerung behalten, wie sie war, und nicht daran denken, auf welche schreckliche Weise ihr das Leben genommen wurde.

»Könnten Sie uns ein paar Fragen beantworten?«, fragte Max nach einer Weile. »Wir müssen wissen, ob es in den Tagen vor dem Verschwinden Ihrer Tochter irgendwelche Auffälligkeiten gab. War sie nervös oder ängstlich? Hatte sie einen neuen Freund oder Streit mit jemandem?«

Finja Grothes Mutter sah ihren Mann an. Beide schüttelten gleichzeitig den Kopf.

»Sie hat Kunst studiert und sich mit allen gut verstanden, auch mit ihrer Mitbewohnerin. Von Männern wollte sie nicht viel wissen. Sie sagte immer, sie genießt das Single-Dasein.« Frau Grothe wischte sich mit dem Taschentuch die Tränen aus dem Gesicht. »Ich kann mir das alles nicht erklären. Sie war ein hinreißendes und freundliches Mädchen. Jeder hat sie geliebt.«

Laura legte Fotos von Annika Weber und Maria Schollhüber auf den Wohnzimmertisch.

»Kannte Ihre Tochter diese beiden Frauen?«

Frau Grothe nahm ein Foto in die Hand und ihr Mann das andere.

»Ich habe sie noch nie gesehen«, sagte Finjas Vater und gab das Foto zurück.

»Ich auch nicht. Aber ich kannte auch nicht jede Kommilitonin, die sie an der Uni hatte. Finja hatte viele Freunde und Bekannte. Aber Tanja Michalski, ihre Mitbewohnerin, könnte vielleicht weiterhelfen.« Finjas Mutter räusperte sich und blickte Laura fragend an. »Ist diesen Frauen dasselbe wie unserer Finja passiert?«

Laura nickte. »Wir suchen nach Verbindungen zwischen den Opfern. Ich habe noch eine Frage zu dem Kunstprofessor Stefan Franke. Sagt Ihnen der Name etwas?«

Die Augen von Finjas Mutter begannen zu leuchten. »Ja, natürlich. Finja schwärmte von ihm. Er ist ein sehr patenter Künstler. Sie hat so viel von ihm gelernt. Er hat sie mit zu Ausstellungen genommen und einmal durfte sie sogar selbst eines ihrer Bilder beisteuern. Heinrich ...« Sie schaute ihren Mann an. »Bring uns doch bitte mal das Gemälde. Finja hat es uns nach der Ausstellung geschenkt. Sie war so stolz darauf.« Finjas Mutter schluchzte laut und Max hielt ihr ein Taschentuch hin.

Finjas Vater hatte das Wohnzimmer kurz verlassen und kehrte mit dem Kunstwerk zurück. Laura traute ihren Augen nicht. Ein großer gelber Schmetterling bedeckte fast die ganze Leinwand.

»Hat sie viele Schmetterlinge gemalt?«, fragte Max, der genauso überrascht schien wie Laura.

»Nein. Das hier ist ihr erster. Deshalb war sie sehr stolz darauf, dass Professor Franke dieses Bild für die Ausstellung wollte«, erklärte Finjas Vater.

»Hat Ihre Tochter sonst noch etwas über den Professor berichtet?«, bohrte Max weiter.

»Sie hat oft von ihm gesprochen, aber es drehte sich alles nur um ihr Kunststudium. Sie hat es sehr bedauert, als er an die Klinik gewechselt ist. Danach hat sie ihn nur noch selten gesehen und mit der neuen Professorin hat sie sich nicht so gut verstanden.«

»Hatten die beiden denn in letzter Zeit noch Kontakt?«

Finjas Mutter hob die Schultern. »Ich glaube nicht. Jedenfalls hat sie in den letzten Monaten, bevor sie verschwand, nichts mehr von Professor Franke erzählt.«

»Wir danken Ihnen für Ihre Unterstützung«, sagte Max und erhob sich gemeinsam mit Laura. »Wir werden jetzt Finjas Mitbewohnerin befragen. Sollte Ihnen noch etwas einfallen, melden Sie sich bitte. Und wenn Sie Hilfe brauchen oder jemanden zum Reden, rufen Sie hier an.« Max gab Frau Grothe die Nummer der Seelsorge und dann verabschiedeten sie sich.

Als sie wieder im Dienstwagen saßen, atmete Laura schwer aus. »Die Eltern tun mir unglaublich leid. Ihre Tochter wurde brutal ermordet und wir kriegen den Killer einfach nicht zu fassen. Glaubst du, es ist der Professor?«

Max presste nachdenklich die Lippen zusammen, bevor er erwiderte: »Dieses Bild mit dem Schmetterling könnte vielleicht darauf hindeuten, findest du nicht? Er scheint der Einzige aus der Gruppe der Verdächtigen zu sein, der sie sammelt.«

»Es fehlt nur die Verbindung zum dritten Opfer«, murmelte Laura. Ansonsten sprachen viele Punkte für den Professor als Täter. Sie fragte sich, wie Dr. Gerstenberger in die ganze Sache hineinpasste.

Max hielt den Wagen vor dem Wohnblock an, in dem Finja Grothe gewohnt hatte und der sich in unmittelbarer Nähe von Annika Webers Wohnung befand.

»Wie lautet eigentlich die Adresse des Professors?«
Laura drehte sich um und griff zu der Akte, die sie auf
die Rücksitzbank gelegt hatte. Sie blätterte durch die
Seiten, bis sie zu einer Art Steckbrief des Professors
gelangte, den Martina Flemming angefertigt hatte.

»Er wohnt im Westen, bestimmt dreißig Minuten
entfernt. Das ist ziemlich weit weg.« Nachdenklich
schlug sie die Akte wieder zu.

Tanja Michalski erwartete sie bereits in der Haustür.
Sobald sie aus dem Auto gestiegen waren, winkte sie
ihnen zu. Erst als Laura direkt vor ihr stand, bemerkte
sie ihre rot geweinten Augen.

»Ich habe es in der Wohnung nicht mehr ausgehal-
ten«, gestand sie und streckte Laura ihre Hand entgegen,
die sich kalt anfühlte.

Die vielleicht fünfundzwanzig Jahre alte blonde
Studentin begrüßte auch Max und führte sie in eine
kleine Erdgeschosswohnung, wo sie in der Küche Platz
nahmen.

»Möchten Sie etwas trinken?«, fragte sie und knetete
nervös die Finger, während eine schwarze Katze um ihre
Füße strich.

»Danke, das ist nicht nötig«, antwortete Laura und
Max neben ihr nickte.

»War es jemand von der Uni?«, stieß Tanja Michalski
plötzlich aus. »Ich meine, war es jemand aus unserem
Semester?«

»Wir wissen es noch nicht. Deshalb sind wir hier.
Können Sie uns noch einmal das Verschwinden Ihrer
Mitbewohnerin schildern?« Laura legte die Fotos der
anderen beiden Opfer auf den Küchentisch.

»Wir waren auf einem Networking-Event im Atrium

der Uni. Fast alle Studenten des Semesters haben teilgenommen. Im Laufe des Abends haben wir uns aus den Augen verloren. Das war aber nicht ungewöhnlich. Ich habe mir auch keine Sorgen gemacht, als sie um fünf Uhr morgens noch nicht zurück war. Doch um zwölf Uhr mittags fing ich an, mir Gedanken zu machen, und am frühen Abend habe ich die Polizei angerufen, nachdem niemand aus unserem Semester wusste, wo Finja abgeblieben war. Ich dachte, sie wäre vielleicht im Park eingeschlafen, in einen Graben gefallen oder bei einem Typen untergetaucht. Aber auf die Idee, dass ihr was Schlimmes zugestoßen sein könnte, bin ich nicht gekommen. Erst als sie am nächsten Tag immer noch fort war, ahnte ich, dass ihr etwas passiert sein musste.«

»Haben Sie denn einen Verdacht, wer es gewesen sein könnte?«

Tanja Michalski zuckte mit den Achseln und die Katze hüpfte auf ihren Schoß. »Na ja, es gibt da so einen Kerl aus unserem Semester, der ziemlich verschroben ist und ein Auge auf Finja geworfen hat. Sie machte ihm sofort klar, dass sie überzeugter Single sei. Er wollte jedoch nicht aufgeben. Hat ständig ihre Nähe gesucht und darauf gehofft, ein gemeinsames Kunstprojekt mit ihr durchzuziehen. Aber Finja hat ihn gemieden. Sein Name ist Pierre Brandt.«

»Und verhält sich dieser Pierre Brandt seit Finjas Verschwinden anders als vorher?«, fragte Laura.

»Nein. Überhaupt nicht. Genau das finde ich allerdings verdächtig. Er ist eiskalt. Hat gleich nach ihrem Verschwinden geholfen, Flugblätter zu verteilen, und sich wichtiggetan. Doch inzwischen erwähnt er nicht mal mehr Finjas Namen.«

»Wurde er Finja gegenüber mal aggressiv?«

Tanja Michalski schüttelte energisch den Kopf. »Nein. Er ist ein Weichei. Zaudert ständig und bekommt den Mund nicht auf. Aber er ist bestimmt so einer, der im Affekt durchdreht. Da wette ich drauf.«

Laura notierte sich den Namen. »Wir werden ihn überprüfen. Fällt Ihnen noch jemand ein?«

Als die Studentin abermals den Kopf schüttelte, deutete Laura auf die Fotos.

»Kennen Sie diese Frauen?«

Tanja Michalski nahm sich Zeit, um die Fotos von Annika Weber und Maria Schollhüber zu begutachten. Doch schließlich sah sie auf und zuckte entmutigt mit den Schultern.

»Nein. Keine von beiden kommt mir auch nur annähernd bekannt vor.«

Laura steckte die Fotos wieder ein, während Max fragte:

»Wie würden Sie das Verhältnis von Finja Grothe zu ihrem ehemaligen Professor Stefan Franke beschreiben?«

»Finja ist total auf ihn abgefahren. Wenn ich ehrlich sein soll, mir ist der Kerl zu alt. Außerdem ist er ein Kontrollfreak. Er kann keinen Pinsel liegen lassen, ohne ihn vorher mehrmals auszuwaschen. Der ist schlimmer als meine Mutter.«

»Heißt das, Finja war verliebt in ihn?«

Tanja Michalski winkte ab. »Das wäre übertrieben. Sie mochte ihn und er hat sie gefördert, doch da lief nichts. Der Professor ist viel zu korrekt, um etwas mit einer Studentin anzufangen. Der würde niemals gegen eine Regel verstoßen.« Sie lachte heiser, sodass die schwarze Katze erschrocken aufsah. »Finja fand ihn toll und hat ihm hinterhergeheult, als er die Uni verlassen hat. Zuletzt war sie aber drüber hinweg.«

»Hatten die beiden noch Kontakt?«

»Sie meinen vor ihrem Verschwinden?«

Laura nickte.

»Nicht, dass ich wüsste.« Tanja Michalski rieb sich über die Stirn. »Also ich würde Nein sagen. Das hätte sie mir bestimmt erzählt.«

»Sind Ihnen sonst irgendwelche Besonderheiten aufgefallen?«

Die Studentin zögerte einen Moment. »Ich habe in den letzten acht Wochen gefühlt jede Stunde darüber nachgedacht, was ich übersehen habe und wo Finja sein könnte. Ich habe mir wirklich alle möglichen Konstellationen vorgestellt. Leider fällt mir wirklich nur Pierre Brandt ein.«

»Falls Ihnen etwas in den Sinn kommt, an das Sie noch nicht gedacht haben, rufen Sie uns bitte an«, bat Laura und legte eine Visitenkarte auf den Tisch.

Als sie wieder im Dienstwagen saßen, blickte Max sie an.

»Und jetzt? Auf in die Psychiatrie?«

»Ja, wir sollten den Professor noch mal genauer unter die Lupe nehmen, ebenso Doktor Gerstenberger und Lilly Krüger möchte ich auch noch einmal treffen. Vielleicht malt sie irgendetwas Neues, was uns weiterbringt.«

Max zog die Augenbrauen zusammen und startete den Motor.

»Besser, sie zeichnet nichts. Ich habe keine Lust auf weitere Leichen.«

»Ich auch nicht«, erwiderte Laura und plötzlich fiel ihr wieder ein, was sie am Morgen mit Taylor besprochen hatte.

»Es ist schon nach vier«, stellte sie fest. »Du solltest dich bei Hannah und den Kindern blicken lassen. Was meinst du? Eine Überraschung wäre doch nicht schlecht, oder? Schließlich hast du Hannah erst vor ein paar Tagen wegen ihres Yoga-Kurses in Schwierigkeiten gebracht. Ich würde Lilly Krüger sowieso lieber alleine aufsuchen. Sie hat komisch auf dich reagiert. Möglicherweise ist sie vergewaltigt worden und fühlt sich in der Nähe von Männern unwohl.«

Max sah sie irritiert an. »Willst du mich loswerden?«

Laura lachte. »Quatsch. Ich will nur, dass du auch mal an dich denkst.«

»Und was ist mit dir? Ich meine, Taylor würde bestimmt auch gerne den Abend mit dir verbringen.«

»Taylor verkraftet das und außerdem hat er momentan selbst viel zu tun«, erwiderte sie und war froh, dass Max ihre Lüge nicht durchschaute.

»Okay«, sagte er. »Ich kann mir ein Taxi nehmen.«

»Nein. Das ist nur eine kleine Schleife.«

Max fuhr los, und als sie eine Viertelstunde später in die Straße einbogen, in der er wohnte, zögerte er.

»Jetzt steig schon aus!«, forderte Laura ihn auf. »Ich muss in die Klinik, bevor dort alle Feierabend machen.«

Max brummte etwas Unverständliches zum Abschied und drehte sich am Hauseingang noch einmal um, um ihr zuzuwinken.

Laura lächelte, wechselte auf den Fahrersitz und gab Gas.

25

D r. Mareike Gerstenberger machte ein finsteres Gesicht. Laura sah, wie es hinter ihrer Stirn arbeitete, weil sie vermutlich nach einer plausiblen Ausrede für Professor Franke suchte. Die Leiterin der psychiatrischen Klinik warf ihr einen eiskalten Blick zu und lehnte sich in ihrem Stuhl zurück.

»Was soll ich Ihnen sagen. Ich selbst habe Professor Franke gebeten, nach der Patientin zu schauen. Wie Sie wissen, geht es um den hervorragenden ...«

Laura unterbrach Dr. Gerstenberger. »Ja, ja. Ich weiß. Es geht um Ihren guten Ruf. Mir geht es aber um die Aufklärung von drei Mordfällen und deshalb muss ich herausfinden, warum eine Ihrer Patientinnen diese Morde auf Papier malt, bevor sie passieren. Ich gehe nicht davon aus, dass Lilly Krüger über hellseherische Fähigkeiten verfügt.«

Dr. Gerstenberger lachte gekünstelt. »Natürlich nicht und wie gesagt habe ich persönlich Professor Franke gestern Abend noch einmal zu ihr geschickt, damit er nach dem Rechten sieht.«

»Und das hätte nicht ein diensthabender Arzt oder jemand vom Pflegepersonal übernehmen können?«

Dr. Gerstenberger sah Laura an, als wäre sie eine Erstklässlerin, der sie alles ganz genau erklären müsste.

»Professor Franke hat viel mit der Patientin zu tun, Sie wissen, wie leidenschaftlich Lilly Krüger malt. Er ist für sie eine Vertrauensperson. Es war also in vielerlei Hinsicht das Beste, ihn zu schicken, um die Lage zu prüfen.«

Diesen Argumenten hatte Laura wenig entgegenzusetzen. Trotzdem konnte sie Lillys Blick nicht aus ihrem Kopf bekommen. Der merkwürdige Ausdruck in ihren Augen – eine Mischung aus Angst und etwas Unbestimmbarem – ließ sie nicht los. Es schien, als wüsste Lilly genau, was als Nächstes passieren würde.

»In Ordnung«, gab Laura nach. »Was hat Professor Franke denn herausgefunden?«

»Nichts.« Dr. Gerstenberger stöhnte resigniert. »Die Patientin spricht nicht, was nicht anders zu erwarten war. Sie zeigt aber auch keinerlei Änderung in ihrem Verhalten. Die Patientin wirkt weder beunruhigt noch gestresst. Woher sie die Ideen für diese Zeichnungen hat, ist uns absolut unverständlich. Haben Sie schon einmal mit dem Patienten Mark Fiedler gesprochen? Wie bereits gesagt hat er in letzter Zeit in der Kunsttherapie mit Lilly Krüger zusammengearbeitet.«

Laura schüttelte den Kopf. »Wir warten auf seinen Anwalt. Ich hoffe, dass wir in Kürze mehr erfahren.«

»Also für Professor Franke möchte ich meine Hand ins Feuer legen«, erklärte Dr. Gerstenberger mit einem merkwürdigen Leuchten in den Augen. »Er würde niemals einer Patientin derartige Bilder in den Kopf setzen.«

Prima, dachte Laura. Die Leiterin der Klinik ließ sie auflaufen, jedenfalls was den Professor anging. Dass sie ihn wirklich gebeten hatte, am Vorabend nach dem Rechten zu schauen, leuchtete Laura nicht ein. Doch sie konnte Dr. Gerstenberger das Gegenteil nicht beweisen. Zudem hätte der Professor auch von sich aus in die Klinik fahren können, um nach Lilly Krüger zu sehen. Im Grunde genommen war bis auf die späte Uhrzeit nichts daran merkwürdig und trotzdem hatte Laura das Gefühl, dass mehr dahintersteckte.

»Ich habe eine Frage zu Mark Fiedler«, sagte sie jedoch nur und sah Dr. Gerstenberger tief in die Augen. »Können Sie mir erklären, warum Sie ihn am Tag vor unserer Befragung zu Hause aufgesucht haben?«

Dr. Gerstenbergers Miene gefror zu Eis.

»Hören Sie«, antwortete sie mit ungeduldiger Stimme. »Vielleicht kommt es bei Ihnen nicht so an, aber wir haben dasselbe Ziel. Aus diesem Grund war ich bei Mark Fiedler. Ich wollte herausfinden, ob er Lilly Krüger zu diesen schrecklichen Zeichnungen verleitet. Leider habe ich nichts aus ihm herausbekommen.«

Laura schwieg und suchte in Dr. Gerstenbergers Gesicht nach Anzeichen einer Lüge. Allerdings konnte sie nichts dergleichen entdecken.

»Ich würde mich gerne noch einmal mit Lilly Krüger treffen. Wenn es möglich ist unter vier Augen«, sagte sie schließlich.

»Darf ich fragen, warum?«

»Ich habe den Eindruck, sie fühlt sich in der Nähe

von Männern unwohl. Das kann auch falsch sein, aber ich würde gerne versuchen, unter vier Augen zu ihr durchzudringen. Ich denke, sie mag mich, und vielleicht haben wir Glück und können etwas herausfinden.«

Dr. Gerstenberger musterte sie kritisch, nickte dann jedoch.

»Ich werde der Patientin aber einen Panikknopf zur Verfügung stellen, damit sie das Gespräch jederzeit abbrechen kann.«

»Damit bin ich einverstanden.« Laura erhob sich.

Dr. Gerstenberger ging voraus und führte Laura in die geschlossene Abteilung, die eine Etage über ihrem Büro lag. Sie klopfte leise an die Tür des Patientenzimmers und öffnete sie.

Lilly Krüger saß am Tisch und malte. Schon vom Flur aus konnte Laura wunderschöne Orchideen erkennen, die in allen erdenklichen Farben schimmerten.

»Guten Abend, Lilly. Wie geht es Ihnen?«, fragte Dr. Gerstenberger und trat ein, wobei Lilly wie immer nicht reagierte. Sie winkte Laura mit sich.

»Sie kennen doch Laura Kern vom Landeskriminalamt. Sie besucht uns heute, weil sie noch einige Fragen hat. Sind Sie damit einverstanden, dass sie kurz hierbleibt, um mit Ihnen zu sprechen?«

Lilly zuckte nicht mit der Wimper, sondern tat so, als wären sie überhaupt nicht im Raum. Dr. Gerstenberger legte den Panikknopf auf den Tisch neben das Aquarell, an dem Lilly arbeitete.

»Wenn Sie möchten, dass Frau Kern geht, drücken Sie einfach den Knopf«, erklärte sie der Patientin und verabschiedete sich. Nachdem sie die Tür von außen geschlossen hatte, nahm Laura auf Lillys Bettkante Platz.

»Es ist schön, Sie wiederzusehen.«

Endlich registrierte Laura eine Reaktion in Lilly Krügers Augen. Für den Bruchteil einer Sekunde glaubte sie, Angst darin zu erkennen.

»Sie malen übrigens sehr schöne Bilder. Die Orchideen sind ganz toll gelungen.« Laura beobachtete jede Regung in Lilly Krügers Gesicht, aber sie hatte wieder ihre übliche Maske aufgesetzt. Voller Inbrunst machte sie sich an die nächste Blüte, dieses Mal mit einem kräftigen Orange.

»Kommt Professor Franke eigentlich öfter zu Ihnen ins Zimmer?« Laura erwartete keine Antwort und redete einfach weiter. »Mein Kollege Simon Fischer und ich haben gestern um das gesamte Gebäude herum Überwachungskameras angebracht. Niemand kann jetzt mehr unbeobachtet hinein oder heraus.«

Das rechte Augenlid von Lilly Krüger begann zu zucken.

»Wir machen uns Sorgen wegen der Frauen auf den Bildern, die Sie gezeichnet haben. Ich würde sie gerne beschützen. Doch ich weiß nicht wie und ich brauche Ihre Hilfe.« Laura machte eine kurze Pause. Lilly Krügers Gesicht wirkte nach wie vor starr wie eine Maske, allerdings hatte ihre Hautfarbe einen tieferen Ton angenommen.

»Es würde mir wirklich unglaublich helfen, wenn ich wüsste, woher die Ideen für Ihre Zeichnungen stammen. Ich verstehe, dass Sie nicht reden wollen, und bestimmt fürchten Sie sich. Aber ich kann für Ihre Sicherheit sorgen und Sie vierundzwanzig Stunden am Tag bewachen lassen.«

Lilly hörte auf zu malen. Sie legte den Pinsel beiseite

und starrte auf einen imaginären Punkt in der Ferne. Die Schneidezähne grub sie tief in die Unterlippe ein.

»Bitte«, sagte Laura sanft. »Wenn Sie nicht sprechen können, dann zeichnen Sie für mich. Ich schwöre Ihnen, dass es unter uns bleibt.«

Lilly Krügers Augen richteten sich unvermittelt mit einer Intensität auf Laura, dass ihr die Luft wegblieb. In ihrem Blick lagen so viele Gefühle, dass Laura fast schwindlig wurde. Wut neben Angst, Verletzlichkeit und Kampfgeist. Alles zusammen erkannte Laura in Lilly Krügers Augen und sie musste unwillkürlich an das Monster denken, das sie als Kind gefangen genommen hatte, und an all die anderen Mädchen, die es nicht wie sie aus dem Pumpwerk herausgeschafft hatten. Sie folgte einer plötzlichen Eingebung und knöpfte ihre Bluse auf, sodass Lilly Krüger die wulstigen Narben unterhalb ihres Schlüsselbeins sehen konnte.

»Jemand hat mir das angetan, als ich noch klein war«, flüsterte Laura und fuhr mit den Fingern über die Narben. »Ich wäre fast gestorben, auf einer schäbigen Matratze. Aber dann habe ich in den Ritzen der Wände abgebrochene Fingernägel entdeckt. Die Mädchen vor mir hatten vergeblich versucht, aus dem Gefängnis zu klettern.« Sie schüttelte traurig den Kopf. »Ich war erst elf. Die anderen haben es alle nicht geschafft. Doch ich fand ein Rohr und zwängte mich hindurch. Irgendwie gelangte ich ins Freie und überlebte. Noch heute sehe ich das Monster, obwohl es inzwischen tot ist.«

Lilly Krüger streckte die Hand nach Laura aus. In ihren Augen brannte der Schmerz. Sie fuhr mit den Fingern durch die Luft, als zeichnete sie Lauras Narben nach. Dann verschwamm ihr Blick wieder in der Ferne und Laura fürchtete schon, sie hätte Lillys Aufmerksamkeit abermals verloren. Doch plötzlich griff Lilly nach einem Buntstift und zeichnete schnelle dünne Linien kreuz und quer über das Blatt. Sie wurde immer schneller und anfangs konnte Laura gar nichts erkennen. Aber nach und nach traten einige Linien stärker aus dem Wirrwarr hervor. Die Gestalt einer Frau kristallisierte sich heraus. Die langen Locken flossen ihr über die Schultern den Rücken hinab. Die Augen der Frau waren verbunden und ihr Mund zu einem Schrei verzerrt. Sie hockte an einer kahlen Wand neben einer Tür, wobei die vielen dichten Linien verdeutlichten, dass der Raum in völliger Dunkelheit lag. Lilly nahm einen roten Buntstift und zeichnete einen runden Kreis in das Ohr der Frau, mit dem Laura jedoch nichts anfangen konnte. Dann folgte ein Schmetterling rechts oben in der Ecke in einem schrillen Gelbton. Lilly atmete schwer und ließ den Stift fallen, während Laura fassungslos auf das Werk starrte.

»Lilly, du liebe Güte, wo haben Sie diese Frau gesehen?«

Lilly sah Laura direkt an. Ihre Lippen bewegten sich, aber es kam kein einziger Ton heraus. Sie griff wieder zum Stift und noch bevor sie weiterzeichnete, erkannte Laura die Antwort auf ihre Frage in Lillys Augen. Sie sprang von der Bettkante auf und nahm Lilly Krüger in den Arm. »Es tut mir so leid«, hauchte Laura. »Es tut mir unendlich leid.«

Lilly schrieb etwas auf das Blatt, legte den Stift zur Seite und schlang ihre Arme um Laura.

26

Dr. Mareike Gerstenberger nickte Monika Nowak knapp zu und sauste an ihr vorbei. Sie hatte keine Zeit für Gespräche mit dieser Person. Mareike schwankte zwischen der Möglichkeit, sich mit Professor Franke zu treffen oder besser abzuwarten, ob das Gespräch der LKA-Beamtin und ihrer Patientin etwas ergab. Natürlich lag die Wahrscheinlichkeit, dass Lilly Krüger plötzlich anfing zu reden, praktisch bei null. Die besten Therapeuten hatten bereits jahrelang versucht, die Patientin aus ihrer Zurückgezogenheit herauszuholen. Niemandem war es bisher gelungen. Auch ihr nicht und sie hatte Lilly insgesamt drei Jahre lang behandelt, bevor sie die Klinikleitung übernommen hatte. Also warum Professor Franke warten lassen?

Trotzdem lag da dieser Kampfgeist in den Augen von Laura Kern. Diese Frau würde nicht einfach wieder gehen, bis sie nicht wenigstens eine winzige Information aus Lilly Krüger herausbekommen hatte. Mareike war beeindruckt von ihrer Erscheinung. Dennoch hörte ihre Unterstützung für das Landeskriminalamt da auf, wo der Ruf ihrer Klinik zu bröckeln begann.

Abermals überlegte sie, das Gespräch abzuwarten, schritt dann jedoch energisch zur Klinik hinaus. Nichts würde dabei herauskommen, das gebot die Logik. Ein Treffen mit Professor Franke hingegen wäre für Mareike für die Verlängerung ihres Arbeitsvertrages wichtig. Er hatte sich den ganzen Tag nicht bei ihr blicken lassen. Vermutlich ärgerte er sich wegen der neu installierten Überwachungskameras und dem Vorfall von gestern Abend. Und das Schlimmste war, dass er sie dafür verantwortlich machte, weil sie ihm nichts von dem Vorhaben der Polizei erzählt hatte. Mareike könnte sich im Nachhinein selbst dafür ohrfeigen. Aber sie hatte tatsächlich vergessen, ihn zu informieren. Allerdings hatte die Polizei nur vom Garten und von den Seiten des Gebäudes gesprochen. Wer hätte ahnen können, dass sie sich auf dem Parkplatz aufhalten würden und Professor Franke genau in dem Moment ans Fenster trat? Hinzu kam, dass Mareike nur mit den IT-Experten der Polizei gerechnet hatte und nicht mit Laura Kern.

Sie atmete tief durch, während sie den Motor startete und den Rückwärtsgang einlegte. Mareike konnte bloß hoffen, dass der Professor nicht nachhaltig verstimmt war. Sie hatte Laura Kern unter anderem deshalb das Gespräch mit Lilly Krüger erlaubt, weil es die Ermittlerin von Professor Franke ablenkte.

Mareike verstand überhaupt nicht, warum die Polizei sich nicht um Mark Fiedler kümmerte. Bei ihm liefen wahrscheinlich alle Fäden zusammen. Er war in ambulanter Behandlung und vorbestraft. Bei Lilly Krüger konnte er zudem sicher sein, dass sie ihn nicht verriet. Inzwischen hatte sie so lange nicht mehr gesprochen, dass es ohne entsprechendes Training für sie vermutlich physiologisch unmöglich war, ihre eingerosteten Stimmbänder wieder in Schwingungen zu versetzen.

Sie bremste an einer Ampel und trommelte ungeduldig mit den Fingern auf das Lenkrad. Ihre Gedanken kreisten um Professor Franke. Sie hoffte, dass sie ihn besänftigen konnte und dass er ihr wohlgesonnen blieb. Ob er ein weitergehendes Interesse an ihr hatte, so wie sie an ihm? Obwohl sie die Psyche von Menschen inzwischen verstehen sollte, blieb Stefan Franke ihr ein Rätsel. Er verhielt sich ihr gegenüber stets freundlich. Das tat er bei anderen allerdings genauso. Vielleicht lag das an seiner langjährigen Erfahrung an der Universität. Der Umgang mit Studenten war eine komplexe soziale Herausforderung. Da war es immer besser, erst einmal ruhig und entgegenkommend zu bleiben.

Sie lenkte ihren Wagen in westliche Richtung, bis sie zehn Minuten später in eine gepflegte Wohngegend einbog, wo sie vor einem modernen Haus mit weißer Fassade anhielt. Mareike war nicht das erste Mal hier, verspürte heute jedoch eine gewisse Unsicherheit. Am Telefon hatte Stefan Franke verärgert geklungen, auch wenn er sich bemüht hatte, dies zu verbergen. Sie hatte die Spannung gespürt. Ob es gut war, unangekündigt bei ihm vorbeizuschauen? Bestimmt fand er es besser, wenn sie ihren Besuch vorher ankündigte. Sie überlegte, ihn anzurufen. Doch was wollte sie erreichen? Sie musste persönlich mit ihm sprechen. Am Telefon hätte er es leicht, sie abzuwimmeln. Wenn sie hingegen vor seiner Haustür stand, würde er die Form wahren. Das gab ihr Gelegenheit, sich zu erklären. Mareike schob ihr Handy in die Tasche zurück und schaltete den Motor aus. Zögerlich verließ sie ihren Wagen und ging auf das große Haus zu. Sie blickte zu den Fenstern, hinter denen sich nichts bewegte, und fragte sich, ob er überhaupt da war. Dann fiel ihr ein, dass das Wohnzimmer, die Küche und auch das Schlafzimmer nach hinten hinaus lagen und sie deshalb nicht gleich falsche Schlüsse ziehen durfte. Sie beschloss, zunächst um die Ecke zu schauen. Möglicherweise saß er im Garten und genoss die untergehende Sonne.

Mareike ging am Zaun entlang, den Blick auf das Haus gerichtet, damit ihr keine Bewegung im Inneren entging. Als sie um die Ecke bog, vernahm sie plötzlich ein Rascheln hinter sich. Noch während sie überlegte, ob vielleicht eine Katze durch das Unterholz streifte, traf sie ein Schlag am Hals. Benommen taumelte sie ein paar Schritte vorwärts und dann wurde ihr schwarz vor Augen. Jemand fing sie auf.

»Professor Franke?«, fragte sie mit zittriger Stimme und verlor das Bewusstsein.

27

Laura war wieder elf Jahre alt. Sie starrte auf ihre kleinen, schmutzigen Hände mit den abgebrochenen Fingernägeln. Die Spitze ihres linken Zeigefingers blutete von dem verzweifelten Versuch, sich zwischen zwei alten Mauersteinen festzuklammern. Hoch über ihrem Kopf war ein Fenster – ihr Weg in die Freiheit. Doch sie kam einfach nicht voran. Immer wenn der Mann abwesend war, versuchte sie, die Mauer hochzuklettern. Die Zeit war jedoch knapp, denn er überprüfte regelmäßig, ob sie noch da war. Zuletzt hatte sie mit ihm tanzen müssen. Der Geruch von Schweiß und etwas Düsterem hing noch in ihrer Nase. Sie schauderte bei der Erinnerung an seine rissigen Lippen, die ihr immer näher kamen und sie schließlich kurz berührten. Sie spürte, dass sie seine Geduld nicht mehr lange auf die Probe stellen konnte. In seinen Augen lag ein seltsames Glänzen, eine Mischung aus Leuchten und etwas Bösem. Sie wusste, er würde nicht mehr lange freundlich bleiben. Laura hatte bereits sechs Fingernägel gefunden und glaubte nicht, dass sie alle von einem Mädchen stammten. Außerdem hatte der Mann ihr mehrfach erklärt, sie sei anders als die vorherigen Prinzessinnen.

Laura wurde gleichzeitig heiß und kalt. Sie musste hinauf zu diesem Fenster, bevor ihr dasselbe widerfuhr wie den Mädchen vor ihr. Sie ignorierte den blutigen Fleck auf ihrer Matratze – darüber nachzudenken jagte ihr zu viel Angst ein. Sie stand auf, klammerte sich an einen vorstehenden Mauerstein und setzte vorsichtig die Fußspitze in eine andere Ritze. Gerade als sie sich hochziehen wollte, hörte sie ein Schnaufen direkt hinter sich. Entsetzt schrie sie auf und stürzte schmerzhaft zu Boden.

Jemand rüttelte sie und sie schrie weiter.

»Laura, Schatz, wach auf!«

Sie spürte ein Brennen auf ihrer rechten Wange und schlug die Augen auf. Verwirrt sah sie in Taylors dunkle Augen, die vor Sorge weit aufgerissen waren.

»Wo bin ich?«, fragte sie mit der dünnen Stimme einer Elfjährigen.

»Bei mir, in Sicherheit. Er ist tot.«

»Tot?« Laura keuchte auf. Endlich löste sich der Albtraum auf, in dem sie festgesteckt hatte. Andreas Hobrecht lebte nicht mehr. Sie war keine elf Jahre mehr alt und das Pumpwerk blieb geschlossen.

»Danke, dass du mich geweckt hast.«

Taylor lächelte schief. »Du hast mir echt Angst gemacht«, stieß er aus und zog sie in seine Arme. »Was ist passiert?«

»Ich war wieder im Pumpwerk eingesperrt.«

»Das weiß ich. Ich meine, was ist gestern passiert, dass du einen solchen Albtraum bekommst?«

Laura wurde blass. Sie hatte nach ihrem Aufeinandertreffen mit Lilly Krüger noch über eine Stunde im Auto gesessen und sich die neue Zeichnung angeschaut. Lilly hatte ein Datum darauf geschrieben, das alles erklärte. Anschließend war sie zu Taylor gefahren, um sich in seinen Armen zu verkriechen.

»Ich habe in der psychiatrischen Klinik etwas Schreckliches herausgefunden. Ich war bei der Patientin, die Mordfälle zeichnet, bevor sie geschehen.« Sie spürte, wie bei der Erinnerung ihr Herz schneller schlug. »Lilly Krüger kann natürlich nicht in die Zukunft sehen.« Laura machte eine kurze Pause und blickte Taylor durchdringend an. »Sie hat nicht die Zukunft, sondern die Vergangenheit gezeichnet. Stell dir vor, ihr muss etwas Ähnliches passiert sein, vor sieben Jahren. Deshalb spricht sie seitdem nicht mehr. Und sie hat vermutlich Frauen gesehen, die getötet wurden.«

Laura schwieg einen Moment. »Wie ich damals«, fügte sie dann leise hinzu. »Ich habe auch gewusst, dass Andreas Hobrecht bereits andere Mädchen getötet hatte.«

Taylor runzelte die Stirn. »Ich verstehe nicht ganz.«

»Die Frauen, die Lilly Krüger zeichnet, sind wahrscheinlich vor sieben Jahren gestorben. Sie hat auf ihre letzte Zeichnung für mich eine Jahreszahl notiert. Und anscheinend wiederholt sich die Mordserie jetzt. Ich habe keine Ahnung, ob ich damit richtigliege. Aber es könnte doch sein. Es wäre eine Erklärung für diese Zeichnungen. Allerdings ist mir nicht klar, woher sie weiß, wann der Mörder erneut zuschlägt. Und es ist mir auch rätselhaft, wie sie damals entkommen ist, falls sie überhaupt in der Gewalt dieses Mörders war.«

»Es muss einen Trigger geben, der diese Erinnerungen bei ihr ausgelöst hat. Sie hat bisher ja anscheinend nichts anderes als Blumenbilder gemalt.«

Laura nickte. »Aber was könnte das sein? Aus der Presse kann sie es nicht haben. Sie zeichnet die Bilder jedes Mal, bevor es passiert, als wenn sie wüsste, wie viele Tage zwischen den Morden vergehen.«

»Kann es sein, dass sie weiß, dass der Täter nach sieben Jahren seine Taten wiederholt? Dann wäre der mögliche Trigger das Kalenderdatum.«

Laura dachte nach. Taylor könnte recht haben, doch das bloße Datum als Auslöser erschien ihr zu schwach.

»Ich müsste Lilly Krüger irgendwie zum Reden bringen. Vielleicht kennt sie die Namen der Opfer von damals. Dann hätten wir einen Anhaltspunkt.«

Taylor verzog das Gesicht. »Ich bin kein Psychologe, aber wer sieben Jahre lang kein Wort redet, der fängt nicht einfach so wieder an zu sprechen. Du solltest dich nicht auf eine vage Hoffnung stützen, sondern lieber nach alten Mordfällen suchen, die ungeklärt sind. Falls es wirklich vor sieben Jahren eine Mordserie gab, solltest du schnell darauf stoßen.«

»Ich habe gestern schon kurz recherchiert, aber nichts gefunden.«

»Weite deine Suche auf alle Bundesländer aus. Du musst dich auf Zeugen, Spuren und Ähnliches konzentrieren. Der Kerl ist kein Phantom und du hast bisher jeden Fall aufgeklärt.« Taylor zog sie abermals an sich. »Mit den neuen Informationen glaube ich, dass du auch diesmal kurz davor bist.«

Laura war da nicht so zuversichtlich wie Taylor, aber sie würde alles in Bewegung setzen, um dem Täter endlich auf die Spur zu kommen. Natürlich konnte sie, was die Hinweise von Lilly Krüger anging, danebenliegen. Doch das glaubte sie einfach nicht. Sie sah auf die Uhr und sprang aus dem Bett.

»Ich kann sowieso nicht mehr schlafen. Am besten, ich mache mich sofort wieder an die Arbeit.«

»Es ist erst sechs und du bist gestern spät nach Hause gekommen. Solltest du nicht frühstücken?«

Laura schüttelte den Kopf.

»Dafür habe ich jetzt keine Ruhe. Höchstwahrscheinlich sind noch nicht alle Morde geschehen, die auf den Zeichnungen zu sehen sind. Ich muss versuchen, sie zu verhindern.« Sie gab Taylor einen schnellen Kuss und eilte ins Badezimmer.

Beim Blick in den Spiegel ignorierte sie die dunklen Ränder unter ihren Augen und die Narben am Schlüsselbein, die sie Lilly Krüger gezeigt hatte. Sie kämmte ihre blonden Locken, putzte die Zähne und zog sich an.

Als sie das LKA erreichte, war es kurz vor sieben. Sie fuhr gerade durch die Schranke, als das Handy klingelte.

»Friedrich Momsen hier. Ich bin der Anwalt von Mark Fiedler. Ich weiß, dass es noch ziemlich früh ist, aber ich müsste dringend mit Ihnen persönlich sprechen. Hätten Sie einen Moment Zeit für mich?«

»Natürlich. Wo sind Sie denn?«

»Ich stehe im Eingangsbereich des LKAs.«

»Das trifft sich gut. Ich bin gerade angekommen. Lassen Sie mich rasch meinen Wagen parken und ich bin in drei Minuten bei Ihnen.« Laura legte auf und fuhr in die Tiefgarage. Sie verriegelte den Wagen und eilte die Treppen zum Haupteingang hinauf. Sofort fiel ihr dort der Mann im dunkelblauen Anzug ins Auge, bei dem es sich um den Anwalt von Fiedler handeln musste.

»Guten Morgen, Herr Momsen«, begrüßte sie ihn. »Möchten Sie in mein Büro kommen? Dort können wir uns ungestört unterhalten.«

Der Anwalt schüttelte zu Lauras Überraschung den Kopf. »Es geht ganz schnell und über die weitere Befragung können wir später reden. Ich dachte mir nur, das hier sollten Sie sofort sehen.« Er zog ein Blatt Papier aus seiner Aktentasche und überreichte es ihr.

»Mein Mandant wollte wegen dieser Zeichnung nicht mehr ohne Anwalt mit Ihnen sprechen. Lilly Krüger hat sie ihm vor ein paar Tagen bei der Kunsttherapie gegeben. Er wusste nicht, warum und gab sie ihr zurück. Doch sie wollte nicht. Sie hat sie ihm immer wieder hingelegt, bis er sie einsteckte. Die Zeichnung war schon fast in Vergessenheit geraten, bis Ihr Gespräch mit ihm stattfand. Er fürchtete, dass er dadurch in Verbindung mit den Morden gebracht werden könnte, weshalb er sich danach an mich wandte.«

Laura betrachtete die Zeichnung, die einen kleinen dunklen Raum mit einer Gestalt am Boden zeigte. Sie hatte die Arme verzweifelt ausgestreckt, als suche sie nach einem Ausweg aus der Dunkelheit.

»Verdammt«, stieß Laura aus. »Das ist jetzt schon Zeichnung Nummer sieben.«

»Ich möchte in jedem Fall darauf hinweisen, dass mein Mandant mit diesen Morden nichts zu tun hat. Ich bin inzwischen sehr lange als Strafverteidiger tätig und ich muss sagen, ich glaube ihm.«

»Sie kennen hoffentlich seine Vorgeschichte«, entgegnete Laura.

»Selbstverständlich. Aber diese Tat ist zum einen bereits eine Weile her und Mark Fiedler hat zum anderen wirklich vor, sich zu ändern. Zudem liegt ein weiter Weg zwischen körperlicher Gewaltanwendung und einem Mord.«

Laura erwiderte nichts. Der Anwalt tat nur seinen Job und sie ihren.

»Ich danke Ihnen für die Zeichnung. Das ist für unsere Ermittlungen sehr wichtig.«

»Das dachte ich mir. Ich hoffe, Sie finden denjenigen, der für diese schrecklichen Taten verantwortlich ist. Ich werde mit Herrn Fiedler zusammenstellen, wo er sich in den letzten Tagen aufgehalten hat und wer das bezeugen kann. Wenn es Ihnen recht ist, können wir morgen gerne zur Befragung im LKA erscheinen.«

»Sehr gut, das machen wir so.« Laura verabschiedete Mark Fiedlers Anwalt und nahm die Treppen bis zu ihrem Büro zu Fuß.

An ihrem Schreibtisch las sie noch einmal alle Informationen über Lilly Krüger, die sie bisher zusammengetragen hatten. Laut ihren Eltern hatte sich die junge Frau vor sieben Jahren zu einer Rucksacktour durch Europa aufgemacht. Nach ein paar Monaten, als ihre Eltern sie eigentlich in Rumänien wähnten, hatte sie plötzlich völlig verstört und ohne Habseligkeiten vor ihrer Haustür gestanden. Sie sprach kein Wort mehr. Sämtliche danach erfolgten Untersuchungen gingen ins Leere. Man konnte weder ihre Wegstrecke nachvollziehen noch wies ihr Körper Spuren von Gewalteinwirkungen oder gar einer Vergewaltigung auf.

Ob Lilly Krüger überhaupt zu ihrer Reise aufgebrochen war? Vielleicht hatte der Täter sie schon ganz am Anfang in seine Gewalt gebracht, denn wie sollte eine traumatisierte Frau allein den Weg von Rumänien zurück nach Hause bewältigen ohne Geld, eine Zugfahrkarte und ohne Papiere? Sie sah an der Adresse der Eltern, dass sie in Brandenburg lebten. Ob der Täter Lilly Krüger von dort her kannte?

Laura betrachtete die drei Opfer der aktuellen Mordserie. Sie waren verschwunden, ohne dass es in ihrem Umfeld aufgefallen war. Normalerweise fanden sich bei den Ermittlungen früher oder später immer Zeugen, die Hinweise geben konnten. Zum Beispiel, dass sich ein Fremder an den Tagen zuvor in der Gegend herumgetrieben oder vielleicht sogar nach dem Opfer gefragt hatte. Manchmal beobachtete auch ein Nachbar, wie ein Opfer in ein Auto gezerrt wurde. Digitale Spuren wie Freundschaftsanfragen auf sozialen Netzwerken oder verdächtige E-Mails waren ebenfalls keine Seltenheit. Doch bei diesen drei Frauen gab es keine solchen Anzeichen. Trotz eines aktiven Soziallebens waren sie scheinbar über Nacht wie vom Erdboden verschluckt.

Laura hatte nur eine Erklärung dafür. Der Täter studierte seine Opfer und deren Routinen über Monate hinweg. Er wusste genau, wann er zuschlagen musste, um ungesehen davonzukommen.

»Guten Morgen, Laura. Ist Max noch gar nicht da?«, ertönte plötzlich eine Stimme im Türrahmen und ließ sie auf der Stelle hochfahren.

»Hannah? Was treibt dich denn um diese Uhrzeit hierher?«, fragte Laura überrascht.

»Max müsste eigentlich schon hier sein. Er hat sein

Portemonnaie zu Hause vergessen und ich wollte es ihm vorbeibringen.« Hannah wich Lauras Blick aus und errötete.

»Er ist noch nicht eingetroffen, aber ich kann es ihm geben, wenn du willst«, erklärte Laura.

Hannah überreichte ihr eine braune Lederbörse und begab sich zur Tür.

»Ich habe eine Frage«, sagte sie unvermittelt und drehte sich wieder zu Laura um. »Max ist gestern ungewöhnlich früh nach Hause gekommen. Ich dachte, ihr hättet so viel zu tun.«

Laura wusste nicht, worauf Hannah hinauswollte, aber sie konnte regelrecht spüren, dass ihr etwas auf dem Herzen lag.

»Ich wollte allein – sozusagen von Frau zu Frau – mit einer Zeugin sprechen und habe ihm gesagt, er könnte ruhig schon Feierabend machen. Das war doch in deinem Sinne, oder?«

Hannah zögerte mit einer Antwort. Sie biss sich auf die Lippe und sagte dann: »Also ich ... ich weiß nicht, ob ich übertreibe, aber ...« Sie stockte erneut, unsicher, ob sie weiterreden sollte.

Laura wartete geduldig, bis Hannah die richtigen Worte fand.

»Also am besten, ich sage es geradeheraus«, fuhr sie fort. »Max ist gestern unter die Dusche gegangen und da hat immer wieder dieselbe Nummer angerufen. Ich bin nicht drangegangen. Natürlich nicht. Doch erst kommt er so früh nach Hause und dann ist er ebenso früh wieder verschwunden. Dazu die Anrufe und sein Portemonnaie hat er noch nie vergessen, seit wir uns kennen.

Ich weiß nicht, warum er so durcheinander ist. Hast du eine Ahnung?«

Laura verschluckte sich fast. »Ob ich eine Ahnung habe?«, fragte sie lang gezogen, um Zeit zu gewinnen, und hätte sich am liebsten in Luft aufgelöst. Natürlich hatte sie eine Ahnung und diese trug sogar einen Namen: Sophie Rudolph. Doch selbst unter Folter würde Laura den Namen nicht preisgeben und Max damit in die größte Katastrophe seines Lebens reiten. Auch wenn Hannah ihn vor Jahren betrogen hatte, war sie offenbar selbst ziemlich eifersüchtig.

Krampfhaft überlegte Laura, was sie erwidern könnte, als hinter Hannah die Bürotür aufschwang und Max mit zwei Bechern Kaffee in den Händen erschien. Das an sich wäre harmlos gewesen und hätte auf der Stelle dafür gesorgt, dass Hannah sich wieder beruhigte. Aber Max war nicht allein. Neben ihm stand Sophie Rudolph mit einem strahlenden Lächeln auf den Lippen. Ganz offensichtlich hatte sie keine Ahnung, wen sie vor sich hatte.

»Guten Morgen«, stieß sie fröhlich aus, bevor Max oder irgendjemand anderes den Mund aufmachen konnte. »Wir waren extra beim Coffeeshop und haben auch Kekse besorgt. Max hat mich sogar von zu Hause abgeholt.«

Max' Gesichtsausdruck erstarrte in einer Mischung aus Verlegenheit und nackter Panik. Laura konnte Hannahs Blick nicht sehen, aber er war hundertprozentig tödlich. Nur Sophie Rudolph schien nichts von alledem zu merken.

»Ich habe Schokokekse und ein paar mit Vanille

ausgesucht«, plapperte sie ununterbrochen weiter, während alle um sie herum schwiegen.

Irgendwann, nachdem die Sommerhitze im Büro sich zu Eis verwandelt hatte, öffnete Max den Mund.

»Hannah? Was machst du denn hier?«, fragte er mit einer Stimme, die er als Zehnjähriger gehabt haben musste.

Hannahs Rücken spannte sich an. Sie wuchs scheinbar um mehrere Zentimeter in die Höhe. Statt ihrem Mann zu antworten, reichte sie Sophie Rudolph die Hand.

»Ich bin Hannah, Max' Frau. Sind Sie neu hier?« Im Gegensatz zu Max hatte Hannah ihre Stimme unglaublich gut unter Kontrolle, denn Sophie Rudolph schien noch immer kein Ungemach zu spüren.

»Seine Frau?«, stieß sie erfreut aus und mit einem Ruck fuhr ihr Blick zu Max' Ringfinger, an dem unübersehbar der Beweis prangte. »Ich bin Sophie Rudolph, eigentlich von der Streife, aber Max lässt mich diesen Fall begleiten. Ich will nämlich auch unbedingt zum LKA.«

»Ja, das ist ein spannender Beruf, auch wenn er ziemlich viel Zeit in Anspruch nimmt«, entgegnete Hannah und wandte sich Max zu. »Du hast deine Geldbörse heute Morgen liegen lassen. Ich habe sie gerade vorbeigebracht und Laura gegeben. Wir sehen uns heute Abend.« Hannah stürmte aus dem Büro und ließ den ratlosen Max einfach stehen.

»Hat sie was?«, fragte Sophie Rudolph überrascht.

»Nein«, brummte Max und stellte die Kaffeebecher ab. »War sie schon lange hier?«

»Höchstens zwei Minuten«, antwortete Laura und

gab Max die Geldbörse. »Tut mir leid, ich hätte dich vorgewarnt, aber es ging alles so schnell.«

»Schon gut. Ich kümmere mich darum. Ich rufe sie gleich an.« Max klang nicht sonderlich positiv.

»Ich sollte wohl besser gehen«, warf Sophie plötzlich ein. »Ich habe noch einiges zu erledigen. Wenn ihr mich braucht, gebt einfach Bescheid.«

Sophie Rudolph verschwand durch die Tür und schloss sie hinter sich.

»Wir haben eine Menge zu tun«, schoss es aus Laura heraus. »Aber zuallererst musst du Hannah hinterherrennen. Na los. Beweg deinen Hintern. Wenn du Glück hast, kannst du sie vor der Schranke abpassen.« Sie gab Max einen Stups und bedeutete ihm, loszulaufen.

Als auch er das Büro verlassen hatte, atmete Laura erst einmal durch. Es war noch nicht mal acht Uhr morgens und schon schien die Welt im Chaos zu versinken. Sie musste irgendwo ansetzen. Lilly Krüger stammte aus Brandenburg. Es machte daher Sinn, die Suche über Berlin hinaus bis in dieses Bundesland auszudehnen. Im LKA Brandenburg hatte Laura eine Bekannte, die sie schnell mit Informationen versorgen konnte. Außerdem musste sie die bundesweite Datenbank durchforsten. Es wartete viel Arbeit auf sie.

28

Max sah aus wie ein begossener Pudel, als er wieder zur Tür hereinkam und sich schlaff auf seinen Stuhl fallen ließ. Er rieb sich die Schläfen und blickte dann zu Laura.

»Mit Frauen ist es echt nicht einfach«, brummte er, nahm den Kugelschreiber und bohrte ein Loch in seinen Schreibblock. »Hannah ist extrem sauer auf mich. Sie glaubt, ich interessiere mich für Sophie Rudolph.«

Laura wusste nicht, was sie darauf sagen sollte. »Ihr wirkt sehr vertraut miteinander. Vermutlich hat Hannah das gespürt.«

»Hat sie.«

»Es renkt sich bestimmt auch wieder ein«, versuchte Laura, ihn aufzumuntern.

»Ich hoffe. Immerhin hast du mich dazu gebracht, ihr hinterherzulaufen. Ich habe sie genau an der Schranke erwischt. So lange sie noch mit mir streitet, ist es eigentlich okay. Schlimm wird es erst, wenn sie kein Wort mehr sagt.«

»Ich kann auch mal mit ihr reden, falls das hilft«, bot Laura an, doch Max schüttelte den Kopf.

»Ist nicht nötig. Ich bekomme das schon wieder hin, Wir gehen heute Abend essen und dann klären wir das.«

»Sie hat dich also nicht vor die Tür gesetzt«, stellte Laura erleichtert fest und musste lächeln.

Max zuckte mit den Schultern. »Zum Glück nicht. Was mir nur Sorgen macht, ist, dass sie vielleicht recht hat.«

Laura horchte auf. »Was? Wie meinst du das?«

»Ich finde Sophie wirklich interessant. Sie ist irgendwie so frisch und mutig. Sie träumt noch. Bei mir und Hannah ist alles eingefahren. Ein ewiger Trott und Träume gibt es wohl auch nicht mehr.«

»Oh nein. Jetzt sag mir bitte nicht, du bist verknallt.«

»Nein, bin ich nicht. Jedenfalls nicht Hals über Kopf. Aber ich merke einfach, dass mir was fehlt.« Max seufzte und rieb sich abermals die Schläfen. »Vermutlich muss ich mich wieder mehr für Hannah interessieren. Aber der Job und die Kinder fressen momentan unsere ganze Zeit auf.«

Laura ging zu Max und legte ihm tröstend eine Hand auf die Schulter.

»Mensch, Max! Du und Hannah, ihr gehört zusammen. Ihr habt zwei wunderbare Kinder und ihr liebt euch. Wirf das nicht weg für ein paar Schmetterlinge im Bauch. Versprich es mir.«

Max lächelte. »Du hast ja recht. Ich sehe es genauso. Keine Ahnung, wahrscheinlich habe ich Sophies Nähe gesucht, um mich einfach mal frei zu fühlen.«

Laura ließ Max los und stemmte die Hände in die Seiten. »Und was ist mit mir? Fühlst du dich in meiner Nähe etwa auch unfrei und gefangen?«

Max winkte vehement ab. »Quatsch und bei Hannah tue ich das auch nicht wirklich. Aber jetzt lass uns das Thema wechseln. Was hast du gestern aus Lilly Krüger herausbekommen? Du warst heute vor mir im Büro. Es muss also etwas Wichtiges sein.«

Laura erzählte von Lilly Krügers neuer Zeichnung und ihrem Verdacht, dass es sieben Jahre alte Fälle waren, die die Patientin zu Papier brachte.

»Ich habe einer Bekannten vom LKA Brandenburg unsere Fälle und die Zeichnungen geschickt. Sie meldet sich zurück, sobald sie etwas hat.«

»In Ordnung, dann sollten wir uns jetzt wohl um den Vater von Maria Schollhüber kümmern. Vielleicht kann er uns aufschlussreiche Hinweise liefern. Martina Flemming hat die wichtigsten Fakten zusammengestellt und ich habe diese schon mal ausgedruckt.« Max nahm ein paar Blätter von seinem Schreibtisch.

»Maria Schollhübers Vater ist Inhaber des Getränkeladens, in dem sie gearbeitet hat. Vor neun Wochen hatte sie einige Besorgungen für den Laden zu erledigen. Es ging um Papiere, die sie beim Bezirksamt organisieren sollte. Sie fuhr um dreizehn Uhr mit dem Fahrrad los, und als sie am Abend immer noch nicht zurückgekehrt war, meldete ihr Vater sie als vermisst. Die Mutter ist seit fünfzehn Jahren tot und Geschwister gibt es keine. Maria Schollhüber war ledig und hatte keine Kinder.«

»Dann müssen wir dem armen Mann jetzt die schreckliche Nachricht überbringen«, murmelte Laura, der überhaupt nicht wohl bei dem Gedanken war. Der Vater hatte schon seine Frau verloren und nun auch noch seine Tochter. Das Leben konnte wirklich grausam sein.

Eine knappe halbe Stunde später erreichten sie den Getränkemarkt, der sich auf der anderen Straßenseite gegenüber dem Markt für Heimtierbedarf befand. Die räumliche Nähe zwischen dem Arbeitsplatz von Maria Schollhüber und dem des ersten Opfers Annika Weber konnte kein Zufall sein. Laura hoffte, endlich auf eine brauchbare Spur zum Täter zu stoßen. Ob Maria Schollhübers Vater wusste, dass aus dem Heimtiermarkt ebenfalls eine Frau umgebracht worden war?

Max parkte das Auto auf dem halb vollen Parkplatz. Ein bärtiger Mann schob einen schwer beladenen Einkaufswagen mit etlichen Getränkekisten an ihnen vorbei und rammte fast ihr Dienstfahrzeug, als sie ausstiegen.

»Können Sie Ihre Karre nicht woanders parken?«, blaffte er und rangierte seinen übervollen Wagen durch die schmale Lücke zwischen ihrem und dem nächsten Auto hindurch. Laura sah, wie Max sich anspannte und zu einer Antwort ansetzte, doch sie schüttelte den Kopf und zog ihn mit sich.

Im Getränkemarkt herrschte an der Kasse gähnende Leere. Vereinzelte Kunden schoben ihre Einkaufswagen durch die Gänge, die im Wesentlichen aus Getränkekisten bestanden. Da sonst kein Verkaufspersonal zu sehen war, wandte sich Laura an die Kassiererin, die in Maria Schollhübers Alter war, allerdings kurze, grün gefärbte Haare hatte.

»Guten Morgen, ich bin Laura Kern vom Landeskriminalamt und das ist mein Partner Max Hartung. Wir hätten gerne mit dem Inhaber Bruno Schollhüber gesprochen.«

Die Kassiererin warf ihnen einen abschätzigen Blick zu und hob dann den Telefonhörer.

»Bruno? Kannst du mal nach vorne kommen? Hier sind zwei vom Landeskriminalamt.«

Sie legte auf und deutete mit einem Kopfnicken in Richtung des hinteren Teils des Ladens.

»Er ist unterwegs«, erklärte sie knapp und begann, in einer Zeitschrift zu blättern.

Kurz darauf wurde eine Tür aufgestoßen und ein kleiner Mann mit üppigem Bauchumfang und Glatze kam auf sie zugestürmt. Er wischte sich die Hände an den Seiten seiner grauen Hose ab und begrüßte zuerst Laura und dann Max.

»Guten Morgen, kommen Sie bitte mit mir. Haben Sie Neuigkeiten von meiner Tochter?« Er beäugte sie voller Hoffnung und ging mit ihnen zurück zu der Tür, durch die er gekommen war. Er lotste sie hindurch und ließ sie in sein Büro auf der linken Seite eintreten.

»Haben Sie sie gefunden?«, wollte er wissen, noch bevor sie Platz genommen hatten.

»Wir haben keine guten Neuigkeiten«, sagte Laura sanft, weil sie nicht wollte, dass er sich weiter in seine Hoffnungen hineinsteigerte und dann umso tiefer fiel, wenn er die Wahrheit erfuhr.

»Was?« Er rieb sich über den kahlen Kopf und blickte zwischen ihnen hin und her. »Keine guten ...« Er sprach nicht weiter, sondern ließ sich auf einen Stuhl sinken.

»Es tut uns sehr leid, Herr Schollhüber, aber Ihre

Tochter wurde tot aufgefunden. Sie ist Opfer eines Gewaltverbrechens geworden.«

Jegliche Farbe wich aus Bruno Schollhübers Gesicht. Seine Augen füllten sich mit Tränen. Er öffnete den Mund und stieß einen Schluchzer aus, in dem so viel Schmerz lag, dass sich Lauras Inneres zusammenkrampfte. Laura warf Max einen Blick zu, der unauffällig mit den Schultern zuckte.

»Soll ich einen Arzt rufen, Herr Schollhüber? Der kann Ihnen etwas zur Beruhigung geben. Es tut uns wirklich schrecklich leid. Wir können auch später wiederkommen. Aber wir müssen Sie bitten, uns einige Fragen zu beantworten, damit wir den Täter fassen können.«

Bruno Schollhüber winkte ab. »Nein, nein. Bleiben Sie. Es geht gleich wieder. Ich will, dass Sie diese Bestie zur Strecke bringen!«

Max reichte ihm ein Taschentuch. Es dauerte noch zwei, drei weitere Minuten, bis sich Bruno Schollhüber einigermaßen beruhigt hatte und sie aus rot geweinten Augen ansah.

»Was möchten Sie wissen?«, fragte er mit bebender Stimme.

»Ihre Tochter ist vor neun Wochen verschwunden. Ist Ihnen in den Tagen davor eine Veränderung an ihr aufgefallen oder gab es ungewöhnliche Vorfälle? Ein Streit, jemand, der ihr gefolgt ist, irgendetwas?«

Bruno Schollhüber schüttelte matt den Kopf. »Nein. Das habe ich Ihren Kollegen schon alles haarklein erzählt. Alles war wie immer. Maria war ein beliebtes Mädchen. Jeder hier hat sie gemocht und das nicht nur, weil sie meine Tochter war.«

CATHERINE SHEPHERD

»Hatte sie einen Freund?«

»Nein. Maria mochte Mädchen. Aber sie war nicht liiert. Vor einem Jahr hat sie eine schlechte Erfahrung gemacht und sich seitdem nicht mehr fest gebunden.«

»Sie hatte aber hie und da eine Verabredung?«

Bruno Schollhüber zögerte mit einer Antwort. Nachdenklich kratzte er sich am Kopf.

»Wir haben nicht allzu oft über diese Dinge gesprochen. Ich glaube, sie war einmal mit Lea aus, der Kollegin an der Kasse. Doch das war nichts Ernstes.«

»Haben Sie Kontakt zu dem Markt für Heimtierbedarf gegenüber?«, fragte Laura und deutete in die Richtung.

Bruno Schollhübers Miene verhärtete sich. »Zu Lohmann und Konsorten? Nein! Und ich sage Ihnen auch warum. Björn Lohmann, dieser widerliche Typ, ist meiner Tochter hinterhergestiegen. Er wollte ihr zeigen, wie es mit einem echten Kerl läuft. Hat ihr nach Feierabend aufgelauert. Wäre ich an dem Abend nicht zufällig noch hier gewesen, wer weiß, was passiert wäre. Seitdem betrete ich diesen Laden nicht mehr und wir liefern denen auch keine Getränke, so wie früher. Die sollen mal schön zum nächsten Großmarkt fahren!«

Laura horchte auf. »Soll das heißen, Björn Lohmann hat versucht, Ihre Tochter zu vergewaltigen? Wann war das?« Sie sah die drei Opfer vor sich, die sich vom äußeren Erscheinungsbild deutlich ähnelten. Mit Annika Weber hatte Lohmann eine Affäre gehabt, Finja Grothe besaß mit ihrer Mitbewohnerin eine Katze und hatte in dem Markt für Heimtierbedarf Futter eingekauft. Auch Maria Schollhüber passte optisch wie die beiden anderen genau ins Schema.

»Das ist jetzt vier Jahre her. Ich habe überlegt, dieses Arschloch anzuzeigen, aber er hat mir angedroht, dass er mein Geschäft ruiniert. Ich wollte keinen Streit mit diesem Idioten, der ständig mit seinem dicken Pick-up durch die Gegend brettert.«

»Und was hat Ihre Tochter dazu gesagt?«, fragte Laura entsetzt.

Bruno Schollhüber zuckte mit den Achseln. »Was soll sie schon gesagt haben? Sie war froh, dass ich ihr rechtzeitig zur Seite gesprungen bin, bevor überhaupt etwas passiert ist.«

Laura wurde nicht so richtig schlau aus Schollhübers Angaben.

»Als Sie die beiden an jenem Abend angetroffen haben, was genau ging da vor sich?«

»Er hat sie in eine Ecke gedrängt und vollgequatscht. Seine Hände lagen auf ihren Schultern, sodass sie nicht einfach abhauen konnte.«

»Hat er sie geküsst?«

Schollhüber machte ein angewidertes Gesicht. »Das weiß ich nicht. Es war dunkel und ich bin sofort dazwischen. Ich habe dem Kerl einen Kinnhaken verpasst und seitdem gehen wir uns aus dem Weg.«

Max breitete die Fotos von Annika Weber und Finja Grothe auf dem Tisch aus.

»Kennen Sie diese beiden Frauen?«

Bruno Schollhüber musterte die Fotos unschlüssig.

»Vielleicht war die hier mal Getränke kaufen.« Er tippte auf Finja Grothe. »Aber sicher bin ich nicht. Und die andere habe ich noch nie gesehen.« Er ließ die Hand sinken.

»Sind Sie sicher?«, fragte Laura und rechnete zurück.

Vier Jahre zuvor hatte Annika Weber noch nicht in dem Markt für Heimtierbedarf gearbeitet. Ihre Affäre mit dem Marktleiter hatte ungefähr vor einem Jahr begonnen. Es war also durchaus glaubhaft, was Bruno Schollhüber ihnen erzählte.

»Ja, absolut. Ich kenne die andere nicht.«

Laura überreichte ihm eine Visitenkarte. »Rufen Sie bitte an, falls Sie Hilfe brauchen oder Ihnen noch etwas einfällt.«

»Wir sollten Björn Lohmann zu einer Befragung ins LKA vorladen«, sagte Laura, als sie wieder im Dienstwagen saßen.

»Das sehe ich auch so«, entgegnete Max. »Der Kerl hat etwas zu verbergen.«

29

21 Jahre zuvor

Die Sonne schien am Himmel und seine Mutter lächelte ihm glücklich zu. Sie führte ihn in die alte Scheune zu einem großen Strohhaufen, den Onkel Manfred dort für den Winter lagerte.

»Und was soll ich jetzt machen?«, fragte er unsicher.

»Du suchst dein Geburtstagsgeschenk«, erklärte sie und strich ihm sanft übers Haar. »Herzlichen Glückwunsch, mein großer Junge. Heute wirst du schon elf Jahre alt.«

Unschlüssig blieb er stehen und wusste nicht so recht, wo er anfangen sollte zu suchen.

»Nun geh schon. Fang einfach in der Mitte an.« Seine Mutter lachte und gab ihm einen Stups.

Er stürzte zu dem Strohhaufen und zupfte zaghaft an ein paar Halmen. Dann streckte er beide Hände aus und tastete sich vorwärts. Das Stroh pikste ihn in die nackten

Arme und als er gerade aufgeben wollte, stieß er auf etwas Glattes und Hartes. Auf Metall oder Eisen. Neugierig schaufelte er das Stroh zur Seite. Es wirbelte durch die Luft und bedeckte seine Haare und seine Kleidung. Seine Mutter lachte und er machte weiter, bis er das blaue Rennrad entdeckte, das so schön aussah, dass ihm der Atem stockte. Er hatte sich seit zwei oder drei Jahren ein Rennrad gewünscht, doch jedes Mal hatte seine Mutter ihm klargemacht, er sei noch nicht alt genug. Er zog das Rad aus dem Stroh und schob es begeistert im Kreis herum.

»Darf ich losfahren?«, fragte er und hob bereits das Bein, um aufzusteigen.

»Nicht ohne Helm!« Seine Mutter hielt ihm noch ein in silbernes Papier eingepacktes Geschenk entgegen.

Vorsichtig wickelte er es aus. Ein passender blauer Rennradhelm kam zum Vorschein und er platzte fast vor Stolz. Er würde der schnellste Junge in der Gegend sein. Hastig setzte er den Helm auf.

»Danke«, rief er und umarmte sie. »Du bist die allerbeste Mama der Welt!«

Seine Mutter strahlte.

»Du bist aber vor dem Abendessen wieder hier. Versprochen?«

Er nickte eifrig und zog den Riemen am Fahrradhelm fest. Dann stieg er auf sein Rad, drehte sich noch einmal zu seiner Mutter um und sauste davon.

Er fuhr vom Hof zur asphaltierten Straße, auf der er richtig schnell fahren konnte. Der Wind flog ihm ins Gesicht und trieb ihm die Tränen in die Augen, doch das machte nichts. Das Rad war der Wahnsinn. Er liebte es. Er fuhr und fuhr und als er irgendwann auf

die Uhr sah, fiel ihm wieder ein, dass er zum Abendessen zurück sein sollte. Schnell wendete er und raste
nach Hause. Heute war ein wunderschöner Tag: sein
Geburtstag und endlich hatte seine Mutter Zeit für ihn.
Die Aussicht, dass sie morgen wieder zur Arbeit musste
– manchmal tagelang –, dämpfte seine Stimmung.
Doch heute zählte nur der Moment. Sie würde sein
Lieblingsessen kochen, und später würden sie Karten
spielen oder vielleicht einen Film anschauen. Was
genau, war ihm gleich, solange er nur bei seiner Mutter
sein konnte. Schließlich war sie alles, was er hatte,
denn sein Vater war gestorben, als er noch sehr
klein war.

Er näherte sich in rasender Geschwindigkeit dem
Hof. Sein Herz pochte wild gegen die Rippen und er
fühlte sich so glücklich wie schon lange nicht mehr.
Seine Wangen glühten, als er vor dem Haus anhielt und
sich umsah.

Wo war der Wagen seiner Mutter? Vorhin hatte er
noch da geparkt, doch der Platz war nun leer. Er
schnappte nach Luft und beschloss, in der Garage nachzusehen. Vielleicht war das Tor endlich repariert. Aber
als er davor stand, erblickte er den schiefen Griff, der
seit Wochen kaputt war. Er schaute um die Ecke und
ihm blieb fast das Herz stehen, als er das dunkelgrüne
Fahrrad sah, das er nur allzu gut kannte.

Er hasste dieses Rad. Und er hasste die Besitzerin
noch mehr. Dass ausgerechnet jetzt ihr Rad hier lehnte,
konnte nichts Gutes bedeuten.

»Mama?«, rief er, obwohl er wusste, dass sie nicht
antworten würde. Aber er konnte die Hoffnung nicht
aufgeben. Es war schließlich sein Geburtstag und

Geburtstage feierten sie immer zusammen. Sie würde ihn doch nicht einfach allein lassen.

»Deine Mutter musste zur Arbeit. Ein Notfall. Komm rein.«

Er stellte sein nagelneues Rad ab und trottete die zwei Stufen zum Hauseingang hinauf.

»Herzlichen Glückwunsch zum Geburtstag!«

Er traute sich kaum, aufzusehen.

»Danke«, murmelte er mit gesenktem Kopf und wollte sich an ihr vorbeidrücken. Bestimmt würde er seinen Geburtstag nicht mit ihr verbringen.

»Sag mal, wie siehst du denn aus?«, fragte sie und packte ihn am T-Shirt. »Deine Mutter hat mir erzählt, dass du mit dem neuen Rad unterwegs bist. Sie hat mir aber nicht gesagt, dass du durch jede einzelne verdammte Pfütze fahren solltest. Du bist von oben bis unten bespritzt!«

»Tut mir leid«, krächzte er und zog den Kopf ein.

»Du gehst sofort ins Bad und wäschst dich!«

Wortlos schlüpfte er aus den Schuhen und schlich auf Socken die Treppe zum Obergeschoss hinauf. Im Bad drehte er das Wasser auf und beobachtete, wie die Badewanne sich langsam füllte, während er seine Kleider zu Boden fallen ließ. Er kämpfte gegen die Tränen an. Wie konnte ein Tag, der so wundervoll begonnen hatte, bloß auf diese Weise enden? Warum war ein Notfall wichtiger als er? Seine Mutter war doch nicht die einzige Ärztin im Krankenhaus. Als ob die Welt untergehen würde, wenn sie bei ihm geblieben wäre, um seinen Geburtstag zu feiern. Wieso tat sie das? Er war schließlich ihr Liebling, ihr Ein und Alles. Das jedenfalls flüsterte sie in sein Ohr, wenn sie ihn manchmal zu Bett brachte. Das kam nicht sehr häufig vor, denn meist musste sie arbeiten. Dann kümmerte sich das Kindermädchen um ihn. Die nette Nachbarstochter, wie seine Mutter zu sagen pflegte. Aber er konnte sie nicht leiden. Abermals wischte er eine Träne weg und stieg in die halb volle Wanne.

Kaum hatte er sich in das lauwarme Wasser gesetzt, wurde die Tür aufgestoßen. Das Kindermädchen trat ein. Sie blickte sich um und blieb vor dem Haufen seiner Kleidung stehen. Mit spitzen Fingern hob sie ein T-Shirt auf und musterte es eingehend.

»Wie alt bist du jetzt?«, fragte sie.

»Elf, seit heute.«

»Und wie oft habe ich dir schon gesagt, du sollst aufpassen?«

Er rutschte in der Wanne nach unten, damit er sie nicht länger sehen musste.

»Oft«, antwortete er heiser.

»Kannst du mir erklären, warum du nicht auf mich hörst?«

Hitze schoss ihm in die Wangen, weil er keine Erklärung hatte.

»Nein«, nuschelte er und schob noch ein »Es tut mir leid« hinterher.

»Ich bin hier, um auf dich aufzupassen, und nicht, um hinter dir her zu putzen und zu waschen.«

Er lugte über den Badewannenrand und sah ihren verächtlichen Blick. Sie ließ sein T-Shirt wieder auf den Haufen fallen. Er duckte sich instinktiv. Doch zu spät. Sie hatte bemerkt, dass er sie angesehen hatte. Plötzlich stand sie genau über ihm und schaute ihn streng an.

»Machst du dich über mich lustig?«, fragte sie und kniff die Augen zu schmalen Schlitzen zusammen.

»Nein«, stammelte er.

»Und warum guckst du dann so?«

Er schwieg, weil er nicht wusste, was er sagen sollte.

»Antworte mir gefälligst«, befahl sie und packte ihn am Nacken. »Warum schaust du mich so an?«, flüsterte sie mit ihrer gehässigen Stimme.

»Es tut mir leid. Ich mache es nie wieder«, jammerte er.

Ihr Griff lockerte sich ein wenig.

»Ich war heute Abend verabredet und deinetwegen muss ich jetzt hier sein. Nur weil deine und meine Mutter diese dämliche Vereinbarung getroffen haben. Du gehst mir so was von auf den Keks.« Sie klatschte mit der flachen Hand auf das Wasser, sodass es zu allen Seiten spritzte.

»Na los, wasch dich und dann komm raus. Du kannst deine Klamotten selbst in die Waschmaschine bringen!«

Er griff nach der Flasche mit dem Duschgel, doch sie flutschte ihm aus der Hand und flog in hohem Bogen über den Badewannenrand. Sie rollte über die Fliesen. Genau vor dem Haufen mit seinen Sachen blieb die Flasche liegen, nicht ohne eine Spur von blauem Gel auf dem weißen Untergrund zu hinterlassen.

»Spinnst du?«, schrie das Kindermädchen. »Musst du immer alles ruinieren?«

Sie packte ihn abermals am Nacken und drückte ihn unter Wasser. Er rang nach Luft, atmete jedoch nur Wasser ein. Panisch schlug er um sich und versuchte, sich am Badewannenrand hochzuziehen, doch es gelang ihm nicht. Er schluckte Wasser und spürte, wie seine

Kräfte nachließen. Als er schon aufgeben wollte, wurde er hochgerissen. Gierig schnappte er nach Luft.

»Merke dir gefälligst, dass du besser aufpassen musst«, schrie das Kindermädchen und tauchte ihn erneut unter.

Dieses Mal hielt er die Luft an und versuchte, nicht um sich zu schlagen. Langsam tastete er nach dem Badewannenrand, doch als er sich festhalten wollte, erhielt er einen harten Hieb auf die Finger. Schmerz durchzuckte ihn und er zog die Hand zurück. Seine Lungen brannten und sein ganzer Körper bäumte sich auf. Endlich holte sie ihn wieder hoch.

Er schnappte abermals gierig nach Luft wie ein Fisch an Land.

»Sieben Mal tauchst du unter, bis du es lernst«, schrie sie und drückte zu.

Benommen ließ er die Prozedur über sich ergehen.

Noch vier Mal, dann drei, dann zwei, dann eins.

Endlich zog sie ihn hoch. Völlig entkräftet lehnte er sich über den Rand der Badewanne und atmete.

»Zieh dich gefälligst an und mach die Sauerei hier sauber!«, brüllte sie, obwohl er kaum in der Lage war, ihre Worte zu verstehen.

Sie verschwand aus dem Badezimmer und knallte die Tür hinter sich zu. Er rührte sich mehrere Minuten lang nicht und als er aufsah, bemerkte er eine Bewegung hinter der Tür. Sein Herz krampfte sich zusammen, als er die dunkle Pupille sah, die ihn durch das Schlüsselloch beobachtete. In diesem Auge lag nichts anderes als das Böse selbst. Er konnte nichts anderes mehr spüren als blanken Hass.

30

»Maria Schollhüber stammt aus einem völlig anderen sozialen Umfeld«, erklärte Martina Flemming schulterzuckend. »Ich habe wirklich jeden Stein umgedreht, aber eine Verbindung zu Professor Stefan Franke konnte ich nicht ermitteln. Sie war auch nie in psychiatrischer Behandlung. Ich habe mich extra noch einmal bei ihrem Vater rückversichert und mit Kunst hatte sie ebenfalls nichts am Hut.«

Laura malte Fragezeichen auf das Whiteboard in ihrem Büro, wo sich neben Martina Flemming auch Simon Fischer, Dennis Struck und Peter Meyer versammelt hatten.

»Wir haben von Maria Schollhübers Vater erfahren, dass Björn Lohmann vor etwa vier Jahren seine Tochter sexuell belästigt hat. Björn Lohmann hat demnach eine Verbindung zu allen drei Opfern«, erklärte Max, während Laura den Namen des Marktleiters rot einkreiste.

»Aber das ist nicht aktenkundig«, widersprach Martina Flemming unsicher und blätterte in ihren Unterlagen.

»Das ist richtig. Der Vorfall wurde nicht zur Anzeige gebracht, weil Bruno Schollhüber rechtzeitig einschreiten konnte«, sagte Laura.

Martina Flemming klappte ihre Unterlagen wieder zu. »Björn Lohmann fährt doch diesen Pick-up von seinem Bruder. Ist dieser schwarze Wagen denn von anderen Zeugen gesehen worden?«

Peter Meyer schüttelte den Kopf. »Nein. Diese Spur verläuft im Sand oder haben die Überwachungskameras von der Tankstelle etwas aufgezeichnet?«

»Nein. Keinen schwarzen Pick-up und keinen Lkw«, bestätigte Simon Fischer.

»Wir konzentrieren uns also auf Björn Lohmann«, sagte Laura. »Ich werde mit Joachim Beckstein sprechen. Vielleicht dürfen wir Lohmann überwachen oder bekommen sogar einen Durchsuchungsbeschluss. In jedem Fall werden wir ihn hierher zur Befragung vorladen.«

»Ich habe übrigens Pierre Brandt überprüft, den Kunststudenten, der an Finja Grothe interessiert war. Er ist seit einem Monat nachweislich im Ausland für ein Kunstprojekt an einer amerikanischen Uni. Er kommt demnach nicht als Verdächtiger infrage. Was unternehmen wir jetzt eigentlich wegen dieser alten Mordfälle?«, fragte Martina Flemming.

»Ich habe bereits eine Anfrage an das Landeskriminalamt Brandenburg geschickt und rechne kurzfristig mit einer Antwort. Ansonsten sollten wir die Zeichnungen von Lilly Krüger analysieren. Vielleicht findet sich auf einer von ihnen ein Hinweis, sodass wir die Region eingrenzen können.«

»Ich nehme mir das mal vor«, erklärte Simon Fischer. »Ich habe da ein Programm, das hilfreich sein könnte. Es gleicht Fotos ab und könnte in unserem Fall von Nutzen sein.«

»Ich schicke Anfragen an die anderen Bundesländer raus. Der Täter könnte sich ja auch weiter im Norden oder Süden aufgehalten haben.« Martina Flemming machte sich eine Notiz in ihrer Akte.

»Und wir sprechen noch einmal mit Doktor Gerstenberger. Sie weiß bisher nichts von den beiden neuen Zeichnungen von Lilly Krüger. Vielleicht fällt ihr doch noch etwas ein. Sie hat sie ja einige Zeit therapeutisch betreut.« Laura legte den Stift zurück auf die Ablage des Whiteboards. »Also, dann los, Leute. Wir müssen den Täter schnappen, bevor er eine weitere Frau tötet.«

Unter lautem Gemurmel löste sich die Besprechung auf. Laura und Max eilten zum Fahrstuhl und fuhren mit dem Dienstwagen in die psychiatrische Klinik. Die Mitarbeiterin an der Anmeldung kannte sie bereits und wählte sofort die Nummer von Dr. Gerstenberger. Zwischen ihren Augenbrauen bildete sich eine Falte und sie legte nach einem kurzen Wortwechsel wieder auf.

»Es tut mir leid, aber Doktor Gerstenberger ist heute nicht im Haus.«

»Was soll das heißen?«, wunderte sich Laura. »Hat sie Urlaub oder ist sie krank?«

Die Empfangsmitarbeiterin hob hilflos die Achseln.

»Ihre Sekretärin hat nichts weiter gesagt. Nur, dass sie heute nicht hier ist.«

»Können wir mit Doktor Gerstenbergers Sekretärin sprechen?«, fragte Laura und setzte sich mit Max in Bewegung, als die Frau nickte.

Sie begaben sich in die zweite Etage und klopften am Vorzimmer von Dr. Gerstenberger an.

»Herein«, rief die Sekretärin.

»Ach, Sie sind es, Frau Kern und Herr Hartung. Es tut mir leid, aber Doktor Gerstenberger ist heute nicht im Hause.«

»Wir müssten dringend mit ihr sprechen«, erklärte Laura.

»Ich kann leider gar nichts machen. Sie ist telefonisch nicht erreichbar. Ich vermute, es geht um einen Notfall.«

»Müssten Sie denn darüber nicht Bescheid wissen?«, fragte Laura überrascht.

Die Sekretärin stieß einen tiefen Seufzer aus. »Wissen Sie, Doktor Gerstenberger hat ein gewisses Eigenleben. Das wäre nicht das erste Mal, dass sie erst am Nachmittag hier auftaucht. Warten Sie doch bitte einfach ab. Sie wird sich schon melden.«

»Könnten Sie mir ihre Handynummer geben? Ich würde es gern ab und an selbst versuchen.« Laura konnte nicht glauben, wie wenig sich die Sekretärin für den Verbleib ihrer Vorgesetzten interessierte.

Die Sekretärin kniff die Lippen zusammen und schrieb eine Nummer auf. »Das ist ihr privates Handy. Ich bin nicht sicher, ob es ihr recht ist. Aber für dringende Fälle ist sie hierüber eigentlich immer zu erreichen.«

»Danke«, sagte Laura und warf einen Blick in das leere Büro von Dr. Gerstenberger. Ein eigenartiges Gefühl überkam sie.

»Geben Sie uns bitte Bescheid, sobald Doktor Gerstenberger eintrifft«, bat Max die Sekretärin und dann verließen sie das Büro. Kurz bevor sie das Treppenhaus erreichten, blieb Laura stehen.

»Warte mal, Max. Mir kommt das Ganze extrem merkwürdig vor.« Sie entsperrte das Handy und wählte Dr. Gerstenbergers Handynummer. Es klingelte nicht, stattdessen sprang sofort die Mailbox an. Laura legte auf.

»Für einen Notfall ist sie im Augenblick jedenfalls nicht erreichbar. Es müsste doch zumindest klingeln, auch wenn sie nicht drangehen kann.« Laura tippte eine Nachricht ein und bat Dr. Gerstenberger um dringenden Rückruf.

»Vielleicht steckt sie in einem Funkloch«, erwiderte Max.

»Ich weiß nicht«, murmelte Laura und öffnete die Tür zum Treppenhaus.

Eine Frau auf der anderen Seite der Tür stolperte über die Schwelle und stieß mit Laura zusammen.

»Entschuldigung. Ich habe Sie nicht bemerkt«, nuschelte sie, blickte auf und blieb wie angewurzelt stehen.

»Gibt es Neuigkeiten über Lilly Krüger?«

Erst jetzt erkannte Laura Monika Nowak.

»Wir sind hier, um mit Doktor Gerstenberger zu sprechen. Doch sie ist nicht im Haus.«

Monika Nowak schaute sie überrascht an. »Ich habe sie gestern Abend noch gesehen, als sie Feierabend machte. Merkwürdig, Professor Franke fehlt heute auch.«

Laura wurde hellhörig.

»Ist er krank?«

»Keine Ahnung, aber die Kunsttherapie fällt heute aus, weswegen Lilly ein wenig traurig ist«, erklärte Monika Nowak.

»Würden Sie uns bitte Bescheid geben, falls einer der beiden hier auftaucht?«, bat Laura und ging mit Max zurück zum Dienstwagen.

»Okay«, stieß Max aus, bevor Laura etwas sagen konnte. »Es ist komisch, dass die zwei ausgerechnet heute nicht in der Klinik sind und niemand weiß, warum. Lass uns zu Doktor Gerstenberger nach Hause fahren und nachsehen, ob sie da ist.«

Laura grinste. »Das wollte ich auch gerade vorschlagen.«

Sie quälten sich zwanzig Minuten lang durch den dichten Verkehr und erreichten endlich die ruhige Seitenstraße am Rande Berlins, in der Dr. Gerstenberger lebte. Als Erstes fiel Laura auf, dass der schwarze SUV nicht in der Einfahrt stand.

Sie stiegen aus und Laura klingelte an der Haustür. Sie warteten eine Weile ab, doch niemand öffnete. Es schien, als wäre keiner zu Hause. Laura hob die Klappe des Briefkastens an und spähte hinein.

»Sie hat heute ihre Post noch nicht geholt«, bemerkte sie und zählte drei Briefe. Vielleicht war das sogar die Post von zwei Tagen. War es möglich, dass Dr. Gerstenberger die letzte Nacht nicht hier verbracht hatte?

Max schaute durch das Küchenfenster. »Hier ist nichts zu sehen, kein Geschirr auf dem Tisch.«

Sie gingen um das Gebäude herum und überprüften den Garten, der ebenso verlassen wirkte.

»Lass uns zu Professor Franke fahren. Vielleicht ist er zu Hause«, schlug Laura vor.

Dreißig Minuten später erreichten sie Professor Frankes Adresse. Sein Kleinwagen stand in der Einfahrt. Und da war noch etwas, das Laura sofort ins Auge stach.

»Ist das dort an der Ecke nicht Doktor Gerstenbergers SUV?«

»Könnte sein. Ich überprüfe mal das Kennzeichen«, antwortete Max und rief die Zentrale an.

Nach einer Weile nickte er und legte auf. »Ja, es ist ihr Wagen. Dann scheinen sie beide hier zu sein.« Er ging voran und klingelte an Professor Frankes Haustür.

Es dauerte nicht lange und der Professor erschien.

»Guten Morgen, ist etwas passiert?« Er strich sich überrascht durch die ungekämmten Haare.

»Sie waren nicht in der Klinik und da wollten wir nach Ihnen sehen. Wie wir gehört haben, ist der Malkurs heute ausgefallen«, antwortete Max.

»Ja, richtig. Mir geht es nicht so gut. Ich habe mir den Magen verdorben und beschlossen, zu Hause zu bleiben.«

Laura musterte den Professor und musste zugeben, dass er tatsächlich ziemlich blass wirkte.

»Könnten wir mit Doktor Gerstenberger sprechen?«, fragte sie und sah an ihm vorbei in den Flur, ohne jedoch die Leiterin der Klinik zu entdecken.

»Doktor Gerstenberger?«, gab er irritiert zurück. »Warum sollte sie hier sein?«

»Ihr Wagen parkt dort hinten.« Laura zeigte zu der Straßenecke. Der Professor folgte ihrem Blick.

»Sie ist aber nicht hier«, brummte er.

»Und was macht ihr Wagen dann hier?«

»Ich ... ich weiß es nicht. Vielleicht geht sie spazieren?«

Laura sah Professor Franke durchdringend an.

»Dürfen wir reinkommen?«

Er zögerte, trat jedoch schließlich zur Seite.

»Bitte schön. Ich hoffe, Sie stecken sich nicht bei mir an.« Er deutete auf seinen Bauch und führte sie ins Wohnzimmer.

Max setzte sich auf die Couch, während Laura stehen blieb und sich aufmerksam umsah. In einer Glasvitrine entdeckte sie ein hölzernes Brett mit mehreren aufgereihten Schmetterlingen.

»Sie sammeln Schmetterlinge?«, fragte sie und betrachtete ein Tagpfauenauge. Von dieser Art hatten sie je einen Flügel bei den ersten beiden Opfern gefunden. Auch ein Monarchfalter befand sich unter den ungefähr zehn Präparaten. Sie waren alle unversehrt und auf dem Brett war kein Platz unbesetzt, sodass die sichergestellten Schmetterlingsflügel offenbar nicht aus dieser Vitrine stammten.

»Ich sammle alles Mögliche für meine künstlerische Arbeit«, erwiderte Professor Franke und trat zu ihr. »Auch Muscheln und seltene Blüten, wie Sie sehen.« Er deutete auf eine dicke Glasflasche, in der er Muscheln verschiedenster Formen aufbewahrte, und auf ein Buch mit fremdartigen Blüten auf dem Cover. »Seltene Exemplare regen die Fantasie an und ich habe sie schon früher gerne für Projekte mit meinen Studenten an der Universität benutzt. Es funktioniert auch ziemlich gut bei den Patienten in der Klinik, von Lilly Krüger einmal abgesehen.«

»Hören Sie, Professor Franke. Wir kommen von dort, weil wir mit Doktor Gerstenberger sprechen wollten. Ihre Sekretärin meint, sie wäre bei einem Notfall. Allerdings ist sie telefonisch nicht erreichbar. Die Tatsache, dass ihr Auto bei Ihnen steht, macht mich ehrlich gesagt stutzig und ich hätte jetzt gerne eine Erklärung von Ihnen, wo sich Doktor Gerstenberger aufhält.«

Professor Franke runzelte die Stirn und klappte sein Handy auf.

»Warten Sie einen kleinen Augenblick, ich rufe sie mal an.« Er tippte auf Gerstenbergers Namen und hielt sich das Telefon ans Ohr.

Laura konnte die Ansage der Mailbox trotzdem verstehen.

»Sie scheint ihr Handy ausgeschaltet zu haben oder sie steckt in einem Funkloch.« Professor Franke legte auf. »Es wird sich sicherlich gleich klären, wo sie ist.«

»Was für ein Notfall könnte es denn sein?«, fragte Laura. »Mir fällt ehrlich gesagt keiner ein, der nicht in der Klinik landen würde, und dort ist sie nicht.«

Professor Franke lachte. »Also mir fällt da einiges ein. Doktor Gerstenberger ist, wie Sie wissen, sehr umtriebig und sie lässt sich nicht gerne in die Karten blicken. Es könnte zum Beispiel ein ehemaliger Patient sein, den sie zu Hause besucht und der hier in der Nähe lebt. Das würde dann auch den geparkten Wagen vorn an der Ecke erklären. Vielleicht hat sie ein Gespräch mit einem Kollegen aus dem Aufsichtsrat. Ihre Vertragsverlängerung steht demnächst an und das wäre durchaus üblich. Doktor Wiegel wohnt schräg gegenüber. Ich kann ihn fragen, wenn Sie möchten.«

»Ja, bitte machen Sie das.«

Professor Franke wählte eine Nummer auf seinem Handy, während Laura die Gelegenheit nutzte und Simon Fischer anrief.

»Kannst du mir einen Gefallen tun?«, fragte sie, als er abhob. »Ich muss wissen, wo das Handy von Doktor Gerstenberger zuletzt eingeloggt war. Wir suchen sie und irgendwie ist sie abgetaucht.«

»Klingt nicht so, als wolltest du den offiziellen Weg abwarten. Du weißt selbst, das ist eigentlich nicht erlaubt, aber wenn es sein muss ... Ich habe zufällig meinen privaten Laptop hier. Wie lautet denn die Nummer?«

Laura gab ihm die Handynummer durch und fuhr sich nervös über den Kragen ihrer Bluse, entlang am Schlüsselbein, wo die Narben begannen. Sie hörte, wie Simon anfing zu tippen. Professor Franke beendete sein Telefonat und schüttelte den Kopf. Dr. Gerstenberger hielt sich also nicht im Haus schräg gegenüber auf. Langsam beschlich Laura das Gefühl, dass etwas ganz und gar nicht stimmte. Sie musterte den Professor unauffällig und fragte sich, ob er Dr. Gerstenberger womöglich aus dem Weg geschafft hatte. Sie wollte genauso wie Laura die Frage klären, warum Lilly Krüger plötzlich solch grausame Bilder zeichnete, und vielleicht war sie ja auf etwas gestoßen, das nicht ans Tageslicht kommen sollte. Professor Franke warf ihr einen Blick zu und trotz der sommerlichen Hitze überlief Laura eine Gänsehaut.

»Das Handy war zuletzt an Professor Frankes Wohnsitz aktiv. Seit gestern Abend um zweiundzwanzig Uhr ist es ausgeschaltet und hat sich bei keinem Funkmast mehr eingeloggt.«

»Danke, Simon.« Laura legte auf und wandte sich an Professor Franke. »Wir würden uns gerne hier umsehen. Und dann muss ich Sie bitten, uns ins LKA zu begleiten.«

31

D r. Mareike Gerstenberger blinzelte benommen und richtete sich vorsichtig auf. Eine Welle der Übelkeit überkam sie, doch sie blieb sitzen und wartete, bis sie sich ein wenig besser fühlte. Dann sah sie sich in der Dunkelheit um, erkannte jedoch nur schemenhafte Umrisse. Sie saß auf einem Bett. Gegenüber befand sich ein Schrank. Ansonsten war der Raum leer. Sie erinnerte sich daran, bei Professor Franke am Gartenzaun entlanggegangen zu sein. Ein Geräusch hinter ihr hatte sie aufgeschreckt und jemand hatte sie überwältigt. Ein Mann. War es Professor Franke gewesen?

Sie durchforstete ihre trüben Erinnerungen, die jedoch kein klares Bild zuließen. Das Gesicht des Mannes hatte im Schatten gelegen und überhaupt war alles so schnell gegangen, dass ihre Erinnerungen eher einer Achterbahnfahrt glichen. Bilderfetzen reihten sich in hoher Geschwindigkeit aneinander, ohne dass sie einen einzelnen genauer betrachten konnte.

»Professor Franke?«, rief sie und lauschte.

Doch bis auf das laute Pochen ihres Herzens hörte sie nichts.

»Professor Franke?«, wiederholte Mareike und stand auf. Sie wankte zu der Tür, drückte die Klinke hinunter und stellte erstaunt fest, dass sie nicht verschlossen war. Vorsichtig spähte sie in einen dunklen Flur. Gegenüber konnte sie eine Tür ausmachen. Sie ging darauf zu und öffnete sie. Licht strömte ihr entgegen, wenn auch nicht viel. In der Mitte des Raumes lag jemand auf dem Boden. Mareike zögerte, weil sie die Person nicht erkennen konnte. Langsam näherte sie sich, wobei sich ihr Herzschlag mit jedem Schritt beschleunigte. Als sie direkt vor der Person stand, erkannte sie eine Frau, die auf dem Bauch lag und deren Hände und Füße auf dem Rücken gefesselt waren. Panik übermannte Mareike und einen Augenblick lang überlegte sie, einfach wegzulaufen. Doch dann riss sie sich zusammen und hockte sich neben die Frau.

»Können Sie mich hören?«, flüsterte sie und im gleichen Moment ging ein Luftzug durch den Raum. Dumpfe Schritte folgten und Mareike sah sich hektisch nach einem Versteck um. Sie sprang auf und rannte zu der Tür, durch die sie gekommen war, aber schon versperrte ihr ein maskierter Mann den Weg.

»Bist du endlich aufgewacht?«, fragte er mit einer seltsam verzerrten Stimme.

»Was wollen Sie von mir?«, kreischte Mareike und konnte sehen, wie sich seine Lippen hinter der Maske zu einem breiten Grinsen verzogen. Sie hatte keine

Ahnung, wer dieser Mann war. Der Professor oder jemand anderes? Sie schaute ihm in die Augen, die ihr zugleich fremd und vertraut vorkamen.

»Immer mit der Ruhe. Du gerätst doch sonst nicht so schnell in Panik«, erwiderte er, wobei der Stimmverzerrer ihn wie einen Roboter klingen ließ.

Er bedeutete ihr mit einer Handbewegung, im Raum zu bleiben. Mareike machte ein paar zögerliche Schritte rückwärts, während er zu der Frau am Boden ging und ihre Fesseln fester zog. Die Frau unter ihm stöhnte jämmerlich.

Mareike war hin- und hergerissen. Sollte sie sich auf ihn stürzen oder lieber das Weite suchen, solange es noch möglich war?

Sie reagierte unerwartet.

Mit einer ungewohnt fremden Stimme rief sie: »Lassen Sie sofort die Frau los!«

Der Mann hielt tatsächlich inne und drehte sich zu ihr um.

»Seit wann bist du so empfindlich?«, fragte er, als ob sie alte Bekannte wären. Nur dass Mareike keinen Schimmer hatte, woher. Jeder könnte sich hinter der Maske verbergen.

»Was wollen Sie von mir?«

»Ich dachte, du hilfst mir ein wenig. Du kennst dich doch mit solchen Dingen aus.« Er deutete auf die Fesseln und zog so kräftig daran, dass die Frau abermals aufstöhnte.

Mareike verstand kein Wort. Wer war dieser Typ und was wollte er von ihr?

Lauf weg!, riet ihr eine Stimme tief in ihrem Inneren

und sie wandte sich abrupt ab und nahm die Beine in die Hand.

»Halt!«, brüllte er, aber das machte sie nur noch schneller. Raus hier und Hilfe holen, waren die beiden einzigen Gedanken in ihrem Kopf. Sie eilte durch die Dunkelheit, ohne zu wissen, wohin. Plötzlich stolperte sie über ein Hindernis und sie schlug der Länge nach hin. Ein stechender Schmerz schoss durch ihren Körper und sie blieb benommen liegen. Starke Hände packten sie sogleich und richteten sie auf.

»Mareike, Mareike. Was ist bloß heute mit dir los?«, hörte sie seine Stimme wie aus weiter Ferne. »Ich denke, du solltest mir jetzt wirklich helfen, und dann sehen wir weiter.« Er drehte sie zu sich herum, als wäre sie eine Spielzeugpuppe.

»Oje. Das wird eine dicke Beule geben. Du weißt doch, dass man im Dunkeln nicht rennt, weil man sich ansonsten verletzen kann. Erinnerst du dich nicht?« Er schleifte sie mit sich zurück in den Raum und ließ sie neben der Frau am Boden fallen.

»Ich besorge dir erst einmal ein Kühlpad«, sagte er und war verschwunden.

Hinter Mareikes Stirn pochte ein heftiger Schmerz. Sie betrachtete die Frau und plötzlich hatte sie eine von Lilly Krügers Zeichnungen vor Augen. Eine gefesselte Frau, die auf dem Bauch lag. Die Panik überlief sie erneut. Warum war ihr das nicht gleich aufgefallen? Du lieber Himmel, sie war in den Händen eines Serienkillers. Er würde sie alle töten. Alle! Verzweifelt tastete sie ihre Hosentaschen nach dem Handy ab. Es war nicht da. Natürlich nicht. Er hatte es ihr abgenommen.

»Bitte sehr«, klang die Roboterstimme an ihrem Ohr

und ein eiskaltes Kühlpad legte sich auf ihre Stirn. »Schön festhalten.«

Sie drückte das Pad an die schmerzende Stirn und hielt sich mit Mühe aufrecht.

»Ich habe dir jemanden mitgebracht«, erklärte er und lächelte unter der Maske. »Schau mal.«

Im Türrahmen stand eine andere Frau, deren Augen mit einem schwarzen Tuch verbunden waren. In ihrem Mund steckte ein ebenso schwarzer Knebel. Mareike spürte, dass sie der Ohnmacht nahe war. Sie war in einem Albtraum gelandet.

Der Mann drückte Mareike einen Stock in die Hand. Dann holte er die Frau herein und befahl ihr, sich vor Mareike hinzustellen.

»Na los!«, forderte er sie auf und deutete mit der rechten Hand einen Hieb mit dem Stock an. »Nun mach schon!«

Mareike traute ihren Ohren nicht. Der Mistkerl wollte, dass sie diese Frau schlug. Trotzig schüttelte sie den Kopf.

»Du machst jetzt, was ich dir sage«, brüllte er. »Tu gefälligst nicht so scheinheilig. Du weißt genau, wie oft du zuschlagen musst. Es ist schließlich nicht das erste Mal.«

Und auf einmal wusste Mareike, wovon er redete. Ungläubig starrte sie in die finsteren Augen des Mannes. Ihre Knie wurden weich. Ihre Lider begannen zu flackern und ihr Sichtfeld schränkte sich merkwürdig ein. Sie kam sich vor wie auf einem Schiff bei hoher See. Die Luft blieb ihr plötzlich weg und sie sackte kraftlos zu Boden.

32

Der Zorn hatte Lauras Magen in einen Klumpen aus heißer Lava verwandelt. Professor Franke hatte sie eiskalt auflaufen lassen. Er dachte nicht einmal daran, sie ins LKA zu begleiten, sondern hatte sie mit Verweis auf seinen Anwalt hinausgeworfen. Laura und Max war nichts anderes übrig geblieben, als abzufahren. Aber so leicht würden sie es dem Professor nicht machen. Die Spurensicherung durchforstete in diesem Augenblick Dr. Gerstenbergers Wagen. Die Leiterin der Klinik war noch immer unauffindbar und Laura befürchtete das Schlimmste. Sie würde eine breit angelegte Suchaktion nach Gerstenberger veranlassen.

Gleichzeitig kreisten Lauras Gedanken um die anderen Verdächtigen in ihrem Fall.

»Annika Weber kannte Doktor Gerstenberger bestimmt auch. Die beiden könnten sich im Rahmen ihrer Therapie gegen die Depression über den Weg gelaufen sein. Die Frage ist, ob Björn Lohmann durch Annika Weber ebenfalls Kontakt zu Doktor Gerstenberger hatte. Vielleicht hat er sie mal begleitet oder zumindest in die Klinik gefahren«, sagte Laura, während Max den Dienstwagen zurück ins LKA steuerte.

»Das liegt nicht sehr nahe«, erwiderte Max. »Wir sollten uns auf den Professor konzentrieren und ihn überwachen.«

»Richtig, möglicherweise führt er uns zu Doktor Gerstenberger. Der Täter muss sie schließlich mit Essen und Trinken versorgen.« Sie machte eine wegwerfende Handbewegung. »Wenn wir Pech haben, hat er ihr Vorräte für einige Zeit hingestellt. Dann wird er sie vermutlich nicht besuchen.« Dass er sie auch direkt umgebracht haben könnte, sprach sie lieber nicht laut aus.

Lauras Handy klingelte, und als sie die Nummer vom LKA Brandenburg erkannte, hob sie sofort ab.

»Hast du was herausgefunden?«

»Ich bin mir nicht sicher«, erwiderte Kristin Uhlmann, die wie Laura als Spezialermittlerin eingesetzt wurde. »Aber ich bin auf zwei offene Mordfälle gestoßen, die mit den Zeichnungen der Psychiatrie-Patientin Übereinstimmungen aufweisen. Tatsächlich liegen beide Fälle sieben Jahre zurück. Eine Tote wurde in der Badewanne ihrer Wohnung aufgefunden und die andere lag gefesselt in einer verlassenen Gewerbehalle auf dem Bauch. Die Frauen wurden erdrosselt. Ich habe dir die Unterlagen zugeschickt. Schau sie dir gerne an.«

»Ich danke dir. Was denkst du, könnten wir es mit demselben Täter zu tun haben?«

»Möglich. Allerdings wurde bei keinem der zwei

Fälle ein Schmetterling gefunden. Zudem haben wir ein paar vermisste Frauen in der Datenbank, die im selben Zeitraum verschwunden sind. Einige von ihnen haben dunkle lockige oder gewellte Haare. Ruf mich an, wenn du noch weitere Fragen hast.«

»Das mache ich und danke noch mal«, sagte Laura und legte auf.

»Vielleicht haben wir ein paar alte Mordfälle, die unser Täter vor sieben Jahren im Bundesland Brandenburg begangen hat«, erklärte sie und trommelte unruhig mit den Fingern auf das Armaturenbrett des Dienstwagens.

»Ich hoffe, wir sind bald schlauer«, entgegnete Max und bog auf die Hauptstraße ein, die direkt zum Landeskriminalamt am Platz der Luftbrücke führte.

Als Laura endlich vor ihrem Computer saß, rief sie sofort die Nachricht von Kristin Uhlmann auf. Vor sieben Jahren war Katja Bossheimer tot in ihrer Badewanne aufgefunden worden. Die Autopsie hatte entgegen allen Erwartungen als Todesursache nicht Ertrinken, sondern Erdrosseln ergeben. Trotz umfangreicher Ermittlungen konnte kein Täter überführt werden. Zwar hatte man ihren Ex-Freund kurze Zeit im Visier, aber die Indizien gegen ihn erwiesen sich schnell als haltlos.

Laura bat Max hinzu und betrachtete mit ihm die Fotos von Katja Bossheimer. Die fünfundzwanzigjährige Frau lächelte sie von einem Urlaubsfoto vor blauem Meer und Palmen an. Die braunen Haare hatte sie zu einem Pferdeschwanz zusammengebunden. Ihre Locken ließen sich jedoch trotzdem gut erkennen.

»Die Drosselmarken am Hals sehen genauso aus wie

bei unseren drei Opfern«, stellte Laura fest. »Mich irritiert bloß, dass man keinen Schmetterlingsflügel bei ihr entdeckt hat.«

»Vielleicht ist er wie bei Maria Schollhüber heruntergefallen. Wer hat sie denn gefunden?«

Laura scrollte über den Bildschirm und suchte die passende Stelle heraus.

»Es war ihr Ex-Freund. Er hatte noch einen Schlüssel zu ihrer Wohnung.« Laura hielt inne, weil sie die nächste Passage überflog. »Sieh dir das mal an. Er hat die Tote aus der Wanne geholt und versucht, sie wiederzubeleben.« Sie schaute Max an. »Du könntest recht haben, dass der Schmetterlingsflügel bei dieser Aktion untergegangen ist.«

Sie öffnete die zweite Akte über eine gewisse Pia Meinke, dreiundzwanzig und ebenfalls brünett. Ihre Locken waren auf dem Foto ihres Führerscheins nicht allzu ausgeprägt, aber richtig glatt war das Haar auch nicht. Die Tote war vor drei Jahren in einer verlassenen Gewerbehalle bei Abrissarbeiten entdeckt worden. Die vollständig verweste Leiche lag auf dem Bauch, wobei Arme und Füße auf dem Rücken gefesselt waren. Die Rechtsmedizin schätzte, dass Pia Meinke bereits seit vier Jahren tot war, als sie gefunden wurde. Laura betrachtete das Foto der Leiche, auf dem die Frau nicht mehr zu erkennen war. Im Grunde genommen sah sie ein Skelett vor sich. Kein Wunder, dass die Polizei, was den Täter anging, völlig im Dunkeln tappte.

»In vier Jahren kann selbst ein präparierter Schmetterlingsflügel abhandenkommen«, sagte Max.

»Wenn es überhaupt einen gab«, ergänzte Laura und

legte die Zeichnung von Lilly Krüger neben das Bild der Leiche.

»Ich weiß nicht«, murmelte sie nach einer Weile zweifelnd. »Was, wenn ich mich irre? Wenn diese alten Fälle gar nichts mit unseren aktuellen zu tun haben?« Sie schaute Max fragend an.

Der neigte den Kopf. »Es gibt immer Argumente gegen eine Theorie. Aber das bedeutet nicht, dass wir sie gleich verwerfen sollten, nur weil nicht alles perfekt passt.« Er deutete auf die Zeichnung. »Die Art, wie die Arme und Beine auf dem Rücken gefesselt sind, stimmt genau mit dem Foto von Pia Meinkes Leiche überein. Ich denke, wir sind auf dem richtigen Weg.«

»Okay«, erwiderte Laura und öffnete die Datei mit den seit sieben Jahren vermissten Frauen aus dem Bundesland Brandenburg.

»Das wird schwierig«, brummte Max. »Das sind zwanzig Frauen und eine sieht aus wie die andere.«

»Nicht ganz. Hier unten geht es weiter. Nur die Hälfte ist brünett, die anderen blond oder kurzhaarig.«

Laura betrachtete die erste Frau mit dunklen Locken, die jedoch bereits einunddreißig Jahre alt war. Sie wollte das Bild gerade wegklicken, aber dann fiel ihr ein, dass Dr. Gerstenberger schon über fünfzig war. Die bisherigen Opfer waren Anfang zwanzig gewesen, doch sollte Gerstenberger sich in der Gewalt des Täters befinden, zählte dieses Kriterium nicht mehr. Offenbar hatte der Täter es vor allem auf dunkle Locken abgesehen. Sie schaute sich die nächsten fünf Frauen an und seufzte.

»Das wird wirklich schwierig. Die Aktenlage ist dünn. Jede von ihnen könnte das Opfer unseres Täters geworden sein, wenn man nach den Haaren geht. Ich frage mich, ob wir die Frauen lokal eingrenzen können. Vielleicht stammten alle aus derselben Region.« Laura verglich die Postleitzahlen der Meldeadressen, die jedoch quer über das Bundesland verstreut waren. Sie durchsuchte mit Max die Dokumentation nach Stichworten wie schwarzer Pick-up, Lastwagen, Schmetterling. Doch sie konnten die Anzahl der infrage kommenden Frauen einfach nicht verkleinern.

»Lass uns die Verdächtigen bei den zwei alten Mordfällen gründlich anschauen«, schlug Laura als Nächstes vor, weil sie nicht aufgeben wollte. Da es aber kaum Verdächtige gab, war ihre Analyse schnell abgeschlossen. Keiner der Verdächtigen schien auch nur annähernd etwas mit den aktuellen Mordfällen gemeinsam zu haben.

Laura fuhr sich frustriert durch die Haare. »Ich werde morgen mit Lilly Krüger reden. Wenn ich ihr die Namen der beiden Mordopfer nenne, macht es bei ihr vielleicht klick.«

In diesem Moment ging die Bürotür auf und Simon Fischer erschien mit geröteten Wagen in der Tür.

»Ein Segen, dass ihr hier seid«, schnaufte er und griff sich theatralisch an die Brust.

»Hat dein Programm einen der Leichenfundorte auf Lilly Krügers Zeichnungen identifiziert?«, fragte Laura hoffnungsvoll.

Simon schüttelte den Kopf. »Nein. Aber wir haben etwas viel Besseres.«

33

E r betrachtete den schimmernden Schmetterlingsflügel in seiner Hand. Schon als kleiner Junge hatte er sich zu diesen bunten Lebewesen hingezogen gefühlt, hatte sie auf dem Feld gefangen und in einer Butterdose eingesperrt. Danach hatte er sie stundenlang beobachtet und wenn sein Kindermädchen ihn mal wieder bestraft hatte, spendeten diese zierlichen Wesen ihm Trost. Selbst im Tod sahen sie wunderschön aus und er verbrachte viel Zeit damit, sie zu präparieren. Der raupenähnliche Körper interessierte ihn weniger als die leuchtenden Flügel. Er wusste, dass es unschuldige Frauen waren, die er tötete, um Rache an der einen zu nehmen, die ihm das Leben zur Hölle gemacht hatte. Deshalb legte er ihnen einen Schmetterlingsflügel in die Hand. Für ihn war es eine Art Wiedergutmachung. Der Flügel gab ihnen Kraft auf der anderen Seite. Ihr Körper verwandelte sich zwar, aber ihre Seele blieb unversehrt, ganz im Gegensatz zu seiner eigenen. Doch in diesem Zyklus würde er heilen. Deshalb hatte er sich Mareike geholt. Sie ahnte bloß noch nicht, welche Rolle ihr zuteilwerden würde.

Er beförderte den Schmetterlingsflügel behutsam zurück in das Kästchen und beobachtete die Frau am Boden, die nur noch flach atmete. Seit Stunden hockte er neben ihr und genoss ihren Anblick. Er betrachtete ihre langen Locken, die wie kostbarer Samt glänzten, obwohl er sie seit Wochen bei sich hatte. Sie war die schönste Frau, die er jemals in seine Gewalt gebracht hatte. Fast zu schön, um sie zu bestrafen. Aber sie hatte sich nicht benommen. Was blieb ihm also übrig? Auf ein Fehlverhalten folgte die Strafe, so war das Leben. Was nützte es ihr, wenn er sie schonte? Am Ende würde sie mit den anderen gehen. Doch zunächst würde er sie bei sich behalten. Er genoss ihre Gegenwart und noch viel mehr ihre Qualen. Die absolute Macht über sie zu haben, verlieh ihm das Gefühl, unbesiegbar zu sein, und das wollte er so lange wie möglich auskosten. Deshalb behielt er jede Frau wochenlang bei sich.

Sein Blick glitt über die Frau, deren Gesicht so blass war, dass er am liebsten ihre Wangen mit Rouge eingepinselt hätte, um ihr ein bisschen mehr Leben einzuhauchen. Er liebte es, sie zu betrachten, wenn sie am verzweifeltsten waren.

»Ich mache dich jetzt los«, flüsterte er und löste ihre Fesseln.

Sie stöhnte vor Dankbarkeit. Egal, was er nun von ihr wollte, sie würde ihm jeden Wunsch erfüllen. Doch er würde ihre Hilflosigkeit nicht ausnutzen. Sie hatte sich nicht an die Regeln gehalten und ihre Strafe bekommen. Dabei sollte es bleiben.

Er hob sie hoch und brachte sie zurück in ihr Zimmer. Behutsam legte er sie auf das Bett. Er betrachtete sie noch eine Weile, wie sie da lag und versuchte, ihre steif gewordenen Gliedmaßen zu bewegen. Dann verließ er den Raum und begab sich zu seinem Computer.

Die Frau auf dem Bildschirm lächelte ihn aufmunternd an. Sie hatte geglaubt, ihm zu entkommen. Aber sie irrte sich gewaltig. Niemand entkam ihm. Er hatte alles genau durchdacht und er hatte Zugang zu jedem Bereich in der Klinik. Sein Blick fiel auf den Ausweis und die Zugangskarten von Dr. Mareike Gerstenberger. Er grinste breit und machte sich auf den Weg.

34

Simon Fischer ging zum Fenster und hielt eine von Lilly Krügers Zeichnungen ans Glas.

»Ihr müsst schon herkommen, wenn ihr was sehen wollt«, brummte er und fuhr mit dem Finger über den Wirrwarr von Linien, die Lilly mit Buntstiften gezeichnet hatte.

»Es ist nicht besonders deutlich zu erkennen, weil sie einen hellen gelben Buntstift benutzt und die Schrift anschließend wieder wegradiert hat. Die Spurensicherung hat es zuerst bemerkt und mein Computerprogramm hat die gelbe Schrift lesbar gemacht.«

Laura sprang an Simons Seite und blinzelte.

»Was steht denn da?« Sie erkannte zwar die gelbe Farbe, konnte es aber nicht lesen.

»Wie gesagt, ich musste alle Zeichnungen einscannen und durch den Computer jagen, bis es lesbar war«, erklärte Simon und grinste. Er legte die Zeichnung weg und übergab Laura einen Ausdruck.

»Berliner Straße?«, las sie ungläubig vor. »Was hat das zu bedeuten?«

Simon hob die Augenbrauen. »Das habe ich mich auch gefragt, zumal es etliche Straßen mit diesem Namen verteilt über ganz Deutschland gibt.«

»Wie viele sind das denn in Berlin und im Bundesland Brandenburg?«, warf Max ein.

»Mehrere. Doch ich bin mir sicher, Lilly Krüger meinte eine davon.« Simon zeigte ihr einen weiteren Ausdruck, auf dem die Straßen aufgelistet waren. »Diese Berliner Straße liegt zum Beispiel nur eine halbe Stunde von uns entfernt im Norden. Sie ist allerdings sehr lang. Und diese hier befindet sich in einem eher ländlichen Gebiet.«

Laura überlegte krampfhaft, was genau Lilly Krüger mit dem Straßennamen meinen könnte. Wurde sie einst dort festgehalten? Wurde irgendwo am Straßenrand eine Frau getötet oder abgelegt? Die Möglichkeiten waren vielfältig und zudem erschien es Laura ausgeschlossen, mehrere Kilometer von Straßen zu durchkämmen, ohne zu wissen, wonach konkret sie suchten.

»Ich fahre in die Klinik. Ihr findet heraus, ob einer der Verdächtigen irgendetwas mit einer dieser Straßen zu tun haben könnte.« Sie schnappte sich die Akten mit den beiden alten Mordfällen und eilte in die Tiefgarage.

Unterwegs telefonierte sie mit Joachim Beckstein, der die Überwachung von Professor Franke und Björn Lohmann genehmigte. Sie sprach auch mit Martina Flemming, die ihr bestätigte, dass keiner der beiden Verdächtigen zuvor in Brandenburg gemeldet gewesen war. Laura wusste aus ihrer Erfahrung, dass viele Täter bevorzugt in ihrer Komfortzone agierten, denn dort kannten sie sich aus. Lilly Krüger stammte aus Brandenburg. Doch in der Nähe ihrer ehemaligen Wohnadresse befand sich keine Berliner Straße.

Lauras Magen krampfte sich zusammen. Dr. Gerstenberger war möglicherweise schon beinahe vierundzwanzig Stunden in der Gewalt des Täters. Sie wollte sich nicht ausmalen, was ihr bereits widerfahren sein könnte. Sie konnten nur hoffen, dass sie überhaupt noch am Leben war. Die Uhr tickte, denn es dauerte vermutlich nicht mehr lange, bis der Täter die nächste Frau tötete. Es gab sieben Zeichnungen, was bedeutete, dass mindestens vier Frauen in Lebensgefahr schwebten. Laura wünschte sich inständig, dass keine neuen Zeichnungen auftauchten. Bisher hatten sie viele Spuren verfolgt, doch keine hatte sie zum Täter geführt. Vielleicht würde Lilly Krüger etwas aufschreiben, wenn sie ihr die alten Mordfälle zeigte.

Das Klinikgebäude erhob sich vor ihr und sie parkte nahe dem Eingang. Sie warf einen kurzen Blick hinauf zu Lilly Krügers Fenster, aber dahinter konnte sie niemanden ausmachen. Laura betrat die Klinik und begab sich zum Empfang.

»Ich möchte mit Ihrer Patientin Lilly Krüger sprechen. Es wäre dringend. Vielleicht rufen Sie Monika Nowak an. Sie kennt sich in dem Fall aus.«

Die Frau an der Anmeldung rief auf der Station an und winkte Laura durch. Auf der dritten Etage erwartete sie Monika Nowak bereits. Die Krankenschwester wirkte ungewöhnlich blass.

»Ich muss sofort Lilly Krüger sehen.« Laura nickte Monika Nowak zum Gruß zu und marschierte auf das Zimmer der Patientin zu.

»Sie ist weg«, schnaufte Monika Nowak atemlos hinter ihr.

Laura blieb abrupt stehen.

»Wie meinen Sie das?«

Die Krankenschwester zuckte hilflos mit den Achseln. »Wir suchen sie überall. Aber wir können sie nicht finden.«

Lauras Gehirn brauchte einige Sekunden, um diese Information zu verarbeiten.

»Wir sind hier auf der geschlossenen Abteilung. Wie sollte Lilly Krüger durch die Sicherheitstüren gekommen sein?«, fragte sie schließlich.

Im Gesicht der Krankenschwester wallte Panik auf. »Das ist es ja. Wir haben keine Ahnung. So etwas ist noch nie passiert.«

»Mist!«, stieß Laura aus. »Diese Patientin ist hoch traumatisiert. Wie konnte das geschehen? Sie müssen doch auf sie aufpassen!«

Monika Nowak brach in Tränen aus. »Ich weiß«, jammerte sie. »Ich war heute Mittag bei ihr und ein Kollege hat vor drei Stunden nach ihr geschaut. Sie muss danach verschwunden sein.«

»Tut mir leid«, entschuldigte sich Laura für ihren Ausbruch. »Nur wir dürfen wirklich keine Zeit verlieren. Erst verschwindet Doktor Gerstenberger, dann Lilly. Wir haben sieben Zeichnungen und drei tote Frauen. Ich befürchte das Allerschlimmste. Dürfte ich mich in Lilly Krügers Zimmer umsehen?«

Monika Nowak nickte. »Ich habe zwar bereits alles durchsucht, aber vier Augen sehen mehr als zwei.«

Laura sah sich um. Auf dem Tisch stapelten sich

Blumenbilder. Die Pinsel lagen fein säuberlich daneben. Ebenso eine Packung mit Buntstiften. Laura nahm sie in die Hand und zog den Stift mit der hellgelben Mine heraus.

Wo bist du?, fragte sie still und versuchte, sich vorzustellen, wie Lilly Krüger in ihrem Zimmer saß und malte. Plötzlich fiel es ihr wie Schuppen von den Augen. Wenn der Täter Dr. Gerstenberger tatsächlich entführt hatte, war er jetzt in Besitz ihrer Zugangskarten und hatte somit Zutritt zu sämtlichen Teilen des Klinikgebäudes. Sie rief auf der Stelle Simon an.

»Du musst dir die Kameraaufnahmen des Gebäudes ansehen. Lilly Krüger ist irgendwann in den letzten drei Stunden verschwunden. Vermutlich hat der Täter sie in seiner Gewalt. Er muss auf einer der Kameras zu sehen sein.«

»Wird sofort erledigt. Ich melde mich«, erwiderte Simon und legte auf.

»Können Sie mir sagen, ob sich jemand mit Doktor Gerstenbergers Karte Zutritt zur Klinik verschafft hat?«, fragte Laura.

»Tut mir leid. Soweit ich weiß, wird das nicht registriert«, antwortete Monika Nowak mit großen Augen. »Aber wir können bei der Technik nachfragen. Kleinen Moment.« Sie rannte davon und die Tür knallte hinter ihr zu.

Allein in Lillys Zimmer stellte Laura sich erneut vor, wie die Patientin am Tisch saß und malte. Jemand kam in ihrer Vorstellung herein, presste Lilly ein Tuch mit einem Betäubungsmittel auf den Mund und führte sie nach draußen. Er benutzte Dr. Gerstenbergers Zutrittskarte. Laura schloss die Augen. Hatte Lilly sich gewehrt?

Hatte sie überhaupt Zeit gehabt, dem Angreifer etwas entgegenzusetzen?

Laura blickte sich abermals im Zimmer um. Sie schaute unter den Tisch und das Bett. Nichts deutete auf einen Kampf hin. Dann ging sie zum Fenster und sah hinaus auf den Parkplatz. Hatte der Täter dort geparkt und Lilly einfach so durch die Eingangstür hinausgeführt, ohne dass es jemand mitbekommen hatte?

Verdammt. Laura wusste es nicht. Sie musste Simons Antwort abwarten. Sicher war nur eines: Lilly schwebte in höchster Lebensgefahr und sie musste diese Frau retten. Doch wo sollte Laura anfangen zu suchen? Sie setzte sich auf Lillys Bett und strich über das kühle Laken.

»Wovon hast du nachts geträumt?«, fragte sie leise, als ob jemand ihr eine Antwort geben könnte.

Sie hob das Kopfkissen hoch, aber dieses Mal lag nichts darunter. Laura begab sich zum Schrank und öffnete ihn. Im untersten Fach stapelten sich alte Zeichnungen von Lilly Krüger. Laura nahm den Stapel und schaute ihn durch auf der Suche nach irgendeinem Hinweis. Doch sie sah nur lauter bunte Blüten. Sie hielt das ein oder andere Blatt gegen das Licht, fand jedoch nirgendwo gelbe Schrift.

Verdammt! Warum hatte Lilly diesen Straßennamen aufgeschrieben, ohne einen genauen Ort zu nennen? Laura blickte auf die Uhr und ihr wurde kalt. Die Zeit lief ihnen davon und sie hatte keine Idee, was sie als Nächstes tun sollte.

35

Vor sieben Jahren

Lilly weinte. Sie wusste nicht, wie lange er sie bereits festhielt. Anfangs zählte sie noch die Tage, doch irgendwann hatte sie damit aufgehört. Sie würde diesen schrecklichen Ort nicht lebend verlassen, das war ihr inzwischen klar. Sie konnte nur hoffen, dass es schnell ging. Schneller als bei den anderen. Seit sie hier war, hatte er fünf Frauen getötet. Er hatte es mit einer solchen Kaltherzigkeit getan, dass sie sich jedes Mal vor Angst in die Hose gemacht hatte. Dabei behandelte er sie verhältnismäßig gut. Er wollte, dass sie ihm half. Anfangs hatte sie gezögert, doch schließlich begann sie, die Fesseln fester zu zurren. Sie verteilte Getränke oder Essen und hoffte, dass er sie vielleicht gehen ließ.

Aber seit gestern war ihr klar, er würde es nicht tun. Er hatte ihre Augen und ihren Mund verbunden,

Ohrstöpsel eingeführt und sie stundenlang hilflos im Raum herumirren lassen, bevor er sie erlöste. Sie hatte nicht geweint oder gebettelt wie die anderen, weil sie wusste, dass es sinnlos war. Nie zuvor war sie einem so kalten und herzlosen Menschen begegnet.

Jetzt hockte er vor der gefüllten Badewanne und betrachtete die Frau darin schon seit einer Ewigkeit. Das tat er immer, nachdem er jemanden bestraft hatte. Lilly beobachtete das Geschehen durch das Glasfenster in ihrer Tür. Sie hatte keine Ahnung, warum sie sich das Grauen überhaupt anschaute. Vielleicht weil er es erwartete. Er starrte sie schließlich ebenfalls an. Möglicherweise tat sie es aber auch, weil sie trotz aller Aussichtslosigkeit die Hoffnung noch nicht aufgegeben hatte, einen Ausweg zu finden.

Er hob die Frau aus der Badewanne und trug sie zurück in ihr Zimmer. Lilly kannte die Zimmer der anderen nicht. Wenn sie Essen brachte, schob sie es durch eine Klappe am unteren Rand der Tür. Ihre eigene Tür war die einzige mit einem Fenster. Dahinter befand sich ein großer Raum, vermutlich das Wohnzimmer, denn auf der rechten Seite stand ein offener Kamin. Sie hatte trotz stundenlanger Beobachtungen keine Ahnung, wie das alte Gebäude aufgebaut war. Sooft sie auch versuchte, während der Essensverteilung einen Ausgang zu finden, es war ihr bisher nicht gelungen.

Sie schaute durch die Scheibe in der Tür und erschrak, als er direkt auf sie zukam. Schnell huschte sie zum Bett und setzte sich ans Fußende. Es machte ihn wütend, wenn sie nicht dort saß.

Die Tür ging auf und er starrte sie aus unermesslich dunklen Augen an. Seit gestern trug er seine Maske nicht mehr und Lilly wollte sein Gesicht einfach nur wieder vergessen. Jetzt wusste sie, wie er aussah. Sie könnte ihn sogar zeichnen, wenn sie wollte. Aber die Gelegenheit würde er ihr nicht geben, weil sie vorher sterben würde.

»Komm mit, du musst mir helfen«, sagte er freundlich und sie sprang sofort auf. Jedes Zögern würde ihn erzürnen, das hatte sie inzwischen gelernt.

Er führte sie zu einem der Zimmer. Lillys Herz setzte einen Schlag aus, als er die Tür öffnete und ihr ein ekelhafter Geruch nach Fäkalien und noch Schlimmerem in die Nase drang. Er ging hinein und kam mit einer leblosen Frau auf den Armen wieder heraus. Damit er keine Spuren auf ihr hinterließ, trug er Gummihandschuhe. Er brachte sie zum Kamin und legte sie davor ab. Dann öffnete er eine Schachtel und holte einen gelben Schmetterlingsflügel hervor, den er mit durchsichtigem Klebeband an der rechten Hand der leblosen Frau befestigte.

»Du wartest hier und verbindest dir die Augen«, befahl er und warf ihr die Augenbinde zu.

»Bitte nicht«, stieß Lilly ängstlich aus, doch sein unerbittlicher Blick ließ sie sofort verstummen.

Er verschwand mit der Frau nach draußen und Lilly legte die Augenbinde an. Sie hatte das Gefühl, dass sie mehrere Stunden auf dem Boden neben dem Kamin verbrachte, bis er endlich zurückkehrte. Er zog sie hoch und strich ihr über den Kopf.

»Du bist ein braves Kind«, sagte er und schob sie vor sich her, eine Treppe hinauf.

Lilly merkte sich den Weg. Sie zählte die Schritte, bis es wieder eine kurze Treppe hinunter ging und sie frische Luft spürte. Er hatte sie ins Freie gebracht. Sie hörte eine Autotür klappen.

»Steig ein.«

Sie tastete sich mühsam voran und nahm auf dem Beifahrersitz Platz. Dem Geruch nach war die andere Frau ebenfalls im Auto.

Er startete den Motor und fuhr los. In Lillys Augen brannten Tränen. Wie oft hatte ihre Mutter ihr gepredigt, nicht in fremde Autos zu steigen? Schon gar nicht, wenn sie mit dem Rucksack unterwegs war. Aber sie war töricht gewesen und hatte geglaubt, alles besser zu wissen. Sie hatte ihre Reise durch Europa mit dem Zug geplant. Doch er war ausgefallen. Verzweifelt hatte sie auf dem unübersichtlichen Plan der Bahn nach einer Alternative gesucht. Sie konnte schließlich nicht gleich am ersten Tag aufgeben oder ihre Eltern zu Hilfe rufen, zumal sie sich im Streit getrennt hatten. Ihre Eltern erdrückten sie, wollten sie in das Korsett der braven Tochter zwängen, die sofort eine Ausbildung begann oder ein Studium. Aber sie wollte erst einmal leben und sie würde beweisen, dass sie selbstständig war und allein zurechtkommen konnte. Der Mann neben ihr machte ein verzweifeltes Gesicht, während er die große Anzeigetafel im Bahnhof studierte, die alle geplanten Zugverbindungen der nächsten Stunde zeigte. Er schüttelte den Kopf und fluchte leise.

»Kommen Sie hier auch nicht weg?«, fragte er und lächelte sie freundlich an.

Hilflos zuckte Lilly mit den Schultern und nickte. Der Mann war jung und attraktiv. Als er einen Autoschlüssel aus seiner Tasche zog und ihr anbot, sie zum nächsten großen Bahnhof zu fahren, erschien ihr das wie die Lösung all ihrer Probleme. Wie hätte sie ahnen sollen, dass er sie entführen würde? Und schlimmer noch, in den darauffolgenden Tagen und Wochen sandte er regelmäßig Nachrichten von ihrem Handy an ihre Eltern, um sicherzustellen, dass sie nicht nach ihr suchten. Sie war verloren. Für immer.

»Ich habe dich gewarnt«, sagte die Stimme ihrer Mutter in ihrem Kopf und Lilly schluckte mühsam die Tränen hinunter. Er mochte es nicht, wenn sie weinte. Vielleicht wäre sowieso bald alles vorbei. Er brachte sie und die andere Frau fort, um sich neue zu holen, die er in die Zimmer einsperrte und von Zeit zu Zeit quälte, um sie am Ende zu töten.

Der Wagen hielt an und als er ausstieg, fuhr ein frischer Luftzug durch ihr Haar. Sie hörte, wie er die Autotür hinter ihr öffnete und schnaufte. Vermutlich holte er die Frau heraus.

»Komm mit«, befahl er und sie mühte sich damit ab, den Griff der Autotür zu finden und auszusteigen.

Seine Schritte entfernten sich und sie versuchte, ihm zu folgen. Doch sie stolperte und schlug der Länge nach hin. Sie ignorierte den Schmerz und rappelte sich auf. Wenn sie nicht gehorchte, würde er sie bestrafen. Die Augenbinde war ein Stückchen verrutscht. Sie sah eine Holzhütte vor sich. Er öffnete die Tür und drehte sich zu ihr um.

»Hier entlang«, befahl er und verschwand. Offenbar hatte er nicht bemerkt, dass sie ihn sehen konnte.

Lillys Herz pochte laut gegen die Rippen. Die Stimme ihrer Mutter ertönte abermals in ihrem Kopf.

»Lauf weg!«

Diesmal hörte Lilly auf sie. Sie drehte sich um und

rannte los. In der Schule war sie die Beste im Sprint gewesen. Selbst die Jungs hatten Mühe gehabt, sie einzuholen. Sie musste auch jetzt die Schnellste sein, denn wenn er sie einholte, war sie tot. Sie konzentrierte sich ganz auf ihre Schritte. Ein Straßenschild tauchte vor ihr auf und sie prägte sich den Namen ein. Sie hetzte bis zur völligen Erschöpfung und ohne Orientierung durch die Nacht. Selbst als ihr Kopf leer war, blieb sie nicht stehen.

36

Laura hatte Himmel und Hölle in Bewegung gesetzt. In ganz Berlin suchte man inzwischen nach Dr. Gerstenberger und Lilly Krüger. Professor Franke und Björn Lohmann wurden rund um die Uhr überwacht. Sobald sie ihre Wohnungen verließen, würde Laura informiert werden. Sie saß in ihrem Wagen auf dem Parkplatz vor der psychiatrischen Klinik und studierte die Liste der Straßen mit dem Namen *Berliner Straße*. Zehn dieser Straßen kamen in die engere Auswahl, weil sie durch abgelegenere Siedlungen und nicht durch die Stadt führten. Laura wusste, dass sie sich jetzt entscheiden musste. Sie hatte keine Zeit, um zehn Straßen in den verschiedensten Teilen des Bundeslandes Brandenburg abzusuchen. Sie wählte die Straße, die am nächsten zu Lilly Krügers damaligem Wohnort lag und die sich durch ein Industriegebiet zog. Gerade als sie Max' Nummer wählen wollte, um ihn in die ein wenig entfernte Berliner Straße zu schicken, klingelte ihr Telefon.

»Simon hier. Ich habe eine Aufnahme, die zeigt, wie Lilly Krüger von einem Mann mit Baseballkappe aus der Klinik geführt wird.«

Lauras Herzschlag beschleunigte sich auf der Stelle. »Kannst du sehen, wer es ist?«

»Leider nein. Der Typ trägt Jeans, ein dunkles Hemd mit hohem Kragen und eine Baseballmütze, die alles verdeckt. Er hat die ganze Zeit nach unten geschaut, sodass die Kameras nicht ein einziges Mal sein Gesicht erwischt haben. Er ist durchschnittlich groß, normales Gewicht, keine Auffälligkeiten. Ich habe leider nicht genügend Aufnahmen von Professor Franke und Björn Lohmann, um zu prüfen, ob es einer der beiden ist.«

»Verdammt!«, fluchte Laura. »Kannst du sehen, welches Auto sie genommen haben?«

Ein Stöhnen ging durch die Leitung. »Das ist der zweite unglückliche Punkt. Er hat sie nicht zum Parkplatz, sondern zur Straße gebracht. Vermutlich hat er dort irgendwo geparkt. Das kann ich aber leider nicht nachvollziehen und in der Nähe gibt es keine weiteren Überwachungskameras. Ich habe dir die Sequenz aufs Handy geschickt. Max konnte den Kerl nicht identifizieren, aber vielleicht fällt dir ja irgendetwas am Gang oder an der Körperhaltung auf.«

»Warte«, sagte Laura und öffnete das Video.

Der Mann hatte sich einen Arm von Lilly Krüger über die Schulter gelegt und schlang seinen Arm um ihre Hüfte. Lilly schlurfte langsam und wie benebelt neben ihm her, während er den Kopf nach unten geneigt hielt, als würde er mit ihr sprechen. Es schien ganz so, als hätte er Lilly mit Medikamenten oder Drogen ruhiggestellt. Sie gingen im Schneckentempo aus dem Bild. In der gesamten Zeit verließ kein anderer Besucher oder Mitarbeiter die Klinik und es trat auch niemand ein. Laura starrte auf die Zeitangabe links oben. Der Täter hatte Lilly vor vier Stunden entführt. Sie spulte die Aufnahme zurück und musterte den Gang des Mannes. Da er Lilly so dicht am Körper führte und nur kleine Schritte machte, war sein Gang verfälscht. Laura konnte beim besten Willen nicht sagen, ob es sich um den Professor, Björn Lohmann oder eine andere Person handelte.

»Ich mache mich jetzt zur Berliner Straße in der Peripherie von Potsdam auf. Vielleicht kannst du mit Max die im Berliner Norden anfahren. Ich habe mir die Satellitenbilder angeschaut. An beiden Straßen liegen Industriehallen und andere Gebäude. Es gibt natürlich auch längere Abschnitte, wo nur ein paar Bäume stehen und ansonsten Felder angrenzen.«

Simon stellte sein Telefon auf den Lautsprecher um und gab Max kurz Lauras Bitte durch.

»Okay, Laura. Wir machen uns jetzt auf den Weg. Sobald du irgendetwas hast, melde dich.«

»Achtet auf die Straßenschilder«, sagte Laura. »Ich denke, dass Lilly Krüger vielleicht auf das Schild geschaut hat. Jedenfalls sollten wir jeweils dort die nähere Umgebung absuchen.«

»Einverstanden«, erwiderte Max und legte auf.

Inzwischen war es spät und die Sonne würde bald untergehen. Laura überlegte, welchen Weg der Täter wohl genommen hatte. Sie entfernte sich vom Parkplatz der Klinik und hielt Ausschau nach einem auffälligen Wagen oder irgendeinem Hinweis. Doch sie konnte nichts dergleichen entdecken. Dreihundert Meter weiter beschleunigte sie und steuerte auf die Berliner Straße zu, die sie bei Potsdam ausgemacht hatte.

Nachdem sie den Stadtrand hinter sich gelassen und etwa eine halbe Stunde später ihr Ziel erreicht hatte, stoppte sie am ersten Straßenschild und schaute sich um. Rechts befand sich eine Wiese, links ein Feld. Laura folgte ihrer Intuition und setzte ihre Fahrt fort, bis sie einen Bauernhof passierte. Dahinter entdeckte sie an einer Kreuzung ein weiteres Straßenschild. Sie inspizierte die Umgebung und fuhr weiter. Die wenigen Häuser waren bewohnt und eigneten sich aus ihrer Sicht nicht für ein Versteck.

Abermals klingelte ihr Handy. Simon versuchte sie zu erreichen. Rasch nahm Laura das Gespräch an.

»Sorry. Wir sind noch nicht losgefahren. Ich habe die Filter in meinem Computerprogramm noch einmal angepasst und meine Suche genau auf die Berliner Straße abgestimmt, auf der du jetzt bist. Ziemlich am Ende dieser Straße befindet sich eine alte Gartensiedlung. Die liegt seit mehreren Jahren brach, weil es Streit um die Grundstücksgrenzen gibt, und außerdem ist der Boden mit Chemikalien verseucht.«

»Wow«, sagte Laura, während sich ihr Puls sofort beschleunigte. »Das hört sich nach einem passablen Versteck für einen Serienkiller an.«

»Das dachte ich auch. Sorry, dass ich dich gerade tracke, aber du musst noch knapp sechshundert Meter fahren, dann beginnt die Siedlung auf der rechten Seite.«

Laura gab Gas und blieb genau unter dem Straßennamensschild stehen. Sie betrachtete das Schild und den schmalen Weg, von dem zu beiden Seiten kleine Holzlauben abgingen.

»Ich steige jetzt aus«, sagte sie und wollte auflegen, als Max sich zu Wort meldete.

»Laura, bleib am Telefon. Du solltest eigentlich auf Verstärkung warten.«

»Lilly Krüger ist seit Stunden in der Gewalt des Täters. Ich kann nicht hier rumsitzen und am Ende zu spät sein.«

»Ich weiß, deshalb bleib bitte am Telefon. Ich mache mich auf den Weg, während Simon hier im Büro die Stellung hält.«

»In Ordnung«, erwiderte Laura und legte nicht auf, sondern verband ihr Handy mit kleinen Kopfhörern, durch die sie weiter telefonieren konnte.

»Erinnerst du dich an die Zeichnung, wo Lilly Krüger eine Frau mit verbundenen Augen gezeichnet hat?«, fragte Simon.

»Ich sehe die Ärmste deutlich vor mir. Sie hatte auch etwas in den Ohren.«

»Genau die meine ich. Die Zeichnung zeigt ein ovales Fenster und die Umrisse einer Hütte. Anhand der Satellitenbilder habe ich drei Lauben ausgemacht, die infrage kommen. Die erste befindet sich hundert Meter von dir entfernt. Du gehst den schmalen Weg entlang, biegst nach fünfzig Metern links ab und müsstest dann darauf zugehen.«

Laura ignorierte das Schild, auf dem *Betreten verboten* stand, und kletterte über den Zaun in die verlassene Kolonie. Anschließend folgte sie dem zugewucherten Weg genau so, wie Simon es beschrieben hatte.

»Jetzt nach links«, sagte er, weil er sie offenbar weiterhin trackte.

Laura tat wie ihr geheißen und sah bereits von Weitem eine Laube mit ovalen Fenstern und einem völlig zerstörten Dach, das nur noch aus ein paar Holzbalken bestand. Auch eine Haustür war nicht mehr vorhanden.

»Sieht ziemlich zerfallen aus«, bemerkte sie und schaute hinein. »Vielleicht war das Dach vor sieben Jahren noch intakt.«

Sie leuchtete mit der Taschenlampe den rund fünfzehn Quadratmeter großen Innenraum aus, in dem sich die Reste des Daches verteilten. Wellblech, Bauplatten und zersplittertes Holz lagen überall herum. Einen Keller gab es nicht. Laura durchsuchte den Bereich gründlich.

»Hier ist nichts«, sagte sie schließlich und ließ sich von Simon zur nächsten Gartenlaube lotsen.

Laura konnte selbst nicht sagen, ob es an dem Äußeren der Laube lag oder an der Krähe, die sie missmutig vom Dach aus beobachtete und dann schimpfend davonflog. Schon bevor sie die marode Tür öffnete, überkam sie ein merkwürdiges Gefühl, das sich verstärkte, als ihr ein dumpfer, modriger Geruch entgegenschlug.

»Hier ist etwas«, flüsterte sie, obwohl sie noch nichts erkennen konnte.

Der Strahl ihrer Taschenlampe erfasste einen Tisch,

zwei Stühle, undefinierbares Gerümpel und an der Wand auf dem Boden liegend einen toten Körper, der nur aus Haut und Knochen bestand.

»Schick sofort Verstärkung und die Rechtsmedizin«, sagte Laura und betrachtete ungläubig den Fund.

Sie ging in die Knie und leuchtete die kaum beschädigte Lederjacke ab, die die Tote trug. Die Jeans wies mehrere Löcher auf und als Laura mit dem Strahl der Taschenlampe hineinleuchtete, traf sie auf Kochen. Das Gewebe war längst abgefressen oder verwest. Vom Gesicht war nichts mehr übrig. Unter der zerfetzten Augenbinde starrten leere Augenhöhlen aus einem gespenstischen Schädel. Ohren oder Ohrstöpsel waren nicht zu erkennen. Die einst langen Haare hatten sich in verfilzte Strähnen verwandelt. Aus den Ärmeln der Jacke ragten knochige Finger heraus. Laura schluckte, als sie auf dem Boden das zerrissene Stück eines Schmetterlingsflügels bemerkte, das Überbleibsel eines Tagpfauenauges.

»Es ist ein weiteres Opfer wahrscheinlich desselben Täters, aber komplett verwest«, flüsterte sie ins Telefon und machte ein Foto mit dem Smartphone. Im grellen Licht des Blitzes nahm sie eine winzige Unebenheit auf der Jacke wahr und leuchtete auf die Stelle. Sie streifte sich Schutzhandschuhe über und holte eine Tüte aus ihrer Tasche.

»Ich habe ein kurzes Haar«, erklärte sie Simon und steckte es vorsichtig in die Tüte.

Von draußen hörte sie Schritte und für den Bruchteil einer Sekunde erfasste sie die Angst. Sie sah plötzlich das Monster vor sich und das Pumpwerk.

»Laura?«

Sie atmete auf, als sie Max' Stimme erkannte.

»Ich bin hier«, sagte sie und hielt ihm triumphierend die Tüte mit dem Haar entgegen. »Es ist kurz und kann deshalb nicht von der Toten stammen.«

Max' Augen leuchteten zunächst auf und verfinsterten sich dann.

»Wir haben weder DNA von Professor Franke noch von Björn Lohmann«, stellte er ernüchtert fest.

Laura ließ sich nicht beirren. »Aber mit dem Haar haben wir mit ziemlicher Sicherheit die DNA des Täters. Die beiden sollen eine Probe abgeben, damit wir sie abgleichen können.«

»So eine Analyse dauert Stunden, wenn nicht sogar Tage«, vernahm sie Simon, der immer noch am Telefon war.

Laura kam eine Idee. »Weißt du was? Könntest du dir bitte die Mitarbeiter der Klinik anschauen und am besten auch die Zulieferer, die wir befragt haben, und herausfinden, wer von ihnen in der Nähe wohnt oder gearbeitet hat? Der Täter hat hier mit seiner Mordserie angefangen. Häufig begannen Täter in ihrer Komfortzone, dort, wo sie sich auskennen und sicher fühlen.«

»Ich schaue mir das sofort an.«

Aus der Ferne hörten sie das Signal eines Streifenwagens. Die Verstärkung traf ein und innerhalb weniger Minuten war die alte Holzlaube lichtdurchflutet. Im grellen Schein der Lampen wirkte die Tote noch gruseliger als zuvor. Laura wandte den Blick ab. Es war nicht an der Zeit, sich um die Toten zu kümmern. Sie musste die Lebenden retten.

»Komm mit«, sagte sie zu Max. »Wir müssen Lilly Krüger und Mareike Gerstenberger finden. Dafür brau-

chen wir schnellstens ein Ergebnis. Ich rufe den Labor-
leiter auf dem Handy an.« Sie sprach den Namen Ben
Schumacher nicht aus, weil sie Max nicht ärgern wollte.
Aber eines wusste sie: Ben Schumacher erledigte die
DNA-Analyse so schnell wie niemand sonst.

37

»Ich habe dich völlig unterschätzt«, flüsterte er ihr ins Ohr und strich ihr über das Haar. Sie hatte es so kurz geschoren, dass er sie fast nicht erkannt hätte. Und eigentlich hatte er sie auch gar nicht mehr gesucht. Das Schicksal konnte so gnädig sein. Er konnte sein Glück kaum fassen.

»Ich hätte nie geglaubt, dass du dich traust, einfach abzuhauen. Ehrlich gesagt hatte ich ein wenig gehofft, du würdest mich mögen.« Er lächelte sie an, doch ihr blasses Gesicht zeigte nicht den Hauch einer Regung.

»Bei mir wäre es dir besser ergangen als in dieser Klinik«, fuhr er fort und streichelte ihre Wange. »Ich hätte mich um dich gekümmert.«

Als sie weiterhin nicht reagierte, seufzte er tief. »Die haben dich kaputt gemacht da drin. Hast du wirklich aufgehört zu sprechen?«

»Lass sie in Ruhe«, sagte Mareike. »Sie ist schwer traumatisiert und ich weiß jetzt auch, warum.«

»Halt dein loses Mundwerk. Du bist doch schuld an allem!«, schnaubte er.

Mareike senkte den Blick. Er hasste den Widerwillen in ihren Augen. Zum hundertsten Mal an diesem Tag verspürte er den Drang, sie einfach in eine Kiste zu sperren. Aber er musste sich beherrschen. Es gab noch viel zu tun. Er sollte glücklich sein, Lilly wiedergefunden zu haben. Vor sieben Jahren war sie ihm entkommen, und das bloß aus einem Grund. Er hatte ihr vertraut. Geglaubt, sie würde immer bei ihm bleiben. Doch damit hatte er gewaltig falschgelegen. Frauen konnte man nicht trauen. Keiner. Erst recht nicht, wenn sie ihn an Mareike erinnerten.

Nachdem Lilly verschwunden war, hatte er einen Ersatz finden müssen. Viel zu spät bemerkte er dann, dass die Haare der Frau gefärbt waren. Er hatte eine Blondine umgebracht, die unglücklicherweise nur Stunden später gefunden wurde. Die Polizei stöberte überall herum und beinahe wäre sie ihm auf die Schliche gekommen. Die Angst, den Rest seines Lebens im Gefängnis zu verbringen, brachte ihn vom Morden ab. Er hatte schon einmal Ärger mit der Polizei gehabt, und das wegen einer verhältnismäßig harmlosen Geschichte. Zudem ging es im Knast nicht gerade friedlich zu. Er musste vernünftig sein. Zumindest vorerst. Er hörte auf, von einem Tag auf den anderen.

Er zog nach Berlin, wo zunächst alles gut lief. Sein Durst nach Rache schien gestillt. Er hatte sich unter Kontrolle. Doch dann nahm er eine Stelle in dem Getränkemarkt von Maria Schollhübers Vater an. Maria erinnerte ihn sofort an Mareike. Sie ähnelte ihr nicht nur äußerlich, sie behandelte ihn als Tochter des Inhabers auch von oben herab. Er hasste sie vom ersten Augenblick. Die Wut, die er in den vergangenen Jahren unterdrückt hatte, kehrte mit Wucht zurück. Trotzdem versuchte er, sie in den Griff zu bekommen und Maria aus dem Weg zu gehen. Aber das funktionierte nicht. Er begann, ihre Gewohnheiten zu beobachten. Ihre und etwas später auch die von Annika Weber, bei der er regelmäßig das Futter für seine Katzen kaufte. Plötzlich sah er sein Kindermädchen wieder überall. Auch in dem Markt für Tierbedarf, wo er Finja Grothe kennenlernte. Er fühlte heute noch die Wut, die er bei ihrem Anblick empfunden hatte. Mit schwingenden Hüften und langen lockigen Haaren stolzierte sie an ihm vorbei. Er konnte nicht anders, als ihr bis nach Hause zu folgen und sie auf seine Liste zu setzen. Sie musste sterben, damit er sich besser fühlen konnte. Sie alle mussten deshalb sterben. Aber zuvor sollten sie leiden! Irgendwann gab es kein Halten mehr für ihn und er tötete erneut.

»Wie auch immer, dann redest du eben nicht mehr«, sagte er zu Lilly. »Ich habe jedenfalls noch einen Platz für dich frei.« Und das hatte er wirklich, auch wenn ihre Haare jetzt kurz waren.

Das Töten fühlte sich anders an als vor sieben Jahren. Es brachte ihm nicht mehr die Befriedigung, die er damals empfunden hatte. Etwas fehlte, und das, obwohl er die Morde exakt wiederholte. In derselben Reihenfolge. Mit denselben Qualen und Frauen, die der Mareike von früher ähnelten. Aber die Rache an unschuldigen Opfern reichte offenbar nicht mehr aus. Er musste das Original auslöschen, die Frau, die all sein Leid verursacht hatte und deren Quälereien er nun an seinen Opfern ausließ.

Es war nicht einfach gewesen, Dr. Mareike Gerstenberger zu finden. Sein ehemaliges Kindermädchen war nicht in den sozialen Netzwerken aktiv, hatte in den einschlägigen Medien weder die Adresse noch die Telefonnummer hinterlegt. Doch dann wurde sie zur Klinikleiterin befördert, und eine Pressemitteilung enthielt ein Foto von ihr. Endlich hatte er sie gefunden! Er hatte sich eine Arbeitsstelle gesucht, die es ihm ermöglichte, in ihrer Nähe zu sein. Schnell fand er heraus, welcher Wagen auf dem Klinikparkplatz ihr gehörte. Er folgte ihr mehrfach bis nach Hause und beobachtete sie.

Und dann, völlig unerwartet, begegnete er Lilly Krüger in der Klinik. Eigentlich suchte er nach einem anderen Klinikmitarbeiter und wartete deshalb hinter einer gläsernen Sicherheitstür, die in den Garten führte. Als er hinausschaute, lief sie plötzlich direkt an ihm vorbei. Nur die dünne Tür aus Sicherheitsglas trennte sie. Lillys Blick traf ihn mit einer Intensität, als sähe sie den Teufel persönlich. Zunächst erkannte er sie nicht. Doch später fiel ihm alles wieder ein.

»Setz die Perücke auf«, befahl er und stellte zufrieden fest, wie gut ihr die neuen Haare standen.

»Wovor hast du am meisten Angst?«, fragte er, obwohl er es genau wusste.

Lächelnd zog er eine Augenbinde aus der Tasche und legte sie Lilly an.

»Du bist weggelaufen und warst überhaupt nicht brav«, brüllte er und freute sich auf das, was nun kam.

38

»Acht Stunden, wenn es schnell geht sechs«, hatte Ben Schumacher gesagt und sich sofort an die Arbeit gemacht. Es war bereits sehr spät gewesen und Laura hatte sich mit Max und Simon auf den Heimweg begeben. Was sollten sie tun mitten in der Nacht? Dem Leiter des kriminaltechnischen Labors konnten sie nicht helfen. Doch am Eingang der Tiefgarage hatte Laura innegehalten, sich umgedreht und war zurück ins Büro gegangen. Sie konnte nicht nach Hause fahren und schlafen, auch nicht, obwohl Taylor auf sie gewartet hatte. Sie hatte ihm eine Nachricht geschickt, dass es spät oder vielmehr morgen früh werden würde, und er hatte mit einem Herz geantwortet. Laura liebte Taylor dafür, dass er sie nicht unter Druck setzte.

Sie tigerte im Büro auf und ab, weil sie wusste, dass sie keine sechs und schon gar nicht acht Stunden Zeit hatten. Jede Minute, die verging, ließ den Tod einer

weiteren Frau wahrscheinlicher werden. Simon Fischer
hatte ihr eine Liste der Mitarbeiter der Klinik zusammengestellt, die in den letzten zehn Jahren in der Nähe
des letzten Leichenfundortes bei der *Berliner Straße*
gemeldet waren oder gearbeitet hatten. Fünf Namen
standen auf der Liste, darunter drei, mit denen sie
persönlich gesprochen hatte.

Der Pfleger Maik Brückert, ein gewisser Thilo
Schwenk, Mitarbeiter des Getränkelieferanten, und
einer der Hausmeister, Wolfgang Krönke. Nachdenklich
studierte Laura die Namen und die Adressen. Alle
hatten zuvor im Umkreis der *Berliner Straße* im Land
Brandenburg gelebt, sodass Laura keinen Namen streichen oder besonders hervorheben konnte. Trotzdem
musste sie irgendetwas tun.

Sie überprüfte ihre Nachrichten, doch offenbar
lagen der Professor und Björn Lohmann im Bett und
schliefen. Sie hatten jedenfalls ihr Haus beziehungs-
weise die Wohnung nicht mehr verlassen, wie die Über-
wachungseinheit meldete. Laura stellte sich vor, wie der
Täter Lilly Krüger aus der Klinik entführt hatte. Würde
er sich anschließend ruhig zu Hause in sein Bett legen?
Laura kannte die Art von Täter, den sie suchten, nur zu
gut. Sie hatte es selbst erlebt. Ein solcher Täter wollte in
der Nähe seines Opfers sein. Aber trotzdem gab es dafür
keine Garantie. Sie hatten es mit jemandem zu tun, der
extrem geplant und sorgfältig vorging.

Sie musterte abermals die drei Namen und nahm
sich vor, keine noch so kleine Spur außer Acht zu
lassen. Der Pfleger und der Hausmeister hatten jederzeit Zugang zum Gebäude. Der Getränkelieferant
hingegen kam bloß in bestimmte Bereiche der Klinik

hinein. Laura schaute sich den Pfleger Maik Brückert genauer an. Er hätte es am leichtesten gehabt, Lilly Krüger aus der Klinik zu entführen. Dr. Gerstenberger wäre ihm vermutlich sogar freiwillig gefolgt, ohne sofort misstrauisch zu werden. Doch was für ein Motiv hätte Brückert haben können? Er arbeitete seit Jahren in der Klinik. Warum also sollte er ausgerechnet jetzt zuschlagen, wo die Polizei die Klinik im Blick hatte? Laura überprüfte trotzdem seine Anschrift und nahm sich anschließend den Hausmeister vor, der jedoch bereits dreiundsechzig Jahre alt war. Sie musterte sein Führerscheinfoto und schob Wolfgang Krönke zunächst beiseite, weil das durchschnittliche Alter eines Mörders laut Statistik bei ungefähr dreißig Jahren lag. Blieb noch Thilo Schwenk, an den sie nur eine vage Erinnerung hatte. Sie gab seine vorherige Adresse aus dem Bundesland Brandenburg in den Internetbrowser ein und betrachtete das Satellitenbild. Schwenk hatte offenbar auf einem Gehöft gewohnt. Im Gegensatz zu Maik Brückert, den sie in einem Wohnblock verortet hatte. Zur Sicherheit schaute sie sich auch noch einmal die Adresse des Hausmeisters an und erkannte ein Reihenhaus.

Plötzlich kam Laura eine ganz andere Idee. Sie dachte an Dr. Gerstenberger und daran, dass sie ihr Auto vor Professor Frankes Haus gefunden hatten. Ihre Suche hatte genau dort angesetzt, doch sie hatten dabei etwas Entscheidendes vergessen. Etwas, das Laura jetzt nachholen würde. Sie öffnete ein Verzeichnis mit zahlreichen Dateien auf ihrem Computer und runzelte die Stirn, weil sie das passende Datum nicht sofort fand.

»Kann ich dir irgendwie helfen?«

Laura sah überrascht vom Bildschirm auf. Simon Fischer lehnte im Türrahmen und grinste sie an.

»Was machst du denn noch hier?«, fragte sie. »Du warst doch längst auf dem Weg nach Hause.«

»Genauso wie du.« Er trat ein und legte seine Tasche auf den Tisch. »Ich habe gesehen, wie du vor der Tiefgarage eine Kehrtwende gemacht hast, und dachte mir, das kann ich auch. Mir war in meinem Büro allerdings zu langweilig und da wollte ich mal nach dir schauen. Sieht so aus, als könntest du jemanden wie mich gebrauchen.«

Laura lachte. »Du kommst wie gerufen. Ich wühle mich gerade durch die Überwachungsaufnahmen aus der Klinik. Es gibt da eine Sache, die wir uns bisher nicht angeschaut haben.«

Simons Augenbrauen schnellten in die Höhe. »Ach? Und welche wäre das?«

»Ich möchte sehen, wie Doktor Gerstenberger am Abend ihres Verschwindens die Klinik verlassen hat.«

Simon schürzte die Lippen, ergriff Lauras Tastatur und scrollte durch die Dateien.

»Hier ist es«, sagte er nach einer Weile und startete eine Aufnahme vom Parkplatz der Klinik.

Die ersten quälenden Minuten geschah überhaupt nichts. Laura erinnerte sich an die Aussage von Monika Nowak, dass sie Dr. Gerstenberger beim Verlassen der Klinik gesehen hatte. Das war um acht Uhr abends gewesen. Auf dem Video war es bereits zehn Minuten später, als die Klinikleiterin endlich aus dem Gebäude kam und auf ihren SUV zusteuerte. Sie lief selbstbewusst wie immer über den Parkplatz und stieg schnurstracks in ihren Wagen ein. Dann parkte sie rückwärts aus und fuhr in gemäßigtem Tempo davon. Simon wollte die Wiedergabe schon stoppen, doch Laura hielt ihn zurück.

»Warte«, bat sie und starrte angespannt auf den Bildschirm. Nur Sekunden später verließ ein weiteres Auto den Parkplatz und nahm denselben Weg wie Dr. Gerstenbergers SUV kurz zuvor.

»Jetzt weiß ich, was du meinst«, nuschelte Simon aufgeregt und vergrößerte den Ausschnitt mit dem Lieferfahrzeug. »Verdammt. Der Wagen verfolgt sie.«

»Geh näher ran. Ich will sehen, wer da drin sitzt.« Laura spürte, wie ihr Herz schneller schlug, als sie den Kopf auf der Fahrerseite erkannte. Eigentlich war es nicht der Kopf, sondern das, was darauf saß.

»Er trägt eine Baseballkappe«, stieß sie aus.

Simon Fischer tippte wie verrückt auf der Tastatur und vergrößerte das Bild noch weiter.

»Es ist nicht nur eine Baseballkappe«, stellte er fest und öffnete ein zweites Fenster neben dem laufenden Video. »Es ist dieselbe Baseballkappe, die der Mann auf dem Überwachungsvideo mit Lilly Krüger trägt.«

Laura starrte auf die Kappen in den beiden Aufnahmen. Simon hatte recht. Es war ohne Zweifel dieselbe Kappe, derselbe Mann. Hier auf den Videos hatten sie ihn. Den Täter, der all die Frauen auf dem Gewissen hatte.

»Wer ist das?«, fragte Laura und versuchte, das Gesicht zu erkennen, obwohl es zur Hälfte von der Kappe verdeckt war. Alles, was sie sah, war die Nasenspitze und das kantige Kinn.

»Hab ich dich!«, triumphierte Simon und drückte die Entertaste. Das Kennzeichen des Lieferwagens erschien auf dem Bildschirm.

»Der Wagen ist auf einen Lieferservice zugelassen. Inhaber ist Mirko Böhme.«

»Das sagt mir nichts«, erwiderte Laura. »Was liefern die denn?«

Simon brauchte eine Sekunde, ehe er antwortete: »Getränke.«

»Warte«, entgegnete Laura aufgeregt und tippte auf die Liste mit den Namen, die Simon ihr gegeben hatte. »Thilo Schwenk ist einer der Fahrer. Er hat eine Zeit lang im Bundesland Brandenburg gelebt. Den habe ich gerade überprüft. Sieh dir das mal an. Er hatte in dort einen Bauernhof.«

»Nur zehn Kilometer vom Fundort der letzten Leiche entfernt«, fügte Simon hinzu.

In Lauras Kopf ratterte es. Die Verbindung zu Lilly Krüger und Dr. Gerstenberger war völlig klar. Ob er Annika Weber, Finja Grothe und Maria Schollhüber kannte, würden sie auf die Schnelle nicht herausfinden. Allerdings besaß der Vater von Maria Schollhüber einen Getränkeladen. Gut möglich, dass Schwenk eine Zeit lang dort gearbeitet hatte und so auf seine Opfer stieß.

»Kannst du herausfinden, wem dieser Bauernhof gehört oder ob dort heute noch jemand lebt?«

Simon verzog die Lippen. »Auf die Grundbuchdaten habe ich keinen Online-Zugriff. Ich kann höchstens das Telefonbuch überprüfen. Warte kurz.«

Thilo Schwenks Name mit der Brandenburger Adresse erschien auf dem Bildschirm.

»Könnte veraltet sein. Vielleicht steht da auch gar nichts drin«, meinte Simon. »Die meisten Leute tragen sich nicht mehr ins Telefonbuch ein. Niemand will seine eigene Anschrift im Netz sehen. Ich kann mich durchs

Internet wühlen und prüfen, ob er in sozialen Netzwerken aktiv ist.«

»Mach das«, sagte Laura und erhob sich. »Uns läuft die Zeit davon. Schwenk ist aktuell in Berlin gemeldet, aber womöglich gehört ihm dieser Bauernhof immer noch. Es gibt nur eine Möglichkeit, das schnell herauszufinden.« Sie packte den Autoschlüssel und ignorierte Simons ängstlich aufgerissene Augen. »Ich fahre hin und schaue mir das an.«

39

Simon liebte und hasste Laura zugleich. Er sah, wie sie aus ihrem Büro stürmte, und sein Herz drohte stehen zu bleiben. Wo nahm diese Frau bloß ihren Mut her? Und warum war sie ein so verdammter Dickkopf? Hätte sie nicht Max oder wenigstens Taylor anrufen können? Statt allein loszufahren zu einem einsamen Bauernhof, in dem mit gewisser Wahrscheinlichkeit einer der übelsten Serienkiller hauste, den sie jemals gejagt hatten?

Er starrte den zweiunddreißigjährigen Mann mit den kalten Augen an, der ihn vom Foto seines Personalausweises anstarrte. Simon hatte kaum noch Zweifel. Dieser Mann war ihr Täter. Alles passte zusammen. Wenn er tatsächlich noch in dem Bauernhof wohnte oder dort die Frauen festhielt, lief Laura ihm direkt in die Arme. Er sollte sie anrufen und begleiten. Doch wie sollte er Laura beschützen? Er konnte eine Tastatur bedienen, jedoch keine Waffe.

»Mist, Mist, Mist«, fluchte er, unschlüssig, was er tun sollte.

Entweder er ging selbst mit oder er rief Verstärkung. Doch ohne Lauras Zustimmung fühlte sich das an wie Verrat. Er sprang auf und beschloss, ihr zu folgen, als das Festnetztelefon auf Lauras Schreibtisch klingelte. Das musste wichtig sein. Ohne groß zu überlegen, hob er ab.

»Habe ich mir doch gedacht, dass du noch im Büro steckst. Warum gehst du nicht ans Handy?«, brummte Max ins Telefon.

»Tut mir leid«, stammelte Simon. »Sie ist nicht mehr hier.«

»Simon? Was zum Teufel machst du an Lauras Arbeitsplatz? Sind wir vorhin nicht alle zusammen losgegangen?«

Simon wollte gerade etwas erwidern, als Max weitersprach: »Ben Schumacher konnte Laura ebenfalls nicht erreichen, deshalb hat er mich angerufen. Wir haben einen Treffer für die DNA von dem Haar auf der Leiche.«

»Oh nein«, stieß Simon nervös aus. »Bitte sag mir nicht, dass es Thilo Schwenk ist.«

»Verdammt, woher kennst du seinen Namen?«

Simon wurde heiß und kalt zugleich. »Laura ist auf dem Weg zu ihm«, krächzte er ins Telefon.

Am anderen Ende der Leitung herrschte sekundenlang Schweigen.

»Ich rufe Verstärkung. Gib mir die Adresse.«

Simon gab die Adresse durch und legte auf. Sein Herz pochte so schnell, dass es beinahe seinen Brustkorb sprengte. Er wusste, dass Laura gerne die Treppen nahm, und sprintete zu den Fahrstühlen. Zum Glück wartete einer in seiner Etage. Er sprang hinein und drückte hektisch den Knopf zur Tiefgarage.

Als er endlich unten ankam, rannte er los, riss die Feuerschutztür auf und rief laut Lauras Namen.

Niemand antwortete.

»Mist!«, fluchte Simon zum wiederholten Male. Er hatte Laura verpasst.

40

Laura war vielleicht noch fünfzehn Minuten von dem Bauernhof entfernt. Die Dunkelheit senkte sich immer stärker herab. Je weiter sie fuhr, desto mehr verblassten die Lichter der Stadt. Sie wollte gerade Max' Nummer wählen, um ihn über ihren Ausflug zu informieren, als ihr Handy klingelte. Verwundert sah sie seine Nummer im Display aufleuchten.

»Max, ich wollte dich in dieser Sekunde anrufen. Was gibt es?«

»Verdammt, Laura! Warst du im Funkloch? Ich versuche verzweifelt, dich zu erreichen. Hör mal, du darfst auf keinen Fall allein auf diesen Bauernhof gehen. Ben Schumacher hat die DNA von dem Haar analysiert. Es ist von Thilo Schwenk. Eine Streife ist gerade zu seiner Wohnung in Berlin unterwegs und ich habe Verstärkung in deine Richtung geschickt.«

Laura war baff. »Dann haben wir ihn also?«

»Sieht verdammt danach aus. Ich sitze übrigens auch schon im Wagen und bin gleich bei dir. Die Verstärkung braucht etwas länger. Die müssen sich sortieren, weil ich ihnen gesagt habe, dass der Kerl mindestens zwei Geiseln hat, eher sogar noch mehr, wenn man alle Zeichnungen miteinbezieht.«

»Ich hoffe, wir können sie alle retten, und ich hoffe natürlich, dass der Mistkerl überhaupt auf diesem Hof ist. Er war jedenfalls früher dort gemeldet, aber wir konnten nicht herausfinden, ob ihm der Hof gehört«, erwiderte Laura und trat das Gaspedal durch.

»Er gehörte seinen Eltern. Ich habe mir die Akte von einem Kollegen vor Ort besorgt. Schwenk ist einschlägig vorbestraft wegen Körperverletzung, deshalb hatte Ben Schumacher auch einen Treffer in der Datenbank. Die Strafe liegt so weit zurück, dass sie bereits wieder aus dem Bundeszentralregister gelöscht wurde. Was erklärt, warum sie bei der Überprüfung nicht aufgetaucht ist. Du gehst da nicht alleine rein. Verstanden?« Max' Stimme duldete keinen Widerspruch.

»Nein, mache ich nicht«, versprach Laura. »Aber ich werde den Hof schon mal beobachten. Natürlich aus sicherer Entfernung und falls der Kerl türmt, verfolge ich ihn.«

Sie legte auf und konzentrierte sich auf die Strecke. Als sie in die Zufahrtsstraße zum Feld einbog, schaltete sie die Lichter ihres Autos aus und näherte sich langsam dem Gehöft. Sie hielt an der Seite des Hauses an und stellte den Motor ab. Dann ließ sie die Scheiben herunter und lauschte.

Der Hof lag in völliger Stille. Sie wartete eine Weile, stieg aus dem Wagen aus und schaute sich um. Ein Auto konnte sie nicht entdecken. Überhaupt wirkte das Gebäude ziemlich heruntergekommen und unbewohnt. Als sie zur Haustür schlich, hörte sie Motorengeräusche. Ein Wagen, der ebenfalls die Scheinwerfer ausgeschaltet hatte, stoppte unmittelbar hinter ihrem Dienstauto. Max sprang heraus und eilte zu ihr.

»Ist da jemand drin?«, fragte er und drückte ihr ein Funkgerät in die Hand.

»Sieht nicht so aus, als ob hier irgendwer wohnen würde, aber lass uns nachsehen.« Laura betrachtete den Briefkasten, auf dem der Name Thilo Schwenk stand. Vorsichtig hob sie die Klappe an und leuchtete hinein. Es lag keine Post darin. Eine Gänsehaut überfuhr sie bei dem Gedanken, dass der Täter direkt hinter der Haustür stehen und sie durch den Spion beobachten könnte. Unwillkürlich tastete sie nach der Waffe an ihrem Gürtel. Das kühle Metall beruhigte sie auf der Stelle. Sie duckte sich und spähte durch das Fenster neben der Haustür.

»Das könnte die Küche sein«, flüsterte sie. »Aber es ist niemand drin.«

Max versuchte es beim nächsten Fenster.

»Hier auch nicht«, sagte er. »Wir sollten uns aufteilen. Schalte das Funkgerät ein.«

Laura ging links herum und Max nahm die andere Richtung. Sie schlich an der Hauswand entlang, auf der sich nicht ein einziges Fenster befand, und gelangte zu einem größeren Hof, an den sich eine Scheune und ein weiteres Gebäude, vielleicht ein Stall, anschlossen. Sie lauschte erneut, konnte jedoch nichts hören.

Vorsichtig überprüfte Laura das nächste Fenster an

der Rückseite des Hauses, hinter dem sie ebenfalls nichts sah.

»Bin schon an der Rückseite. Hier scheint niemand mehr zu wohnen«, sprach sie in das Funkgerät.

»An der Seite ist auch alles ruhig«, antwortete Max.

Laura huschte zum nächsten Fenster und starrte abermals in das dunkle Haus hinein. Für den Bruchteil einer Sekunde überlegte sie, wieder nach vorn zu gehen und die Haustür aufzubrechen. Doch das wäre fahrlässig. Sie könnte das Leben der Geiseln gefährden.

Auf Zehenspitzen lief sie hinüber zur Scheune und erstarrte, als sie ein lautes Knarren vernahm, das aus dem Inneren drang. Sie linste durch die Ritzen zwischen den Brettern der Scheunenwand, ohne jedoch eine Bewegung dahinter zu erkennen. Laura pirschte zum Stall, und als sie das Tor erreichte, nahm sie einen spitzen Schrei aus dem Wohnhaus wahr.

Ein Schrei, der ihr durch Mark und Knochen ging. Sie sprintete zu dem Fenster, hinter dem sie das Geräusch gehört hatte, und schaute hinein. Nichts. Das ganze verdammte Haus lag im Dunkeln. Sie presste die Nase gegen die Scheibe und erkannte, dass das Fenster mit einem dunklen Vorhang versehen war. Als sie erneut einen markerschütternden Schrei hörte, gab es für Laura kein Halten mehr.

»Max, komm zur Rückseite. Hier ist jemand und schreit.«

Sie holte ein Messer aus der Hosentasche und hebelte das alte Holzfenster auf.

41

Lilly zitterte am ganzen Leib. Sie sah nichts, weil sie die Augenbinde angelegt hatte. Sie hörte jedoch das wütende Keuchen ihres Peinigers.

»Verdammt, Mareike! Das wird dir noch leidtun!«

Ein dumpfer Schlag folgte. Ein Stöhnen.

Lilly konnte nicht mehr. Das Blut rauschte durch ihre Adern, als würde sie in einer Achterbahn sitzen. Sie mochte Dr. Gerstenberger. Sie war immer nett zu ihr gewesen. Und jetzt wollte dieser Mistkerl ihr wehtun. Sie hörte, wie Dr. Gerstenberger keuchte.

»Ich bringe dich um!«, stieß er aus und erneut folgte ein dumpfer Schlag.

Und ganz plötzlich vernahm sie die Stimme ihrer Mutter im Kopf.

»Nimm die Augenbinde ab.«

Sie riss den Stoff herunter und erstarrte. Der Schock ließ ihr Herz in die Magengrube sinken. Der Mann hatte ihr den Rücken zugewandt und hockte auf Dr. Gerstenbergers Bauch. Er hatte ihr beide Hände um den Hals gelegt und würgte sie mit erschreckender Brutalität. Neben Dr. Gerstenberger lag ein blutiges Messer. Lilly zögerte. Plötzlich fühlte sie sich völlig hilflos. Sie konnte nichts ausrichten. Selbst wenn sie es schaffte, das Messer zu ergreifen, würde dieser Mistkerl sie wahrscheinlich auf der Stelle töten. Sie blickte in Dr. Gerstenbergers Gesicht, das vor Angst und Schmerz verzerrt war. Sie biss sich auf die Unterlippe, weil sie diesen Anblick nicht ertragen konnte. Sie musste Dr. Gerstenberger helfen, auch wenn die Furcht sie lähmte. Lilly sprang auf, packte das Messer und stach zu.

Doch der Mann war stark. Er wirbelte herum und schlug ihr ohne Mühe das Messer aus der Hand. Lilly schrie vor Schreck auf.

Er warf sich auf sie und umklammerte ihren Hals. Lilly trommelte mit den Fäusten gegen seine Brust. Aber er schien ihre Schläge nicht einmal zu bemerken. Ihre Sicht verschwamm, während sie um Atem rang. Verzweifelt tastete sie nach dem Messer, konnte es jedoch nicht erreichen.

Ich habe dich völlig unterschätzt, hörte sie ihn wieder flüstern und auf einmal sah sie ganz klar.

Ja, du Scheusal, du hast mich völlig unterschätzt, schrie sie stumm und nur in Gedanken. Sie griff nach dem Pinsel, den sie in ihrem Hosenbein versteckt hatte und dessen langer schmaler Stiel mit einer scharfen Spitze endete. Sie holte aus und rammte ihm den Stiel mit aller Verzweiflung in den Hals, dort, wo die Schlagader verlief.

Der Mann stöhnte verblüfft und ließ von ihr ab. Noch bevor Lilly überhaupt begriff, was sie getan hatte, stürmte die Polizistin mit den Narben durch das Fenster herein.

»Halt! Polizei«, brüllte sie. »Das Haus ist umstellt. Geben Sie auf!«

Der Mann sprang zur Tür und verschwand. Die Polizistin hastete zu Dr. Gerstenberger und tastete nach ihrem Puls.

»Ist alles in Ordnung?«, fragte sie Lilly und tatsächlich brachte Lilly ein Nicken zustande.

Dr. Gerstenberger hustete. Sie lebte. Daraufhin rannte die Polizistin dem Mann hinterher. Kurz darauf roch Lilly den Rauch.

»Wir müssen hier raus, es brennt«, krächzte Dr. Gerstenberger.

Lilly half ihr hoch und in diesem Augenblick stürmte der andere Polizist mit dem kahlen Schädel herein.

»Laura Kern ist da drinnen. Er auch«, stieß Dr. Gerstenberger mit heiserer Stimme aus und deutete auf die Tür, durch die die beiden verschwunden waren.

»Sie müssen sofort hier raus«, erklärte der Polizist. Er packte Dr. Gerstenberger und schleppte sie zur Haustür und nach draußen. Lilly hetzte ihnen mit klopfendem Herzen hinterher. Als sie im Freien war, drehte sie sich um. Das Haus brannte bereits lichterloh. Der Polizist rannte wieder hinein.

In der Ferne erblickte sie die blinkenden Lichter mehrerer Polizeiwagen, die mit heulenden Sirenen näher kamen.

Lilly drohten die Beine wegzusacken. Sie begriff

kaum, wie ihr geschah. Plötzlich hatte sie nur noch einen Gedanken.

»Ich will nach Hause«, flüsterte sie, und erst als Dr. Gerstenberger sie überrascht ansah, bemerkte sie, dass sie es tatsächlich ausgesprochen hatte.

42

Laura stürzte Thilo Schwenk hinterher. Doch sie hatte keine Ahnung, wohin er in dem dunklen Haus verschwunden war. Sie hielt an und lauschte auf eine Bewegung, aber er schien nicht mehr da zu sein.

Plötzlich hörte sie das Plätschern von Flüssigkeit. Der Geruch von Benzin waberte zu ihr herüber. Feuer knisterte. Binnen Sekunden brannte alles lichterloh. Rauchschwaden vernebelten ihr die Sicht und sie versuchte verzweifelt, sich zu orientieren. Sie erkannte mehrere Türen und drückte die Klinke der ersten herunter. Als sie verschlossen war, trat Laura sie ein.

Der Anblick war grauenvoll. In dem Raum auf dem Bett lag eine abgemagerte Frau. Sie wirkte völlig leblos. Ohne zu zögern, griff Laura sie unter den Schultern und schleifte sie hinaus. Sie trat die zweite Tür ein und befreite die nächste Frau. Diese war in der Lage, aufzustehen und selbst zu gehen.

»Bringen Sie die Frau dort ins Freie. Schnell«, rief Laura und in diesem Moment hörte sie ihren Namen.

Max sprintete auf sie zu. Sie verstanden sich wortlos. Er nahm sich das nächste Zimmer vor und kam mit einer bewusstlosen Frau über der Schulter wieder heraus. Das nächste Zimmer, das Laura prüfte, war leer.

»Thilo Schwenk muss hier noch irgendwo sein«, brüllte sie, doch Max packte sie am Arm und zerrte sie mit sich.

»Das Haus stürzt gleich ein. Wir müssen hier raus«, rief er und lotste sie durch die Flammen, die bereits bis zur Decke hoch schlugen. Laura wollte umdrehen, denn sie hatte noch weitere Türen gesehen, doch Max umklammerte sie mit eisernem Griff und zog sie weiter, bis sie nach draußen taumelten. Mehrere Sanitäter nahmen sie in Empfang und brachten sie in sicheren Abstand zu dem brennenden Haus.

»Da ist noch jemand drin«, schrie Laura.

»Die Feuerwehr ist gleich da«, erklärte der Sanitäter ruhig. »Sie können jetzt nichts mehr ausrichten.«

Laura blickte Max an, der die Arme hob und den Kopf schüttelte.

»Wir haben getan, was wir konnten. Ich denke, es war keine Frau mehr drin.«

Laura rechnete nach. Sieben Zeichnungen, drei tote Frauen und drei, die sie aus dem Feuer gerettet hatten. Mit Lilly und Dr. Gerstenberger waren es acht. Doch ob die beiden dazuzählten, wusste sie nicht. Bedrückt sah sie zu dem brennenden Haus. Die Flammen schlugen meterhoch und eine dichte Rauchwolke stieg in den Himmel.

Endlich traf die Feuerwehr ein. Es dauerte nicht

einmal eine Minute und schon landete der erste Wasser-strahl zischend auf den Flammen.

»Da ist noch jemand drin«, erklärte Laura der Einsatzleitung, aber in diesem Moment stürzte mit einem lauten Krachen das Dach ein. Niemand würde mehr in das lichterloh brennende Haus gehen. Dafür war es längst zu spät. Wer auch immer es nicht hinaus-geschafft hatte, würde sterben.

Laura sah sich um. Die drei Frauen waren inzwi-schen in Rettungswagen ärztlich versorgt worden. Lilly und Dr. Gerstenberger saßen beide zusammen in einem weiteren. Laura gesellte sich zu ihnen.

»Es geht ihnen den Umständen entsprechend gut. Keine schwerwiegenden Verletzungen«, erklärte die Ärztin.

»Das freut mich«, sagte Laura und blickte Dr. Gers-tenberger fragend an. Erst in diesem Moment fielen ihr die langen dunklen Locken auf, die Dr. Gerstenberger sonst immer zu einem Zopf zusammengebunden hatte.

»Wissen Sie, wie viele Frauen er gefangen hielt? Ich möchte nur sichergehen, dass alle das Haus verlassen haben.«

»Neben uns beiden waren es noch drei«, antwortete Dr. Gerstenberger heiser. »Danke, dass Sie uns gefunden haben. Ich denke, wir hätten das nicht überlebt.«

»Ich bin heilfroh darüber.« Laura lächelte.

»Sie müssen jetzt zurücktreten«, erklärte die Ärztin und schloss die Türen des Rettungswagens vor ihrer Nase. »Wir nehmen sie zur Überwachung mit ins Kran-kenhaus.«

Laura sah zu, wie der Wagen abfuhr.

»Siehst du, wir haben sie gerettet«, murmelte Max, der plötzlich hinter ihr stand.

Laura fuhr herum und lehnte sich erleichtert an ihn.

»Danke, dass du mich da rausgezogen hast. Vermutlich wäre ich sonst mit Thilo Schwenk da drinnen verbrannt.«

»Das hätte ich nie zugelassen.« Max grinste und drückte sie an sich.

EPILOG

Drei Wochen später

»Und du glaubst wirklich, du könntest es zwei Wochen ohne mich aushalten?«, neckte Laura Max, der seine Sachen zusammengepackt hatte.

»Ich bin es Hannah schuldig und die Kinder waren noch nie an der Nordsee.« Er pochte auf das Whiteboard, auf dem sie immer noch den kompletten Fall skizziert hatten. »Mach du mir lieber keinen Blödsinn, solange ich weg bin.«

»Keine Sorge, ich komme mit Serienkillern ganz gut klar.« Laura lachte.

»Ich bin froh, dass ich die Angelegenheit mit Hannah geklärt habe. Sophie Rudolph hat mich heute Morgen übrigens angerufen«, sagte Max und blickte Laura durchdringend an. »Das LKA Brandenburg hat ihr eine Stelle angeboten. Ist das nicht merkwürdig?«

Lauras Lachen verbreiterte sich. Es war Taylors Idee gewesen, ihre alte Bekannte nach einer Stelle für Sophie Rudolph zu fragen. Dass es so schnell klappen würde, hätte sie selbst nicht gedacht. Aber für alle Beteiligten war es die beste Lösung und Kristin Uhlmann war eine gute Chefin, dafür konnte Laura ihre Hand ins Feuer legen.

Sie blickte zum Whiteboard und blieb am Namen der Klinikleiterin hängen.

»Hättest du damit gerechnet, dass eine Frau wie Mareike Gerstenberger jemals als Kindermädchen tätig war?«

Max schüttelte den Kopf. »Nein. Aber offenbar war es ja eher der Wunsch ihrer Eltern gewesen. Im Nachhinein würden sie ihre Tochter bestimmt nicht mehr dazu zwingen.«

Dr. Gerstenberger hatte ihnen im Nachgang erzählt, woher Thilo Schwenk sie kannte und warum er sie vermutlich entführt hatte. Der Täter selbst würde nicht mehr aussagen können, denn bei dem Brand war er ums Leben gekommen. Man hatte seine Leiche in einem der Zimmer gefunden. Sie gingen davon aus, dass er das Feuer absichtlich gelegt hatte, weil er sich nicht der Polizei stellen wollte. In der Scheune fand die Feuerwehr auch den schwarzen Pick-up, den mehrere Zeugen an den Leichenfundorten gesehen hatten. Der Wagen war mit einer Sackkarre, einer Seilwinde und anderen Werkzeugen ausgerüstet, die Thilo Schwenk zum Ablegen der Leichen benutzt hatte.

Dr. Gerstenberger indes hatte ihre Position als Klinikleiterin gekündigt. Zum einen musste sie sich sicherlich noch von den Ereignissen erholen und zum anderen waren all die Dinge ans Licht gelangt, die sie offenbar in ihrer Jugend dem jungen Thilo Schwenk angetan hatte. Mithilfe der drei überlebenden Frauen hatten sie sich ein umfassendes Bild über die Geschehnisse gemacht.

Lilly Krüger redete nach wie vor nicht, aber ihre Prognose war positiv. Sie würde die geschlossene Abteilung bald verlassen. Jetzt, wo Thilo Schwenk ihr nichts mehr anhaben konnte, durfte sie ihr Leben ohne Angst weiterführen. Ob es jemals gelingen würde, die sieben Jahre alten Mordfälle von Thilo Schwenk vollständig aufzuklären, war ungewiss. Das Landeskriminalamt Brandenburg hatte eine Sonderkommission zusammengestellt, die sich darum kümmern sollte.

Laura atmete tief durch. »Ich wünsche dir jedenfalls einen wunderschönen Urlaub«, sagte sie und drückte Max zum Abschied.

Als er das Büro verlassen hatte und sie schon anfing, sich ein wenig einsam zu fühlen, klingelte ihr Handy.

»Willst du nicht endlich Feierabend machen?«, fragte Taylor. »Es ist Freitagabend und dein letzter großer Fall ist aufgeklärt.«

»Ich mache gleich Schluss«, erwiderte Laura.

»Nein«, warf Taylor ein. »Ich habe deinen Partner gerade aus dem Gebäude eilen sehen. Du kommst am besten jetzt gleich zu mir runter. Ich habe uns nämlich einen Tisch in deinem Lieblingsrestaurant reserviert.«

Laura lächelte. »Du weißt, dass ich einen Bärenhunger habe und es teuer für dich werden könnte?«

In diesem Moment erschien Taylor im Türrahmen und Laura sprang überrascht auf.

»Ich habe Max gebeten, mich reinzulassen«, gestand

er mit einem Grinsen. »Du kannst so viel essen, wie du willst. Für dich würde ich notfalls sogar anschließend die Teller spülen.«

Laura schüttelte den Kopf und sah ihn ernst an.

»Das geht leider nicht, denn nach dem Essen habe ich bereits etwas anderes mit dir vor!« Sie umarmte ihn und küsste ihn voller Leidenschaft.

NACHWORT DER AUTORIN

Liebe Leserin, lieber Leser,

ich möchte mich ganz herzlich dafür bedanken, dass Sie meinen Roman gelesen haben. Ich hoffe, Ihnen hat die Lektüre gefallen und Sie hatten ein spannendes Leseerlebnis.

Die Figuren in meinem Buch sind übrigens frei erfunden. Ich möchte nicht ausschließen, dass der eine oder andere Charakterzug Ähnlichkeiten mit denen heute lebender Personen haben könnte, dies ist jedoch keinesfalls beabsichtigt.

Wenn Sie an Neuigkeiten über anstehende Buchprojekte, Veranstaltungen und Gewinnspielen interessiert sind, dann tragen Sie sich in meinen klassischen E-Mail-Newsletter oder auf meiner WhatsApp-Liste ein:

- **Newsletter: www.catherine-shepherd.com**

- **WhatsApp: 0152 0580 0860** (bitte das Wort *Start* an diese Nummer senden)

Sie können mir auch gerne bei Facebook, Instagram und Twitter folgen:

- **www.facebook.com/Puzzlemoerder**
- **www.twitter.com/shepherd_tweets**
- **Instagram: autorin_catherine_shepherd**

Natürlich freue ich mich ebenso über Ihr Feedback zum Buch an meine E-Mail-Adresse:

kontakt@catherine-shepherd.com

Zum Abschluss habe ich noch eine persönliche Bitte an Sie. Wenn Ihnen dieses Buch gefallen hat, würde ich mich über eine kurze Rezension freuen. Keine Sorge, Sie brauchen hier keine »Romane« zu schreiben. Einige wenige Sätze reichen völlig aus.

Sollten Sie bei *Leserkanone*, *LovelyBooks* oder *Goodreads* aktiv sein, ist natürlich auch dort ein kleines Feedback sehr willkommen. Ich bedanke mich recht herzlich und hoffe, dass Sie auch meine anderen Romane lesen werden.

Ihre Catherine Shepherd

WEITERE TITEL VON CATHERINE SHEPHERD

Zons-Thriller Band 1 bis 4

Zons-Thriller Band 5 bis 8

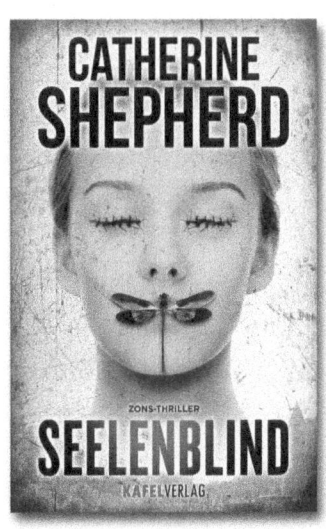

Zons-Thriller Band 9 bis 12

Zons-Thriller Band 13 und 14

Julia Schwarz-Thriller Band 1 bis 4

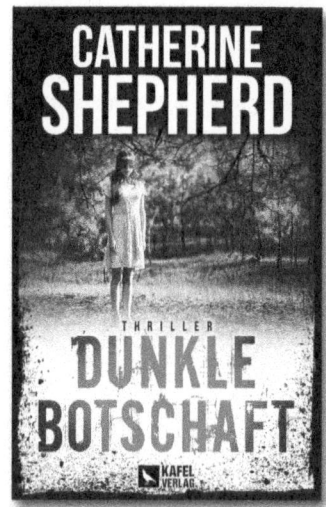

Julia Schwarz-Thriller Band 5 und 8

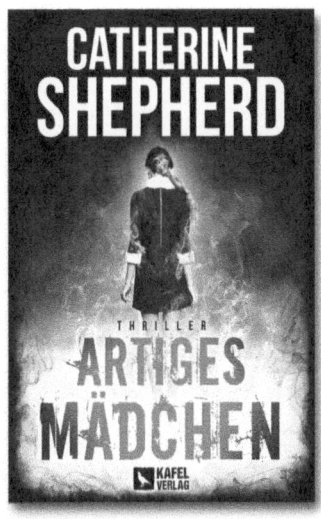

ÜBER DIE AUTORIN

Die Autorin Catherine Shepherd (Künstlername) lebt mit ihrer Familie in Zons und wurde 1972 geboren. Nach Abschluss des Abiturs begann sie ein wirtschaftswissenschaftliches Studium und im Anschluss hieran arbeitete sie jahrelang bei einer großen deutschen Bank. Bereits in der Grundschule fing sie an, eigene Texte zu verfassen, und hat sich nun wieder auf ihre Leidenschaft besonnen.

Ihren ersten Bestseller-Thriller veröffentlichte sie im April 2012. Als E-Book erreichte »Der Puzzlemörder von Zons« schon nach kurzer Zeit die Nr. 1 der deutschen Amazon-Bestsellerliste. Es folgten weitere Kriminalromane, die alle Top-Platzierungen erzielten. Ihr drittes Buch mit dem Titel »Kalter Zwilling« gewann sogar Platz Nr. 2 des Indie-Autoren-Preises 2014 auf der Leipziger Buchmesse. Seitdem hat Catherine Shepherd die Zons-

Thriller-Reihe fortgesetzt und zudem zwei weitere Reihen veröffentlicht.

Im November 2015 begann sie mit dem Titel »Krähenmutter« eine neue Reihe um die Berliner Spezialermittlerin Laura Kern (mittlerweile Piper Verlag) und ein Jahr später veröffentlichte sie »Mooresschwärze«, der Auftakt zur dritten Thriller-Reihe mit der Rechtsmedizinerin Julia Schwarz.

Mehr Informationen über Catherine Shepherd und ihre Romane finden sich auf ihrer Website:

www.catherine-shepherd.com